死愿塔

青稞——著

【導讀】「放學後」的偵探隊

文／天蠍小豬

《放學後》裡，我想寫的是出於普通人無法理解的動機而行兇的故事。這個書名引發了一些討論，可我至今都覺得不錯。

——東野圭吾

二〇一五年的某個夏日，當作者終於下定決心、將自己對推理的熱情轉換成文字，進而書寫出由月夜、黑塔、少女、死亡所共同構成的淒美圖景（即本書序章）之時點，大概很難想到短短兩年後，他會憑藉《死愿塔》的續作、也是其生平第二部長篇作《巴別塔之夢》入圍第五屆島田莊司獎決選，從而實現「平凡學生黨」到「新晉推理人」的華麗轉身吧。

更加難以料想，隨著二〇一八年的《鐘塔殺人事件》、二〇一九年的《日月星殺人事件》先後問世，堂堂四部作品建構起來的「陳默思探案系列」已擁有了超高人氣，作者也被不少推理同儕、編輯、讀者目為「令人折服、前途無量的超新星」「九零後原創推理的旗手」。而同樣以四年作為標尺，對比作者最鍾愛的兩位日本推理作家：東野圭吾還只是一個並不太受重視的新人作家，頭頂著「亂步獎新科狀元」的光環，從事著與很多日本推理作家近似的「源頭創作」；島田莊司則正面臨著旅情推理、冒險推理、冷硬推理等新興勢力的包圍夾擊，通過以吉敷竹史為主角的「寫實本格創作」，意圖憑一己之力在「本格冬天」中積蓄足以燎原的星火。

前面提到「源頭創作」一詞，系筆者杜撰，用以專指那些通過發表校園推理小說（含學生推理、少年推理等相近題材）而開啟作家生涯的人。不管在華文推理界還是在日本推理文壇，這樣的作家都十分之多，而本格作家尤甚，比如藍霄、林斯諺、有栖川有栖、法月綸太郎、辻村深月等。他們在作家生涯之初，無一例外地選擇校園推理作為源頭或原點，是有原因的：一來他們大多初入社會甫久甚或還是學生，人生閱歷較少，對社會各種現象認識較淺，對這方面知識要求很高的社會派小說，顯然不是他們能夠輕易駕馭的；二來他們最熟悉不過的就是校園生活和學生生涯，那種切身感受尚未褪盡或者正當其時，創作起來自然比其他本格舞臺更加得心應手，況且校園推理也是推理迷主力的廣大學生、社會新鮮人（年輕的公司職員）、家庭主婦最為中意的定番題材之一。以筆者看來，正因如此，對東野圭吾推崇備至的作者，才會在自己的處女作《死愿塔》中將祁江中學作為小說舞臺、以陳默思等學生探案組作為小說主角，但有所不同的是，作者對校園推理題材的依賴度要明顯弱於東野，嚴格遵守「源頭創作」旨趣的作品僅此一部，而不像後者創作了《放學後》、《畢業》、《學生街殺人》、《魔球》等多部校園推理後才將筆觸轉向社會。

另一方面，作為推理小說中常見的封閉性物象之一，「校園」有其特殊性，不同的創作傾向將使其呈現出不同的風貌，這就要聯繫到筆者前面提到的「寫實本格創作」來作進一步闡釋。在日本，本格派與社會派看似有著比較大的對立，但其間卻還有一個中間派別的存在，即所謂的寫實本格派。寫實本格派和傳統的古典本格派（又稱浪漫本格派）最大的不同，就是故事舞臺的社會化。它保留了最能代表本格魅力的詭計，而將詭計實施的空間場所從孤島、古堡、老宅、荒村、場館等具有特殊象徵意義的封閉性物象中抽離出來，放置在了社會這個更龐大更復雜的舞臺之上，並以現代員警體系代替雄睨全域的名偵探，通過科學鑒識、辛勤搜證、畫像側寫、心理分析等手段，最終破解謎團、還原真相。從這層意思來看，島田莊司的「吉敷竹史系列」，毋庸置疑是寫實本格派的作品，而他後來所倡導的「二十一世紀本格」，則更像是此種本格創作的升級版或改良版，而非毫無承繼、因襲前人創作的突發奇想。算是冥冥中受了島田的「寫實本格創作」啟發，《死愿塔》固然是以富含「不可能犯罪」元素的密室殺人、深具「都市怪談」風味的詛咒殺人為看點，但其所引發的一系列效應，包括追溯往事源頭、相關人等關系、動機排查剖析，都完全是有著較明顯社會推理況味的員警探案小說模式。

進而言之，「校園」不同於孤島、古堡等物象的地方，是在這種封閉性所帶來的雙重屬性上：外力甚少介入的凝固空間，一旦與歷史（古舊建築）、傳說（校園怪談）等相結合，體現的是其本格性；作為一種「微縮社會」，一旦與霸淩同學、虐待學生、互聯網犯罪等議題相結合，體現的則是其社會性。因此，同樣是校園推理，藍霄、林斯諺寫出了本格解謎之趣，宮部美幸、湊佳苗寫出了人性善惡，倉知淳、勇嶺薰寫出了破解「日常之謎」的溫暖，東野則既寫了「不可能犯罪」、又寫了令人印象深刻的動機。而必須指出的是，《死愿塔》儘管文筆稍顯稚嫩，卻對上述雙重屬性皆有關涉，頗值得一觀。此外，本書在敘事上採用了「雙線式」結構，即陳默思、鄭佳的本格解謎組，趙舒緒、徐晨的社會查訪組，兩條線交叉推進且不斷轉換視點，既隱隱呼應了作品的「寫實本格」趣味，又多少彌補了節奏感欠佳的不足，更可視作其續作《巴別塔之夢》與《日月星殺人事件》中過去、現在「雙線敘事」的源頭。而屢次翻轉的密室破解與真兇推定，以及對「許願塔」歷史的耙梳及其背後真相的揭示，多多少少能見到「島田流」的影子，這也是本書的一大魅力。

綜上，作為作者初試啼音的水準之作，《死愿塔》在問世的四年後終得付梓，將失去的創作拼圖綴補完滿，實在令人欣喜。您也獲得了此次對「青稞推理館」作一全面鑒賞的好時機，不是嗎?!

作者簡介／天蠍小豬：一九八一年生，江蘇鎮江人。書評人、推理文學推介人，世界華語懸疑協會會員，豆瓣‧乙一小組、東野圭吾小組組長。發表各類書評近百篇，其評論對象以日本大眾文學、推理小說為主，在中國最專業推理雜誌《歲月‧推理》辟有專欄，曾為島田莊司監修的《本格推理世界》、臺灣獨步文化官網撰稿，連續三屆擔任華文推理大獎賽決選評委，自編網路雜誌《推理月報》在推理迷中頗受好評。

【各界名家推薦】

《死愿塔》是青稞的長篇推理處女作，時隔多年終於出版，雖然文筆有些青澀和稚嫩，但作為一部校園推理小說，較好地結合了本格推理和社會派思考。校園內的連續死亡事件、少年偵探團、有關許願塔的「龍退鬼」傳說……各種元素交織在一起，最後牽扯出令人震驚的「校園霸淩事件」的真相。

本作在本格詭計的複雜程度上，雖比不上作者後來的作品，但對於校園生活的思考卻發人深省：三年高中生涯，我們的生活中不應該只有「學習」這一件事；當身邊的年輕生命一個個悄然逝去，作為同學的我們，怎能無動於衷？對於父母、同學和老師，我們要如何融洽相處，這都是這部小說在「推理」之外，帶給我們的值得深思的社會議題！

——華斯比（華斯比推理小說獎創辦人／《給孩子的推理故事》主編）

青稞堅持本格推理創作數載，情節和節奏的控制已經十分嫻熟。《死愿塔》以校園離奇自殺案拉開連續死亡的帷幕，MOSS偵探社隨著調查深入疑點重重，動機、兇手、手法案件中所有的謎團都需要跟著偵探們一起去破解，其中密室一案中的密室講義頗具亮點。多元化的元素和故事背景，提高了閱讀體驗，作者埋藏至最後的的動機也著實令人唏噓不已，對於現實中層出不窮的校園暴力，本作無疑是一次振聾發聵的發聲。

——王稼駿（推理作家，近作《阿爾法的迷宮》）

這本處女作足以證明青稞並不須要依靠超現實的建築物才能為讀者帶來驚奇。校園背景的故事迴避了年輕作者生活經驗相對缺少的劣勢，使書中描述的情感顯得真實。而尚未成熟的偵探則無疑要比那些過度誇張的「天才」更可愛得多。

——雷鈞（推理作家／第四屆島田莊司推理小說獎首獎得主）

目　次

序章

夜很靜，明月在林間灑下斑駁的光影。月光下，一幢巨大的黑影兀自矗立在稀疏的樹林前，在這悄無聲息的夜晚更顯得幽暗神祕。突然，從那黑色的石塔上傳來一聲啜泣，這聲音裡似乎充滿了悲傷，充滿了怨憤。

少女的手緊緊抓著身前的石欄杆，似乎是過於用力連手指都變得慘白，少女的身體劇烈顫抖著。這樣過了好長一段時間，少女似乎有點累了，似乎又是有點失望，她停止了哭泣，雙手也離開了欄杆，剛才慘白的手指也紅潤起來。少女抬起了頭，雙眼紅腫著，模樣還算清麗，只是額頭上的那個創可貼是那樣的顯眼。

少女似是念叨了一句什麼，然後右腳踏上了身前的欄杆。那個欄杆對於這個弱小的女生來說，顯得有點高，少女爬的有些吃力，不過最終她還是站在了欄杆上。少女看了看前方的那棟樓，那是她待了兩年的地方，不過此時她的目光裡已沒有絲毫的留戀。

林間起了一陣風，少女的裙擺在風中顫抖，像是一朵白色的碎花。然後在大風中，這朵花被吹向了下方溫軟的土地，直到墜地，也沒有發出一點聲音。就這樣，一朵剛剛綻開的花朵還沒來得及展示她的絕美，就這樣無聲無息地消散了。

很快，消失的蟬聲便重新遮掩了過來，喧鬧中又透著幾分寂寥。

Part 1

祁江一中，第一教學樓。

徐晨正在教學樓的樓道間走著，突然從後面竄出一道身影，撞了他一下。徐晨一個踉蹌，差點摔倒。

「哎呦，徐晨嗎？對不起啊！我趕著上課。對了，你怎麼還這麼磨嘰，再不快點就趕不上了！」說著，那個人看了一眼手錶，喘著粗氣又跑了起來。

「這個傢伙……」徐晨呆立在原地，稍稍整理了一下剛剛被撞歪的書包。他看了一眼手錶，七點十分，明明已經遲到了，現在著急又有什麼用。他看了一眼正前方的那道身影，無可奈何地搖了搖頭。

剛才撞他的這個人名叫陳默思，在他們班也算個異類了吧，怪物——班上的很多人私底下都這樣稱呼他。而反觀徐晨自己，則普通多了，甚至可以稱之為透明般的存在。徐晨雖然自認為不是個壞學生，成績也尚在中等水準，但他平時總是沉默寡言的，做事時也總是提不起精神，學習上也只完成老師要求的部分，從來不會做多此一舉的事。徐晨想了想，班上的大部分學生都是自己的這種狀態，只不過是沒有自己表現的這麼明顯罷了，說白了也是虛偽，明明自己不喜歡這些東西，每天下課後還追著老師問這問那。徐晨看不慣他們的這副嘴臉，所以每次一下課都是趴在桌子上睡覺。

今天徐晨因為早上公交堵車，所以遲了一點。但他也沒有想非得準時趕到學校，他只是和往常一樣慢吞吞地在路上溜達著，和平時一樣，這樣的生活他已經厭倦了。

很快，他便來到了門口，看到了上面寫著高二（12）班的那塊藍色的牌子，這塊牌子他已經看了將近兩年。從剛才剛進教學樓開始，徐晨就感到有些奇怪，今天總感覺有什麼地方不對勁，是什麼呢……對了，是讀書聲，往常這個時候大家應該都在很是賣力地讀著書，而不會像今天這樣安靜。徐晨趕緊看了看手錶，他希望自己不是看錯了時間什麼的，他可不想在同學面前出洋相。

然而事實告訴他，現在就是晨讀時間，他也確實遲到了。真是奇怪了……徐晨用手摸了摸略感僵硬的脖子，想了想，還是走了進去。

進門之後，大家果然都安安靜靜地坐在自己的座位上，因為徐晨是從後門進去的，所以看不清大家的表情。但是他一進門，很多人都扭頭看向了他，這些目光有的略帶笑意，有的只是和平時一樣麻木的表情，而更多的卻是一種說不清道不明的悲傷。徐晨不知道用悲傷來形容這些表情合不合適，不過這是他第一個想到的能用上的詞。今天果然很不對勁，徐晨立馬意識到了這一點。

等徐晨的目光上移，他才注意到，講臺上坐著一個人，一位留著短寸頭的中年大叔，當然他也是自己的班主任——馬海東。因為身材微胖，再加上名字的緣故，「海冬瓜」這個綽號不知道從什麼時候就開始流行了。不過今天這個海冬瓜卻一反常態，沒有平日裡常有的笑臉。只見他一臉嚴肅，端坐在講臺上。看到徐晨遲到了，他也沒有生氣，只是朝徐晨點了點頭，示意他找到自己的位置坐下。

徐晨走到自己的位置，放下書包，想找個人問問今天發生了什麼事，一般這種時候他都會找同桌劉大同。然而令人無奈的是這個傢伙竟然在睡覺，好在有前面厚厚的一摞書擋著，海冬瓜沒有發現。徐晨真想給這個傢伙來一下，不過他還是忍住了。沒辦法，只能先這樣等著了，徐晨心裡想著。

徐晨拿出了一本書，不是課本，而是一本小說，準確來說是一本推理小說——《水車館事件》。徐晨是個推理小說愛好者，自從初二那年第一次接觸到推理小說時，他就欲罷不能，甚至於每天睡覺前必須看一會兒，才能睡得安穩。在徐晨看來，現實的生活實在平淡得出奇，他很不明白為什麼這麼多人竟然都能忍受這一點，並且就這樣肆意浪費著自己的青春。與其這樣混沌度日，不如在推理小說的世界中尋找刺激，這也是徐晨多年來的想法。

看了不一會兒，教室裡傳來一陣騷動。徐晨抬起了頭，原來是海冬瓜離開講臺走到教室外，和一個人說著話，徐晨根本聽不清他們在說什麼。很快海冬瓜便走回了教室，教室裡瞬間安靜了下來。

海冬瓜走上講臺後並沒有像之前一樣坐下來，他的眉頭鎖得更緊了。他輕輕敲了一下桌子，咳嗽一聲，一般這是他要講話的前奏。

「同學們，你們肯定也察覺到了今天是發生了什麼事，之前一直沒通知大家，確實十分抱歉。不過這件事很是重要，必須要處理得嚴謹一點，剛才程主任找到我，和我說明了情況，現在我可以告訴你們是發生什麼事了。」

海冬瓜用手抹了抹額頭，不過在發現似乎並沒有什麼汗水後，他又將雙手撐在了講臺上。教室裡很是安靜，沒有人說話，連剛才還在睡覺的劉大同都不知道什麼時候爬了起來，睜著一雙迷迷糊糊的眼睛盯著講臺。

海冬瓜又咳嗽了一聲，說道：「今天，你們有一位同學沒來，你們應該已經發現了。」海冬瓜話還沒說完，很多人便將頭扭向了那個空了的座位，確實有個人沒來，不過徐晨一時竟然想不起來是誰了。

海冬瓜沒有管底下學生們的反應，繼續說道：「今天杜小月沒有來，淩晨的時候她被發現在塔園裡，已經……已經去世了。」

話音剛落，底下便炸開了鍋，海冬瓜趕緊使勁敲了敲桌子，想要將局面控制下來，不過教室裡面仍然亂哄哄的，似乎沒有一個學生在意海冬瓜的舉動，這樣的騷亂持續了一會兒，海冬瓜的臉都憋紅了。

「大家別吵了！」突然有一聲大吼，教室裡瞬間安靜了下來。說話的是個女生，同時她也是班裡的班長，名叫趙舒緒。不過班長貌似是一個挺文靜的女生，從沒有見她像剛才那樣大聲說話過，徐晨一時有些驚訝。

趙舒緒似乎也發現了眾人看向她的異樣目光，隨即又補充了一句：「我只是想要大家冷靜一下，聽一聽班主任的意見，剛才衝動了，抱歉。」她一說完便略顯侷促地坐了下去。

海冬瓜看局面得到了控制，十分感激地向這位女班長點了點頭。不過趙舒緒好像還在為剛才自己的那番行為感到有點臉紅，並沒有注意到班主任的這一舉動。

海冬瓜再次清了清嗓子，說道：「大家不要慌亂，對於杜小月同學的突然離世，我感到深深的遺憾。不過在警方進一步調查之前，還請大家保持克制，也不要隨意在外面亂說，傳播謠言。」最後這句話他說的很重，教室裡突然安靜了下來。

「請問杜小月是自殺的嗎？」一個小個子男生突然說出了這個話，這句話就像一顆炸彈一樣再次在班裡引起了混亂。

海冬瓜敲了敲桌子，不過這次班裡很快安靜了下來。海冬瓜似乎是對自己的威嚴產生了作用感到高興，他這次清嗓子的聲音格外的大。

「雖然目前還沒有斷定是不是自殺，不過據警方說自殺的可能性還是很大的。」

「自殺……」徐晨小聲呢喃了一句，一時還弄不清楚發生了什麼情況。

這時一個女生突然哭了起來，是杜小月的同桌吳婷，這哭聲在整個班級裡顯得尤其刺耳。剛剛還一臉威嚴的海冬瓜也頓時變得有些手足無措，不過他還是強作鎮定地繼續說道：「今天就先放一天假吧，學校剛剛做出的決定，大家明天繼續過來上課。不過你們今天也注意一點，不要在學校裡面亂逛。」

按照平時來講，聽到放假的消息班上應該是已經沸騰了，可今天就算聽到了海冬瓜的這句話，班上還是靜得出奇，除了一直持續的那道低沉的啜泣聲。海冬瓜顯得也有些難受，他別過了頭，揮了揮手，走了出去。這時班裡才逐漸響起了稀稀落落地桌椅碰撞聲，不斷有人站了起來收拾書包，也陸續有人走了出去。

教室裡的人漸漸少了很多，直到最後剩下了寥寥數人，徐晨就是其中的一個，他不知什麼時候又抽出了那本推理小說在看。班長趙舒緒也沒走，她來到了還在低聲啜泣的吳婷聲旁，小聲安慰了她一句。

「小月一定是被她們逼死的。」吳婷突然說道，趙舒緒聽到這句話後也怔住了，就那麼呆呆地站在過道上。

「妳不知道嗎？小月是被那些人給逼死的！」吳婷又把那句話重複了一遍，她抬起通紅的雙眼直視著趙舒緒。徐晨見到趙舒緒模棱兩可地嗯了一聲，然後身體僵硬地走回了自己的座位。

「妳什麼都不知道！對啊，妳是個優等生，哪里管得了我們這些差生，妳每次只會假惺惺地說一些不痛不癢的話，我真傻，妳什麼都不知道……還有你們，你們也什麼都不知道！」吳婷突然把矛頭針對了班上剩下來的其他人，接著她就哭著收拾了自己的書包，跑了出去。

教室裡瞬間安靜了下來。一個男生這時站了起來，也開始收拾東西，他叫李銘，學習成績一直名列班級第一。他桌子上的書也堆得最多，剛才他之所以沒走的原因是他有一道數學題沒解完。實際上他在海冬瓜講話的時候也一直在解這道題，他根本沒有認真聽海冬瓜說的話，換句話說就是他對外面發生了什麼事一點都不感興趣。現在他解完了這道數學題，自然應該回家了。於是他開始收拾東西，往他那不大的書包裡塞了幾本厚厚的習題集，他回到家裡還得繼續學習。

「李銘，你每天都背那麼多書，不累嗎？」剛要邁出門的李銘停了下來，看向了這個聲音的來源，是陳默思，那個異類。李銘沒有回答，實際上他也不須回答，所以他只是冷漠地看了一眼對方，然後扭頭就走了。

「哎呀，真無趣！肚子餓了，我也走了！」陳默思站起來伸了個懶腰，把他那個看起來空無一物的書包甩到了背上，從後門走了出去。徐晨不知道是不是自己的錯覺，他感覺到陳默思經過自己這裡時看了自己一眼，可能是很少被人這麼看的緣故吧，徐晨感到不是很舒服。

這時班上只剩下了兩個人，一個是徐晨他自己，另一個則是班長趙舒緒。徐晨感到現在的氣氛有點尷尬，於是收起了手裡的推理小說，也準備走了。

「我是那樣的人嗎？就像剛才吳婷說的？」趙舒緒突然說了這樣的一句話，把徐晨弄得有點不知所措。他怔怔地看著趙舒緒，但是趙舒緒沒有看他，她的眼睛不知從什麼時候開始就一直盯著窗外。剛才的那句話，也不知道是對徐晨說的，還是她自己的小聲呢喃。

徐晨沒有說話，很快他便收拾好了書包，走出教室後，心情一下子就輕鬆了很多。杜小月這個女生徐晨不是很熟，可以說除了這個名字外他對她一無所知。不過沒想到她竟然自殺了……就算是像徐晨這種見慣了推理小說中各種謀殺案件的人，也不免感到有些震驚，畢竟這是現實中真實發生的事情。走了一段路之後，徐晨甩了甩腦袋，打算不再管這件事，這件事自然有老師們去煩，怎麼也輪不到他。想到這裡，徐晨開始盤算著這一天的閒置時間，他該怎麼打發的問題了。

在拐過教學樓的右角時，徐晨隱隱約約看到了那座灰色的塔。這是一座許願塔，徐晨從一開始入學時就聽到了身邊的人這樣說。傳說只要在塔前真誠地許下願望，那個願望就一定會實現。徐晨從來就不信這種傳說類的東西，所以他也從來沒有試過。徐晨搖了搖頭，不再多想，繼續走了下去。

今天是多雲的天氣，天上的雲層很厚，也很低，那座青灰色的塔此時顯得更加高大。塔尖彷彿已經穿過了雲霄，在雲霧的繚繞下顯得更加神祕。

Part 2

趙舒緒今天的心情簡直是糟糕透了，所以她一回到家就沖進了臥室，一下子就撲倒在床上，狠狠把頭埋進了枕頭裡。

趙舒緒的爸爸是個醫生，媽媽是個教師，所以現在這個時間他們應該都還在上班，偌大的一個家現在顯得十分的安靜。趴在床上的趙舒緒又想起了吳婷對她說的那句話，心裡頓時又糾結了起來。她轉了個身，仰臥在床上，這樣她才感覺輕鬆了許多。

因為家庭的關係，她從小開始就是個乖乖女，父母關係也很和睦，幾乎沒見過他們怎麼吵過架。趙舒緒的父母從小也是嚴格要求她，必要的關懷從來也不少，唯一的要求就是她必須要成績好，學習好，而趙舒緒也在這樣的環境下成長起來。當然從小到大她也從沒讓自己的父母失望過，成績一直在班上名列前茅，也從來沒惹過什麼事，讓自己的父母擔心過。每次逢年過節，父母的親戚朋友們都會這樣誇自己，說他們養了一個好女兒，而她也接受了這一點，並且也是一直以這個作為自己的行為準則。所以當今天她如此失態地對著全班大喊一聲時，她自己也嚇了一跳。

她到現在也沒弄清楚吳婷當時想說的到底是什麼，難道是誰逼死了杜小月嗎？的確，杜小月這幾天真的沒來上課，不過不是說生病了嗎？最後吳婷還嘲諷了自己這個所謂的優等生，可她真的從來沒有看不起過那些成績差的啊。作為班長，她還經常在學習上面幫助她們，所以現在連趙舒緒自己都弄不清自己到底哪里錯了。她只是覺得很是委屈，就像是無緣無故被人罵了一頓，又無處可以傾訴，她真想大聲吼出來，發洩一通。

正當趙舒緒倍感鬱悶之時，她的手機響了。雖然她有手機，但是她從來不會帶到學校去，這不是她父母要求的，而是她自己的決定，因為她認為如果把手機帶到學校去有可能會影響到她的學習。當然父母在聽到她這樣做後，也倍感欣慰。

趙舒緒看了一眼來電顯示，是自己的好友兼閨蜜鄭佳。鄭佳在隔壁班，不過看現在這個情況，她們應該也放假了，只是不知道鄭佳為什麼會在這個時候打電話來。

趙舒緒接通了電話，對面立刻傳來了鄭佳焦急的聲音，「小緒，妳應該已經聽說了那件事了吧？」

趙舒緒下意識地點了點頭，但是電話那頭的鄭佳顯然是看不到的。見對方一直沒說話，鄭佳急切地說道：「喂，小緒，妳在聽嗎？」

趙舒緒趕緊回應了一聲，鄭佳又繼續說道：「聽說是你們班的杜小月，當時我聽到是在你們班後，我也嚇了一跳呢！妳沒事吧，小緒？」似乎是感覺到今天的趙舒緒有點不太正常，鄭佳又補充了一句。

「嗯，我沒事，只是今天受的刺激比較大罷了。」趙舒緒趕緊解釋道。鄭佳是趙舒緒從小到大的玩伴，小學初中她們都是在同一個班，即使在高中，她們也在同一個學校，只是她們被分到了不同的班級，鄭佳是在十三班。現在她們也經常聯繫，有時候放學後也會一起走走。所以一聽說自己的班上出了這樣的事，鄭佳就趕緊打了電話過來。

「小緒，妳沒事就好，剛才我把這事告訴我媽了，她也嚇了一跳呢！」鄭佳的語氣放鬆了很多。

「對了，佳佳，妳最近有聽到過關於杜小月的傳聞嗎？」趙舒緒最終還是決定把心中的那個疑問給說出來。

「怎麼，妳還不知道嗎？杜小月，最近關於她的傳聞可多了。現在她死了，這些傳聞恐怕又得瘋傳一陣子了。」鄭佳對於趙舒緒的疑問略顯吃驚。

「那……是什麼樣的傳聞呢？」趙舒緒繼續追問道。

「這樣的傳聞可多著呢，不過其中最可信的一條是杜小月她被別人欺負了，據說還被拍成了視頻放到了網上，不過我可沒有這個興趣去瞭解這些。」

「被欺負了，很惡劣的那種嗎，那也沒必要拍成視頻弄到網上吧？」趙舒緒小心翼翼地問道。

「我的趙大小姐！妳不知道現在的人有多壞嗎？他們什麼做不出來？只要妳惹了這些人，就等著吧，肯定沒什麼好果子吃！嘿嘿，不過，對於趙大小姐來說，這些事都遠著呢！我們趙大小姐可是個乖乖女，怎麼會惹上這些麻煩？」鄭佳調侃道。

「佳佳，妳別胡說！」趙舒緒急忙反駁道。

「好了好了，我也不調侃妳了。對了，我們傍晚一起出去逛逛吧，今天剛好放假，天氣又不是太熱。可以嗎？小緒。」鄭佳撒嬌似地懇求道。

「嗯，當然行啊！不過妳一定要準時哦，不然每次都讓我等妳！」趙舒緒故作生氣道。

「哦耶！那我們傍晚五點見，就在我們常去的超市那見面吧，那我先掛了啊！」鄭佳見自己目的已達成，便掛斷了電話。

趙舒緒也不由得笑了笑，感情佳佳是為了這個才打電話來的，本以為她是要安慰一下自己的。不過關於杜小月的傳聞還是著實讓趙舒緒吃了一驚，因為她竟然一點都不知道，不過她也不願多想了，今天為了這個自己可沒少煩神。

她從床上滑了下來，輕移兩步，在書桌前坐了下來，又從書包裡抽出了一本英語練習冊，她準備開始學習了。趙舒緒的書桌正對著窗戶，此時窗外的天空依舊遮蓋著一層厚厚的雲層，空氣卻漸漸灼熱了起來。偶爾有一群飛鳥掠過大樓之間，也顯得那麼焦躁不安。

就是這一扇透明的窗戶，卻彷彿隔絕了兩個世界，窗子裡的女生此時正趴在桌子上聚精會神地在紙上刷刷地寫著什麼。可總有一天，那個女生會想到要打開這扇窗戶，去感受一下外面的世界。

Part 3

徐晨百無聊賴地在大街上走著，街上人並不是很多。雖說到了傍晚，氣溫也會降一點，但現在顯然還沒到人群肯出來活動的時間。

今天趁著放假徐晨把那本《水車館事件》看完了，剛才他又去書店裡想要再買幾本書回去看。可是他轉了一圈都沒有發現什麼特別吸引人的書，他想了想還是作罷，便空著手走了出來。但是在晚飯前他又不想回家。徐晨的父親是一名公務員，在公務員的崗位上混了這麼多年，也還是一個小科長。雖說只是個不大不小的科長，可他父親在市政府的財務科工作，經常要應酬這應酬那，所以徐晨印象中最多的是父親喝醉酒的模樣。

父親酒量也不是太好，每次應酬完必是大醉而歸，渾身酒氣，有時還撒撒酒瘋，徐晨的母親多次勸說也不頂用。他父親總是說這也是沒辦法的事，現在你要是不會應酬，不管在哪都很難混下去，更別說官場了。後來他母親也放棄了勸說，只是每次在丈夫回來後幫他醒醒酒，照顧一下。可是徐晨十分看不慣這種事，他不喜歡這種應酬，雖說父親也是迫不得已，但是在徐晨的心裡總有一道邁不過去的坎兒。也因為這個原因，他十分不願意面對自己的父親。

徐晨不知道今天他用不用應酬，如果不用的話，也應該不久就到家了。可是徐晨寧願在外面瞎逛，也不願和這個父親多說一句話。

逛了一會兒，徐晨看了看手錶，已經六點了，也差不多該回去了。正當他轉身準備回去時，他看到了一道熟悉的人影，是趙舒緒，她正和另一個女生一起向自己這邊走來。徐晨不知道該是打個招呼，還是裝作沒看見溜走，略顯狼狽的他最終還是選擇了後者。他轉過了身，正準備離去，突然間他聽到了有人喊自己的名字，他扭過頭，看到了趙舒緒。果然，還是被發現了。

「徐晨，是你嗎？我還以為我認錯人了呢！」趙舒緒小跑著趕了過來。

「呃，是我……不好意思，我剛才沒注意到是妳。」雖然嘴裡這麼說，但徐晨那一臉尷尬的表情卻充分暴露了自己的真實想法。

「嘿，我看你小子是想逃跑吧，看到了我們趙美人挺尷尬是不是？」旁邊的那個小個子女生大聲說道。

這時徐晨才認真地看向了趙舒緒旁邊的這位女生，個子不高，但是一雙水汪汪的大眼睛特別引人注目。此時那雙大眼睛正上下打量著自己，讓徐晨更顯尷尬。

「佳佳，妳胡說什麼呢妳！」趙舒緒嗔怪道，「早知道就不和妳這個小妮子出來了。」

鄭佳像是認錯似的吐了吐舌頭，可是那狡黠的目光分明表示她根本沒有認錯。不過趙舒緒也沒有在意這個，而是轉身對正不知所措的徐晨說道：「這是鄭佳，我的朋友，你別聽她瞎說，她這人最喜歡這樣了，惟恐天下不亂。還有就是今天上午真是不好意思了，對你說了那樣的話。」

徐晨這才意識到上午趙舒緒說的那句話果然是對自己說的，可是自己竟然裝作沒聽見就走了，現在聽到了趙舒緒的道歉，他心裡也有點不好受。

「哪里！該道歉的是我才是，我沒有理妳。」徐晨壓抑著顫抖的嘴唇說道。

「那這麼說我們就是互相扯平了，這樣最好。對了，你在幹什麼呢？」趙舒緒高興地說道。

「呃……剛才我去書店逛了一趟，想要買點書，可是並沒有發現想買的，於是就準備回去了。」徐晨總算把這句話說完整了。

「哦。」趙舒緒應了一聲，還想說點什麼，可是被旁邊的鄭佳打斷了，「哎呦！沒想到你還是文藝青年啊？說，你看的是什麼書！」

「呃……沒什麼，我一般就只是看看推理小說……算不得什麼上的了臺面的……」徐晨再次支支吾吾了起來

「沒想到你喜歡看這些書啊，聽說看這些書的人心理多多少少都有些變態，你是不是也是這樣啊？」鄭佳壞笑道。

「佳佳，妳怎麼這樣說人家！妳再這樣胡說我可走了啊！」趙舒緒說完就轉身欲走，可是被鄭佳拉著胳膊，一時掙脫不開。

「好了好了，我不瞎說了，你們說，你們說！」鄭佳笑著說道。

「算了，時間也不早了，我們還是先聊到這吧。徐晨，那明天見！」趙舒緒擺擺手，就和鄭佳兩人離開了這裡。

徐晨見趙舒緒這樣說，也趕緊說了聲拜拜，逃也似的準備轉身離開。可是他剛轉身便注意到了不遠處有幾個人在打打鬧鬧，有兩個是他們班的女生，張琪和李蕊，其他的就不認識了。這些人平時也不務正業，經常翹課，還常常和一些混混在一起，徐晨和這種人也基本沒有交集。

可這次不一樣了，那裡面的一個女生似乎注意到了他，是張琪。她向這邊看了過來，不過準確來說，注意到的不是他，而是他身後的趙舒緒，這一點徐晨也注意到了。只見那個女生向這邊看了一眼，露出了不知怎麼形容的那種表情，有幾分嘲諷，也有幾分嫉妒，不過更多的還是冷笑。只是這種表情也

僅僅是一閃即逝。徐晨不知道趙舒緒注意到了沒有，不過還是希望她沒看到吧。

關於杜小月的事，徐晨也是知道一點的。之前幾天杜小月都沒來上課，聽說就是被人欺負了，還被拍了視頻，放到了網上，這才導致了杜小月不想來上課，一般這種事猜也能猜出來會是什麼人做的。杜小月的事很可能就和那幾個女生有關，但畢竟是沒有證據的事，連學校都拿她們沒辦法。

徐晨抬頭看了看天，天色已經有點暗了。徐晨加快了步伐，沿著街道向南走去，他準備回家了。

Part 4

今天依然是陰天，往常這個時候，天已經大亮，可是現在一切都感覺灰濛濛的。

吳婷在去往學校的路上無精打采地走著，昨天她跑回家後就把自己鎖在了房間裡，傷心地哭了好長時間。她家是個單親家庭，她只有媽媽一個人，現在應該還在工廠裡上班。爸爸在她六歲的時候就離開了她們母女，跟著另一個女人走了，至今她還記得爸爸走的時候媽媽傷心的模樣。當時她還小，所以還不太明白這是怎麼回事，只是覺得爸爸要離開自己了，不過她也沒有覺得有什麼特別值得傷心的。因為她本來就很少見到爸爸，這次她同樣也認為爸爸的離開只是暫時的，很快她便能再次見到爸爸。直到她媽媽哭著對她說，她再也見不到爸爸了，她突然感覺心裡有點痛，於是她也陪著媽媽哭了起來。

可是那麼小的吳婷並不能真切地感受到現實的殘酷。那時她還在上幼稚園，以前爸爸還沒離開時，雖然大部分時間是媽媽來接自己，但是偶爾爸爸也會來，她和其他小朋友過著同樣的普通的生活。直到爸爸離開後，媽媽找了份工作，也就不能每天來接她了。所以每次她走出教室回家時，看到和自己玩耍的夥伴們都會有父母來接，而她自己卻要走到公車站，一個人孤零零地回家。直到這時，她才意識到發生了什麼，她失去了爸爸，媽媽因為工作的關係也不能時時刻刻都照顧自己，自己的生活變了，從此她得學會一個人生活了。

吳婷經過了一個公車站，這時一輛公車進站，有無數的人湧下來，又有無數的人擠進去，而她也是這樣度過了自己的小學初中。直到上了高中後，因為離家比較近的緣故，她每天是走著在學校和家裡來回。而這也是她和杜小月相識的契機。

由於是單親家庭，吳婷小時候可沒少受同學們異樣的眼光。上小學時甚至有同學當著她的面說她的爸爸跟著另一個女人跑了，說她沒有爸爸，剛開始時她會辯解幾句，然後回家大哭一場。可是後來她習慣了，她習慣了這樣的生活，沒有爸爸就沒有爸爸唄，她也不想和其他人有過多的接觸，她知道自己是和其他人不一樣的。後來上了初中，她的朋友也很少，基本上沒有交心的朋友，有時候就連和別人說幾句話都很難得。上高中後，她本來也是繼續著這樣的行事風格，可這一切都因為杜小月的出現而發生了一點變化。究其根本，那是因為杜小月和她本質上是同一類人。

吳婷走進了校園，透過教學樓她看到了那座塔的塔尖，而她最好的朋友剛剛才在那裡失去了自己的生命。一想到這，吳婷的雙眼再次紅了起來，不過她還是強忍著揉了揉雙眼，沒有讓自己哭出來。她理了理略顯散亂的頭髮，再次看向那座高塔，她發誓她要振作起來。她不知道今天等待她的會是什麼樣的結果，可她不相信杜小月就這樣死了，這中間肯定還有什麼隱情。而這也正是她要找出來的地方，吳婷握緊了手掌，暗自下定了決心。

趙舒緒今天很早就來到了學校，不是因為她勤奮，而是因為她昨天晚上根本就沒有睡好。腦袋裡一直想著那件事，怎麼都睡不著，所以後來就乾脆起了個早。當她從房間裡揉著亂糟糟的頭髮出來時，把她的父母也嚇了一跳，因為她很少起這麼早。即使是平時上課，她一般也是算好了時間在早讀前五分鐘趕到學校，週末更是會睡個大大的懶覺，像這麼早她也還是第一次。不過儘管這麼早，她的母親也已經早早把早飯做好了。她父親是個外科醫生，經常要輪班，所以上班時間不是很固定。而且昨天晚上他剛剛做了一臺較為複雜的手術，很晚才回來，現在估計還在被窩裡補覺吧。於是她就和母親一起吃了個稍稍有點早的早飯，吃完早飯她就出了門，然後徑直去了學校。

當她到班上後，教室裡也只有寥寥數人，恐怕都是一些習慣早起的人吧。她習慣性地走到自己的座位坐下，很快就拿了一本英語書出來開始早讀。她的英語成績很好，也是因為她對英語挺感興趣，從小學時她就開始接觸那些英文名著了。拿著這本英文書讀著讀著，趙舒緒很快就進入了狀態，沒有注意到外界的情況。等她再次反應過來，才發現已經開始早讀課了，剛剛打過了鈴聲。這時她看到了吳婷背著書包走了過來，那個書包相對於她小巧的身體多少還是顯得有些不成比例。吳婷看起來有點失魂落魄，她低著頭，慢慢地走向了自己的座位。

趙舒緒又想起了昨天她對自己說過的話，決定今天還是找個時間和她談談。一下定決心，趙舒緒的心裡反而輕鬆了很多。

早讀課後一般會有二十分鐘的休息時間，如果是週一的話，會在這個時間進行升旗儀式。可今天是週三，所以這個時間他們可以自由活動。有的同學拿出了在路邊攤上買的早點開始吃了起來，但還是有不少人聚在一起談論一些事情。趙舒緒聽到了離她較近的一群人的談話聲，主要還是關於杜小月的，看來這件事造成的影響還得持續一段時間了。

正當趙舒緒想要趴著睡一小會來彌補自己昨晚的失眠時，海冬瓜走了進來，嚇得剛才還聚在一起談論的人趕緊回到了自己的座位，教室裡吃東西的人也立馬收起了自己的早餐。海冬瓜可能也意識到了自己的出現所帶來的尷尬，於是他馬上清了清嗓子，說道：「大家趕快到操場上去，校長有話要說。」

「是不是關於杜小月的？」下面立馬有人問道。

海冬瓜可能自從發生了那件事後就一直不太高興，聽到這句話後立刻火冒三丈，斥道：「廢話什麼！趕快去！」

被呵斥到的那人嚇得手中的燒餅都掉在了地上，引起了眾人的一陣唏噓。不過很快大家都離開了座位，開始往操場集中了過去。等趙舒緒到了操場後才發現，別的班已經都到齊了。等她們班一到，就有一個穿著西裝的中年男人走到了正前方的高臺，那是舉行升旗儀式的地方。

趙舒緒似乎以前看過這個人，有些印象，但一時又想不起來名字。只見那人拿著一個話筒，朗聲說道：「同學們好，我是副校長章承江，主管學校的學生工作。今天讓大家來，主要是想向大家說明一下昨天發生的一件事，具體來講是杜小月同學的突然離世，想必這件事也在同學們中間造成了相當大的混亂。」

話音剛落，底下的人群果然又混亂了起來，趙舒緒站在人群的前列，也明顯感受到了身後的騷動。

「好了，同學們安靜一下，下面由我來為大家說明一下現在的具體情況。昨天凌晨我們學校的一個清潔工在學校後面的塔園裡發現了杜小月同學，我們學校的安保人員在得知情況後很快便趕了過去。但當時為時已晚，經過醫院的搶救，杜小月同學還是離開了我們。後來警方經過調查得出一個結論，杜小月大概是在昨天半夜零點左右離世的。而且從現場的痕跡可以大致判斷出，杜小月她是從塔上跳下去的。經過警方仔細的調查，沒有發現其他痕跡，也就是說杜小月很大可能是自殺的。」副校長停了下來，看了一眼人群。還好，沒有什麼大的騷動，章承江心裡頓時松了口氣。

「當然，對於我剛才得出的結論，警方還需要進一步的調查確認，不過照目前來看，這一結論是十分可信的。今天校方組織了這次講話，也是為了澄清一些不必要的謠言。所以請同學們放心，我們學校一定會配合警方，妥善處理這件事情的，希望不要對同學們在本校的學習生活造成影響。對於這件事的解釋，我也就講到這了，下面有請劉校長給大家講幾句話。」

章副校長一說完就走向臺邊，把話筒遞給了校長，校長是位中年女性，可看起來年紀不大，才四十歲左右的樣子。對於校長，趙舒緒也不陌生了，以前也經常聽劉校長在國旗下講話，今天她穿了一件黑色的套裝，頭髮也挽了起來，可能也是為了悼念已經離世的杜小月吧。

劉校長表情很是凝重，她走到前臺，舉起話筒，說道：「同學們，對於杜小月同學的突然離世，我表示深深的遺憾。」說完，劉校長便深深鞠了一躬，「在這裡，我想對她的家人，她的朋友們說一聲，節哀順變！杜小月同學已經走了，但是我們其他人更應該堅強起來。今天我也不多說了，馬上就要高考了，希望同學們不要受到影響，好好學習。今天的講話就到這裡，大家依次離開吧！」劉校長再次鞠了一躬，正準備離開，突然人群中傳來了一聲大喊。

「你們都想逃避嗎?!杜小月為什麼會自殺，你們怎麼不給大家解釋清楚！」一聲清亮的大喊聲從人群中傳了出來，在這寬闊的廣場上顯得更為引人注目，底下的人群在片刻的寂靜後再次沸騰了。

本想下臺的劉校長看到這一幕也愣住了，一時竟不知如何是好，剛才上場的章副校長趕緊跑上了臺，接過話筒，大聲喊道：「肅靜！肅靜！」幾次喊叫後，台下的學生才漸漸平靜了下來。

「剛才不知是哪位同學問的問題，不過我在這可以明確地向大家說，杜小月同學為什麼會自殺，我們會調查清楚的，我們祁江一中向來都是明辨是非的，如果有人犯了錯，我們絕不會姑息他們。我在這裡也向大家保證，事情的真相一定會弄清楚的！好了，今天的講話就到這裡，接下來請大家有序離開！」副校長說完就看向了身旁的校長，好像是說了幾句什麼，然後校長點了點頭，就一起下了臺。

學生們也慢慢向操場外走去，人群漸漸散去，趙舒緒夾雜在人群中，心裡的疑問更加深了，看來必須得找吳婷談談了。突然有人從後面拍了自己的肩膀，趙舒緒轉身一看，原來是鄭佳，不知她什麼時候看到了自己。

「嗨，想什麼呢？」鄭佳還是一臉調皮地問道。

「沒什麼，我想找吳婷談談，妳也知道，我對她昨天說的那番話很在意。」趙舒緒看著鄭佳低聲說道。

「哦，這樣啊，要不我也陪妳去找她吧，我也挺感興趣的。」鄭佳把臉湊了過來說道。

「我想，還是我一個人去吧。」

「哎，這麼說妳是不相信我，我這個人嘴巴可是很嚴的。」鄭佳故作生氣道。

「不是我不相信妳，妳也知道，這次是什麼情況，我想還是我一個人比較好。」趙舒緒握緊了鄭佳的手，鄭佳也沒再反駁，兩人並肩離開了操場。

吳婷自從操場回來後就一直心神不寧，老師在課堂上講課，她連一句都沒聽進去。今天早上一聽到校長要有講話，她就緊張得不得了，她對校方要怎樣處理這件事很是在意。但是當兩位校長都說完了，竟然一點都沒有提到小月為什麼要自殺，這令吳婷十分生氣。她當時就想大喊一聲，把事實說出來，讓全校的同學都知道，讓那幾個校領導也出出洋相。可是正當她握緊拳頭想要大喊一聲時，突然有一個男生替她把想要說的話說了，她感到十分驚訝，當時她恨不得跳起來，找到那個說話的男生。可是由於人實在是太多了，儘管她左顧右盼，還是不知道那個男生在哪。

校方最後還是糊弄過去了，吳婷最不喜歡的就是那個章副校長了，看起來一本正經的，實際上頑固得不得了，這次最後也是他救了場。吳婷想著想著就又有點生氣了，看著窗外的那幾棵無精打采垂下來的柳條，她突然有種想要扯下來好好蹂躪一番的衝動。

不過很快就打鈴了，沒想到這麼快就到了放學時間，吳婷也趕快收拾起了東西。以前她都是和杜小月一起走的，如今看到了旁邊的座位上空蕩蕩的，她的心再次涼了下來，突然有種想哭的衝動。

這時吳婷發覺有人走到了自己面前，她抬起頭看了一眼，是趙舒緒。

「吳婷，我們能談談嗎？關於昨天妳對我說的那句話。」趙舒緒輕聲說道。

吳婷沒想到趙舒緒會主動找上自己，不過她還是說道：「我們能有什麼可談的呢？妳還是走吧，大小姐！」吳婷也不知道是怎麼回事，今天自己說的話顯得這麼刻薄。

不過趙舒緒還是不依不饒，「吳婷，我知道妳對我有看法，但我現在是真的想要瞭解杜小月，如果有什麼我能幫得上忙的，我也會儘量幫的。」趙舒緒鼓起了勇氣繼續說道。

吳婷沒想到趙舒緒這麼堅持，她也只好回應道：「那我也謝謝妳的好意了，不過還是算了吧，妳就算知道了，也沒什麼用。」吳婷繼續收拾著東西，沒有看向趙舒緒。

「我是真心的，吳婷，我是真的很想幫妳，也是想幫杜小月。」趙舒緒還是不肯放棄。

吳婷正想繼續拒絕，可是旁邊突然傳來了一個男生的聲音。

「我也想知道，關於杜小月的事。」吳婷看向了那個說話的男生，男生個子挺高，但是有點瘦，不過相貌還算可以，那一雙單眼皮的眼睛炯炯有神。

「你又是誰，我憑什麼就得告訴你？」吳婷想了一會，這麼說道。

「哦，忘了告訴妳了，我叫鄧健，隔壁班的。還有就是，今天早上的那句話是我喊的。」男生微笑著說道。

不光是吳婷，連趙舒緒都呆呆地看著這個相貌普通的男生，沒想到這個看起來瘦弱的男生竟然有那麼大的勇氣。

吳婷眨了眨眼睛，最終同意了這個請求。

「那這位同學來聽應該也可以了吧？」男生指了指趙舒緒，微笑著說道。

趙舒緒沒想到這個男生幫了自己，心裡不禁充滿感激。倒是吳婷吃驚地看了一眼男生，又看了趙舒緒，沒有說話，只是點了點頭。

Part 5

三人來到了學校外面的一家小吃店，可能是他們來的有點遲了吧，店裡的人並不多。

「對了，我得打個電話回去，告訴我媽我不回去吃飯了，省得她擔心。」正找了個位子坐下來，趙舒緒就想到了這個。看到旁邊的兩人沒什麼反應，她露出了疑惑的表情，這意思大概是——你們不用和家裡說說嗎？

「呃，我就不用了，我中午一直在外面吃。」鄧健笑了笑說道。

「我也不用。」吳婷冷冷地回應道，她的眼睛一直盯著門外。

趙舒緒摸了摸身上，突然發現自己沒帶手機，她終於想起了自己上學時一般都不會帶著手機。平時沒有發生什麼突發事情，她也沒有用到手機，可是今天就不一樣了。趙舒緒猶豫了一下，還是問道：「你們誰帶了手機？我上學時一般不帶手機……」

場面頓時有點尷尬。

「哦，這樣啊，我借妳吧！」鄧健見此情形拿出了自己的手機。

趙舒緒趕緊說了聲謝謝，然後給家裡打了個電話，在電話裡她解釋了老長時間。另外兩人也只能等著她說完這一通電話，期間鄧健幫三人點了要吃的東西。

剛掛斷電話，吳婷便說道：「到底是個好孩子啊，妳家裡這麼不放心妳。」不過吳婷也只是看了趙舒緒一眼，便把目光繼續移向了門外。

鄧健趕緊又打了個哈哈，說道：「我們還是談正經事吧，我也開門見山地問了。吳婷，妳覺得杜小月為什麼要自殺？」一說完，剛才還一臉微笑的大男孩便表情嚴肅了起來。

「還能有什麼原因，還不是那幾個賤貨！」吳婷有點厭惡地說道。

「妳是說張琪和李蕊她們嗎？」鄧健繼續問道。

「除了她們還能有誰？」沒想到吳婷突然惡狠狠地看向鄧健。

鄧健沒有回避她的目光，而是繼續問道：「妳為什麼這麼認為？」

吳婷像是看著一個傻瓜似的看著鄧健，說道：「這不是明擺著的嗎？你是真不知道還是假不知道？」吳婷說完生氣地將頭扭了開來。

「杜小月和她們有什麼過節嗎？」鄧健不管吳婷的反應，繼續問道。

「過節，有什麼過節？全都是那些賤人過來找的麻煩，見我們好欺負就欺負我們！」吳婷明顯激動了起來。

「能具體說說嗎？」鄧健面無表情，繼續問道。

這時吳婷的眼睛已經有點紅了，可鄧健依然不依不饒地問著，這讓身旁的趙舒緒感到有點不盡人情，她本想安慰一下吳婷，可是這時吳婷繼續說了下去：「你們可能不知道，我和小月的家庭情況都有點特殊，我是單親家庭，我爸在我六歲那年就和別的女人跑了。而小月，她……她，可以說和我同病相憐吧……」吳婷似是不忍再說下去。

鄧健也沒繼續提問，只是在耐心地等著。吳婷平復了一下心情，然後繼續說道：「我和小月第一次見面就在剛上高中時，那時我們還不是同桌，剛開學的那一段時間，我都是一個人走回家的，我也習慣了這種生活。」

吳婷這樣平靜地說著，趙舒緒發現自己好像也能體會到吳婷的那種感受。

「我們第一次見面那天下了雨，剛好那天我忘記了帶傘，而我的母親還在上班，她也不可能來送傘，雖說我家離這很近。於是我就留在了教室裡面沒有走，我想等雨小一點再說。過了一會兒，班上的人漸漸少了，剩下的幾個人，要麼是和我一樣在等雨小一點再走，要麼就是等人來接自己。後來天已經有點黑了，可雨還是淅淅瀝瀝地下著。最後班上只剩下了兩個人，就是我和小月。我一個人孤零零地在後排坐著，看著窗外的雨滴打在玻璃上，當時突然感到很無助，就像小時候我第一次一個人放學回家一樣，沒有一個人來幫助自己。

正當我的心一點點地沉下去，突然有個人影站在了我的面前。我抬起頭來才發現，正是教室裡面的另一個人，她告訴我她叫杜小月，她還告訴我可以和她一起打傘回家。當我知道我們回家正好順路時，我高興極了，於是我們便一起出了校門。我問她既然有傘，為什麼要等到那時候才回家。她說，家裡很冷，她不想回家。我當時也沒有多問，可後來當我知道真相時，連我都震驚了，我真的想不到小月如此平靜的外表下，竟然隱藏著這麼多的悲痛。」

吳婷停了下來，三人都沒有繼續說話，這時老闆把點好的三碗面端了上來，可是沒一個人有想要開動的意思。

「後來呢？」鄧健看著碗裡冒出的熱氣，輕聲問道。

「後來……」吳婷想了想，說道：「我不是那種擅長與人打交道的人，所以從小到大我的朋友不多，能交心的朋友基本就沒有。可是小月她不一樣，她是那種很容易就讓人產生交往念頭的人，所以後來我們便成為了朋友，每天放學後也走在一起。有一次我問她，既然她這麼善於與人打交道，為什麼之前反而沒什麼朋友，我也一直對這個很好奇，所以我就找機會問了。小月說她實際上不喜歡和人交流，我又問她那為什麼和我成了朋友，她說我和其他人不一樣。我問她有什麼不一樣的，她沒有說話，只是說總有一天我會知道的。我雖然很想知道，但是看小月又不想說，所以我也就沒多問。

我們就這樣度過了高一，直到高二重新分班後，我和小月成為了同桌。也正是這時候，情況發生了變化。你們也知道，高二時我們班轉進來了張琪和李蕊，在我們學校也是有名的壞學生。本來我以為只要我們不招惹她們，我們之間也不會有什麼交集，可是後來發生的一件事出乎了我的意料。」

「妳是說她們找上了杜小月？」鄧健突然問道。

「嗯。」吳婷點了點頭。

「她們不是不認識嗎？」趙舒緒也忍不住問道。

「我本來也是這樣認為的，後來我才發現事情沒有這麼簡單。在課間她們也幾次三番過來找麻煩，更別提私下裡會發生什麼事了。但是我一直不清楚她們為什麼會這麼針對小月，而小月也從來不和我說。後來有一次我生氣了，我對小月大喊道，如果她不和我說出真相，我們就做不成朋友了，結果你們猜怎麼了？小月她竟然默認了，她獨自一人離開了。那一段時間我們很少說話，即使我們是坐在同一個座位上。我生氣極了，原來小月是這樣一種人，說不做朋友就不做朋友。所以我很長一段時間都沒有和她說過話，直到後來發生了那件事。」吳婷像是不願回想起那件事似的，雙手緊緊抵著額頭。

趁著說話的間隙，趙舒緒給吳婷倒了一杯水，吳婷接過去，可是沒有喝。

「那天放學後我看到了那些人又對小月糾纏不清，甚至動手動腳的，我看不下去了，就走上前去擋在了小月前面。當時我其實也挺害怕的，可不知為什麼我就那麼沖了上去。當時張琪還對我放了狠話，叫我不要多管閒事，小心連我也揍。可是我也沒有退縮，我沖她們吼著說她們再不走我就把這件事報告給班主任，她們突然對我大笑了起來。我也知道這可能沒什麼用，但是她們笑完也就走了，只不過我的心裡當時可並沒有那麼輕鬆。我當時就拉著小月往回家的方向跑，我對她說這次一定要告訴我原因，為什麼她會被那些人盯上。

「在我再三追問下，小月才告訴了我真相。原來小月有著和我相似的家庭，她小時候媽媽就去世了，然後她和爸爸的關係也一直不好，更嚴重的是她和張琪李蕊她們從小學到初中都是同學，一直以來都被她們欺負。直到這時，我才發現我和她有什麼共同的地方，而這也是我們和其他人所不一樣的地方——我們的家庭都不完整。恐怕也正是這個原因，她才這麼容易接受了我吧。而她那次和我絕交，恐怕也是為了我不受她的牽連，畢竟我也是容易受到欺負的那一類人。小月她一直以來都選擇了獨自承受，而我竟然還對她有那種想法……」吳婷說著眼圈就紅了起來，她哽咽著繼續說道，「但是我知道小月的情況後沒過多久，就發生了那件事，然後小月……小月就走了……」

吳婷終於忍不住大聲哭了出來。

趙舒緒趕緊輕拍著吳婷的背部，她能感受到吳婷在顫抖，這瘦小的身體這段時間以來一直承受著多大的痛苦啊。趙舒緒看向了對面的鄧健，只見鄧健雙手撐著下巴，面無表情，似乎在想著什麼。

等吳婷情緒穩定了下來後，三人吃了桌上已經有點涼的面，然後一起回到了學校。直到趙舒緒陪著吳婷進了教室，三人也一直沒有說過多的話，鄧健也只是擺了擺手，就離開了。

不知為什麼，趙舒緒無意間眼角掃到了張琪所在的座位，已經要上課了，可座位上還是沒有人，而且隔著一個座位的李蕊也不在。趙舒緒等吳婷坐了下來後，也走到了自己的座位前。這時她突然感到，好安靜啊，安靜得像是什麼都沒有發生。

是的，這一切都是表面上看起來的這麼平靜，但是即將發生的事將把高二12班，甚至是整個祁江一中都推向風口浪尖，一不小心，就會摔得粉身碎骨。

Part 6

今天下午最後一節課是物理課，老師罕見地沒有拖堂，所以趙舒緒也得以早早地回了家。祁江一中是沒有晚自習的，這對於一中的學生來說也可以說是個好事，因為他們可以更自由地利用這些時間做自己喜歡做的事。但也總是有一些家長抱怨說自己的孩子就是因為沒有晚自習，晚上怎麼勸都學不進去。在趙舒緒看來，她還是覺得不上晚自習比較好，她喜歡一個人安安靜靜地學習。

一進家門，趙舒緒就感覺到了一種前所未有的輕鬆，但隨之而來的也是深深的疲倦。可能是中午沒有睡午覺的原因吧，整個下午上課時趙舒緒都感覺沒什麼精神，不過現在既然回家了，在吃晚飯前她想稍微休息一會兒。

於是她走向廚房，準備和正在準備晚餐的的母親說一聲。當她走到廚房後，才注意到今天這時候父親也很罕見地在家。他還穿著西裝，可能也是剛回家，沒來得及換衣服。父親正在廚房裡和母親商量著什麼，可趙舒緒實在是太睏了，她根本不想聽他們在說什麼。於是她只是對著廚房小聲說了句自己去休息了，然後就回到了自己的房間，撲通一聲倒在了床上，很快她便睡著了。

不知過了多久，迷迷糊糊中趙舒緒被叫醒了，肯定是到了吃飯的時間。於是趙舒緒有點不情願地爬了起來，去洗了把臉，頓時感覺清醒了許多。等趙舒緒坐到餐桌前，她才發現父親和母親都已經坐下了，兩人的表情都有點嚴肅，母親的眼光還時不時看向父親。

趙舒緒不知道發生了什麼，但是現在剛睡醒的她突然有點很餓的感覺，於是她決定先吃點東西。

「小緒，聽說你們學校發生了一點事情。」父親趙剛這個時候終於說話了。

趙舒緒沒想到父親這時候會提到這個，不過這也沒什麼奇怪的，自己的學校發生了那樣的事，父親如果沒有問自己，反而才有點奇怪。於是趙舒緒就一邊吃著，一邊點了點頭。

「有個學生自殺了，還是你們班的？」父親看女兒點了點頭，就繼續問道。

「嗯，是的，我們班的一個女生。」趙舒緒覺得這個也沒有必要隱瞞，就說了出去。實際上她在家裡從來就不會對父母有什麼隱瞞，她什麼事都會和父母商量的，就連今天中午沒回來吃飯，她都會打個電話回家說一聲。

父親沒有繼續問，而是用手松了松衣領，然後又拿起了筷子，不過他沒有夾菜，「那個女生和妳很熟嗎？」

趙舒緒有點吃驚，她沒想到父親會問這個，她看向了父親，父親的眼光十分銳利。趙舒緒如實說道：「不是很熟，僅僅是同班同學罷了。」說完她再次吃了一口飯，她隱隱感覺到了什麼，心裡竟然有一點緊張。

「那妳中午為什麼不回來吃飯？而是……而是在外面吃？」父親的聲音突然大了起來，雙眼更是緊盯著趙舒緒，這讓一旁的母親也感到有點不安，她的眼光不時在這對父女間移動。

趙舒緒深吸了一口氣，很是平靜地說道：「我不是中午還打電話回來說了嘛，我是和幾個同學一起在外面吃的，她們非要拉著我，也沒辦法。」趙舒緒說話時沒有看向父親，她的目光移到了母親那裡。母親在聽到了自己說這句話後，神色突然一變。

趙舒緒趕緊看向父親。父親沒有說話，只是給自己夾了一點菜，但是從父親的臉色可以看出來，他現在已經有點生氣了。

終於，父親說道：「妳在說謊，我已經問過佳佳了，她說是妳主動找的那個女生，那個女生叫吳婷，對吧？」

趙舒緒一聽到這話頓時就有點生氣，「怎麼？你在打聽關於我的事？」

「我打聽妳是有點不對，可是妳也不應該瞞著父母。說，妳是不是向那個叫吳婷的女同學打聽關於那個自殺的女生的事？」父親語氣緩和了下來，不過還是不依不饒。

「是的，我就是向她打聽一下又有什麼不對嗎？」趙舒緒辯解道。

「我沒有說不對。但是，妳要想想，妳現在是高二，已經是准高三了，再過幾個月妳就是高三的學生。妳現在學業這麼緊張，為什麼要管那麼多閒事？」父親說話的語速很快，不過趙舒緒明白他的意思，於是她沒有說話，只是在默默地吃著自己的飯。

「小緒，妳是我的女兒，所以我很清楚，妳很善良，同時好奇心又很重，妳想瞭解那個女孩的一些事，想知道她為什麼自殺，對不對？可是這本就不是妳該管的事，妳現在最重要的事是學習，妳要知道，再過一年你就要高考了！」趙剛充滿感慨地說道。

趙舒緒沒有回答，只是依舊低著頭吃著自己的飯。父親給的理由不可否認，她一直就是這樣過來的，她也確實好奇心比較重，喜歡瞭解一些不一樣的東西。父親也知道這一點，於是也儘量會滿足自己的要求，小時候各種玩具，圖書什麼的只要自己想要，父親也都會買給自己，但唯一的要求就是，不要耽誤了學習。父親上學的時候學習成績就很好，他小時候是生活在農村的，可以說他是靠自己的勤奮努力才學了醫，當了醫生，才有了如今的生活。現在他當然也希望自己的女兒能有一個好的成績，以後可以有點出息。

父親一向都是十分強硬的人，他雖然是個醫生，但從小就體格好，在大學期間甚至練過空手道。上初中以後，父親對自己的要求便愈發嚴格了起來，如果什麼事會耽誤自己的學習，父親都會儘量阻止。甚至於春節走訪親戚，父親都會將時間控制在合理的範圍內，以便於自己有足夠的時間用來學習。趙舒緒也漸漸認同了父親的做法，尤其是這樣做以後，自己的成績確實一直名列前茅，她也逐漸習慣了這樣的生活。但是這次不一樣了，趙舒緒感覺到有一種莫名的情緒在支配著自己，她感覺自己有義務要瞭解這件事。至於原因，趙舒緒想不明白，她也不願繼續想了，於是她很快便吃完了自己的飯，準備回房間自習。

但突然間電話鈴聲響了，母親站起來去接了。趙舒緒本想著肯定和自己沒關，正準備打開房門進去了，這時母親喊了自己一聲，說是佳佳打來的。

趙舒緒接過電話後，想著自己就在剛剛被佳佳給出賣了，正準備說她一頓，但是電話那頭傳來的佳佳急切的聲音頓時讓趙舒緒的這個念頭消散了。

「小緒，是妳嗎？」

「嗯，怎麼了，這麼著急？」

「小緒，這麼說妳還沒聽說？」

「聽說什麼？」

「小緒，妳聽著，我們學校又發生大事了，張琪死了，妳知道嗎？」

「什麼！張琪死了？怎麼會?!」

趙舒緒頭腦一時空白了，她不知道為什麼會發生這樣的事，不過她還是很快就緩過了神，繼續問道：「真的嗎？出了什麼事？」

「張琪她好像也是自殺了，在自己租的房子裡面，用燃氣自殺了。我也是剛剛才聽別人說的，這件事實際上發生在下午，但是由於校方的隱瞞，現在才傳了出來，聽說現在學校的領導正在緊急開會呢。」鄭佳的語氣明顯是有些激動。

「是的嗎？自殺……」趙舒緒突然想起來了，自己中午就注意到了張琪沒有來學校，沒想到她竟然自殺了。

「小緒，妳說，杜小月自殺了，現在張琪也死了，這些到底是怎麼一回事啊……我現在頭腦真亂，聽說這件事在一些同學那裡已經引起了混亂呢！」鄭佳頗為擔憂地說著。

「我也不知道，我們到底能做些什麼，還是等著看吧，明天學校的老師們應該會給出解釋吧。」

「妳說海冬瓜，就憑他？他現在肯定也慌了神，正往學校趕呢，說不定現在正在被學校領導大罵呢！而且明天那些個領導們肯定又是敷衍了事，不過這次他們可不是那麼容易就能擺平了。」鄭佳的聲音聽起來竟還有點期待的感覺。

「佳佳，死的人畢竟都是本校的同學，我們也不應該隨便議論別人。我想，我們還是等到明天見面時再說吧。」趙舒緒想了想還是覺得這樣說比較好。

鄭佳也同意了這個建議，於是趙舒緒掛了電話。這時趙舒緒才注意到身旁站著的兩個人影，是父親和母親，尤其是父親，現在的臉色別提有多難看了。

「怎麼了？我聽妳和佳佳的談話，似乎你們學校又發生了什麼事，什麼又死了的？」父親趙剛開口問道。

趙舒緒一時不知該怎麼回答才好，不過她還是很快說道：「爸爸，剛才佳佳和我說，我們學校又死了一個學生。」

父親趙剛臉上緊鎖的皺紋似乎又多了一道，母親看起來也不知如何是好，於是趙舒緒便自己一個人回了房間。當房門關上發出砰的一聲時，趙舒緒才意識到，有什麼東西已經悄然發生了變化，自己也需要做點什麼了。

Part 7

聽著周圍一群人接連發出的笑聲，徐晨感到更加不耐煩了，明明已經連續發生了兩起自殺事件，而且還都是本班的同學，這群人現在還有心思笑得出來。

「徐晨，你不要臉色這麼難看嘛！雖然發生了那樣的事，但是我們也不能一直這樣沉悶下去不是，人總是要開心一點的，不然出了毛病怎辦？」同桌劉大同又搬出了他那一套歪理。

徐晨都懶得搭理他，於是只好走出教室，呼吸一下室外新鮮的空氣。徐晨趴在窗戶上，看著學校外面的世界，與學校隔著一條馬路的街道上滿是商店，路上也有很多汽車，隔這麼遠徐晨都能聽到汽車的喇叭聲。這裡雖然是學校，卻接連發生了這樣的事，先後有兩個學生去世了，弄得好像是自己喜歡看的推理小說裡發生的一樣。不過這裡可是真實的世界，那也是真正的死亡，徐晨這樣想著，突然感到有點後怕。

徐晨收回了自己伸出窗外的頭部，準備回到教室，但是轉身看到的那道人影卻把他嚇了一跳。

「陳默思，是你？」

「怎麼了？不樂意看到我啊！我們可是天天見面的哦，你不想見也是不可以的哦！」眼前的這個奇怪的大男孩露出了奇怪的笑容。

徐晨感到很不舒服，不想理這個怪人，正準備走，可是那個人又突然拉住了自己的肩膀，「唉，別嘛，剛才開玩笑的！有正經事和你說。」

徐晨看到對方眼裡的真誠，就停了下來，想聽他到底要說什麼。

「最近感到很無聊，我成立了一個偵探社，你有沒有興趣啊？」對方嘴裡看似無所謂的一句話，卻讓徐晨著實吃了一驚。

「什麼，偵探社？這個……」

「很厲害是不是？我也這麼覺得，最近挺無聊的，所以我才弄出了這麼個東西。而且我看你經常也在偷偷地看推理小說，想必對這個也是很感興趣，所以才邀請你加入的，一般人我才懶得理呢！」陳默思撓著亂糟糟的頭髮，笑著說道。

「不過……這個……這個偵探社……還邀請我？……」陳默思的說法讓徐晨特別無語，一時間他竟然真的不知道該說些什麼。

「你也不用這麼著急感謝我，加入偵探社後，事情還多著呢！這不，你看，事情就來了嘛！」陳默思壞壞地笑著，手指指向了徐晨的右側。

徐晨跟著看了過去，只見班長趙舒緒正趴在窗戶前，一副悶悶不樂的樣子，不知道在想著什麼。徐晨一個沒注意，陳默思就已經走到了趙舒緒的面前。

「嗨，我們的美麗班長，現在在想著什麼呢？有什麼我們能幫得上忙的嗎？說實話，我剛剛成立了一個偵探社，而這小子也是我們的成員。所以說……如果妳有什麼問題，大可找我們幫忙，現在我們剛開業，可是不收任何費用的哦！」陳默思故意大聲說道。

突然間周圍都安靜了下來，眾人都有點吃驚地看著這個怪人，還有他身後的那個「跟班」。趙舒緒同樣也是感到十分吃驚，如果是平時聽到這個怪人這樣說的話，一定會以為又在發什麼瘋了，但是現在她心裡很亂，也顧不上這些了，只是扭過頭就往教室走去。

「你看！嚇著人家了吧！你沒事發什麼瘋啊？還有你發瘋就發瘋，為什麼還連累我，我可沒答應要加入你的那個什麼偵探社！」徐晨在趙舒緒走後向陳默思大聲說道。

「我也沒想嚇著人家啊，不過我剛才似乎是有點著急了。可是沒關係，接下來有的是時間，我們肯定會有委託的。」陳默思仍嬉皮笑臉地說道，「這不，你看這回肯定是有了！」

只見一個嬌小的女生急匆匆地向這邊走來，白色的校服對她來說似乎也有點偏大，人一走起來就顯得更加鬆鬆垮垮的。

「剛才聽兩位學長說你們成立了一個偵探社，而我剛好有一件麻煩事，能請你們二位幫忙解決嗎？真是麻煩了！」這時徐晨才注意到，這個學妹的眼睛大大的，十分可愛。

「當然可以，我們既然成立了偵探社，自然要做一些事情。說吧，什麼事！」陳默思一口答應了下來。

「你要亂來你自己去，可別拉上我！」徐晨條件反射似的立刻拒絕了，不過看到這位學妹那一臉懇求的表情，心又立刻軟了下來，他連忙改口道：「不過即使我不是偵探社的成員，如果學妹有麻煩，我這個當學長的自然也會幫忙！」

「這麼說，你們答應了，那真是太好了！」學妹開心地說道，一雙大眼睛也在不停地眨動。

趙舒緒坐在椅子上，小心臟還在撲通撲通地亂跳。剛才陳默思那傢伙的舉動確實嚇了她一跳，她沒想到這個人竟然會直接來找她。

「妳怎麼了？小緒？」身旁的同桌劉思敏看趙舒緒有點不對勁，擔心地問道。

「哦，沒事。」趙舒緒雙手揉了揉太陽穴，想讓自己冷靜下來。

問道。

「唉，這也難怪，班上發生了這樣的事，小緒妳作為班長，應該煩透了吧？」劉思敏邊整理課本邊

「有可能吧，昨晚也沒怎麼睡好。」趙舒緒歎了一口氣。

「我就說是這樣嘛！那兩個人，怎麼早不自殺，晚不自殺，偏偏選在這時候自殺！要知道我們可是準畢業班了，學業壓力這麼大，還要攤上這種麻煩事！」劉思敏抱怨著。

「思敏，雖然對我們確實有影響，但妳也不能這麼說啊！」趙舒緒看著劉思敏，嚴肅地說道。

「這個……真是抱歉，剛才說的太過分了。不過我說的可是大家的共識啊，妳不知道嗎？現在班裡有很多同學都是這麼想的。妳想啊，那兩個人，一個是一天到晚都不怎麼說話的啞巴，一個是整個學校都知道的女魔頭，這兩個人，偏偏這時候自殺了，大家意見都可大了。」劉思敏乾脆一口氣把心裡想的全說了出來。

趙舒緒正想說點什麼，可這時候上課鈴響了，第一節課就是班主任的課，應該會講一下昨天發生的那件事吧。可是過了有一段時間，班主任馬海東還是沒來，班上漸漸議論了起來。趙舒緒本想站起來制止一下，可是想到自己上次的言行，不禁打起了退堂鼓。

「大家安靜一下，班主任馬上就來了。」

聽到這句話後，班上頓時安靜了下來，趙舒緒一看，原來是副班長張樹源。他平時那麼低調的人，這時候竟然說出了這句話，也挺讓她吃驚的。不過不容趙舒緒多想，很快馬海東便進了教室。

和前幾天相比，班主任馬海東明顯是又萎靡了一點，恐怕昨天的事讓這個本就膽小的中年男子再次遭受打擊了吧。只見馬海東有些踉蹌地走上講臺，他的眼睛一直沒有看向學生，眼神飄忽不定，也不知道在想著什麼。

來到講臺後，他終於站定了，抬起頭看向了台下的學生，他的眼神裡充滿了疲倦，台下的學生們也一齊看向他。馬海東已經從教二十多年了，站在講臺上的時間甚至比他睡覺的時間都多。作為一個老師，學生們看著自己也很平常，但是今天馬海東感覺很不一樣。他怕面對學生們的眼神，這些學生的眼神裡不是對知識的渴望，也不是什麼都無所謂的那種平淡的眼神，而是充滿了焦急，迷惑，甚至於說是某種期待吧。

馬海東感覺有點熱，他整了整領帶，輕咳一聲，開始講話。

「首先，對於本班再次發生這樣的事情，我作為班主任，責無旁貸。在此，對於我職責的疏忽，我對同學們深表歉意！」海冬瓜深深鞠了一躬。

「但是，剩下的，我也不能多說了，目前警方仍在調查。校方決定於後天週六舉行一次家長會，將在那時向各位同學以及家長說明一下情況，請大家回去通知自己的父母，具體時間與地點，我們會通知你們父母的。」馬海東終於體面地說完了這些話，這些話也是剛才校方決定讓他這麼說的，說是這麼做才最不容易在學生中間引起混亂。

「老師，我們理解你的心情，這也不是你的錯，接下來就讓學校處理吧，我們還是必須要以學習為重。」馬海東沒想到下面會有人說出這樣的話，他仔細一看，才發現是李銘，這個班學習成績最好的人。不光是他，連校領導都很看好這個孩子，認為李銘很可能在高考中取得好成績，為學校增光。

馬海東十分欣慰地看了李銘一眼，點了點頭，繼而看向全班，「好了，那麼我們下面就繼續上課吧。」

他拿起了粉筆，在黑板上寫下了這次課的標題，這是他多年以來的習慣。可是這一次，他感覺時間是過的這麼慢，彷彿每一秒都被一種無形的力量拉扯著，真的太累了。

Part 8

「好了，說吧，是什麼事？」陳默思一本正經地看向對面的女生。

他們三人是等到了傍晚放學才找到時間聚在了一起，此時本就不太大的奶茶店裡人潮湧動。徐晨扭動了一下身子，看起來還是不太習慣大家都這麼嚴肅的樣子。

「呃，那我就實話實說了啊，今天我找你們是想請……請你們幫我找一條狗……」嬌小的女生似乎有點緊張。

「什麼？找狗?!妳還真以為我們是什麼事都做啊！我們是偵探社好嗎，是替人辦事，而不是找……找一條狗！」陳默思一聽到這句話臉就漲得通紅，然後就大聲質問了起來。

「但……我以為你們會做的，而且這條狗真的對我們很重要，尤其是對我表姐來說。」對面的女生急得都快哭了。

「好了好了，默思，你就幫幫人家嘛！誰叫你是個大偵探呢？今天早上還嚷嚷著要接受委託破案呢！這不，機會來了，你又不幹了！」一旁的徐晨趁機冷嘲熱諷道。

「誰……誰說我不接這個案子啊，今天是我們首日開張，這也是我們偵探社成立以來接的第一個委託，我就破例一次吧，這個委託我們接了，所以……」

「所以，你就答應了？」女生高興地叫了起來。

「嗯，可以這麼說吧！」

「哦，對了，一直忘了介紹我自己了，我叫李小萌，是高一14班的。」女生自我介紹道。

「好了，小萌，下面就說說妳所委託的相關內容吧。」陳默思表情頓時變得嚴肅了起來。

「那，接下來就看我們的陳大偵探怎麼破案吧！」徐晨強忍著不讓自己笑出來，不過他還是豎著耳朵仔細聽了下去。

「好，那我就說了啊，其實我想要兩位學長幫忙找的這條狗名叫努努，是我表姐家養的。準確的說是她兩個月前撿到的，在再三向父母懇求之後，才勉強被允許養在家裡。可是舅舅舅媽是喜歡乾淨的人，不喜歡在家裡養寵物什麼的，所以放出話來，說如果努努犯了什麼錯的話，就一定要送到收容所裡面去。但是，就在昨天，努努犯了一個不可饒恕的錯誤，它咬人了，所以我表姐擔心極了，怕它就這麼被送到收容所去。但現在更嚴重的問題是，努努它不見了，我們到哪都找不到它，我和表姐都著急死了！」李小萌略有激動地說道。

「咬人了？傷的重不重？」陳默思冷靜地問道。

「哪有多嚴重，努努是條小型的雜種犬，對人不會有很大傷害的。只是當時也咬破了皮，所以為了以防萬一，還得去打個狂犬疫苗。」

「那對於它為什麼會咬人，妳有什麼建議或者線索嗎？」

「這個嘛，實際上當時我們是在做訓練來著，但是……但是我們也沒想到會發生這種情況。」李小萌看起來有些不安。

「仔細說說看。」陳默思依然面無表情。

「大約半個月前，我和表姐就開始著手訓練努努了，主要是兩個動作，一個是舉綠牌，意思是讓努努跑過來抱抱，另一個是黃牌，讓努努去叼東西。那天正因為努努太調皮了，老是圍在來訪的客人身邊，所以表姐就舉起了綠色的牌子，想讓努努回到自己身邊，可是沒想到昨天努努一看到這個牌子就狠狠地咬在了客人的手上。要知道當時客人可是在摸著努努的頭的，雖然努努不太喜歡陌生人，可是當時氣氛那麼好，我們都沒想到會發生這種事……」女生似乎就要哭出來了。

「狗不是色盲嗎？妳們怎麼用不同顏色的牌子來訓練呢？」徐晨不解地問道。

「呃……這個嘛，我也不是很清楚，當時表姐在網上找的這種訓練方法。」李小萌看起來也不是很明白這個。

「狗雖然是色盲，但和我們人類有點不大一樣，它雖然不能看到五顏六色的色彩，但是可以分辨出不同顏色的深淺。在狗的眼裡，不同的顏色只是深淺不一的灰色罷了。」陳默思突然這麼說道。

陳默思的這個舉動卻讓徐晨吃了一驚，這傢伙竟然連這都知道。不過沒等徐晨多想，陳默思便繼續問道：「那努努後來為什麼會跑了呢？」

「這也怪我們，當時我表姐被努努的表現嚇傻了，她趕緊跑了過去，一著急就不小心踢到了努努，努努嗷嗷叫著就逃走了。後來我表姐別提有多難過了，現在她也不知道該怎麼辦，努努不見了，可是就算找了回來也一定會被送到收容所。但是我不甘心，努努那麼可愛，那麼聽話，昨天怎麼會突然就像發瘋了一樣呢？所以我決定一定要把努努找回來，如果表姐家不養的話，我決定養努努。」李小萌最後擲地有聲地說道。

徐晨這時才注意到，剛放學時奶茶店裡有點混亂的場景已經沒了。店裡有很多學生，不過此時都靜靜地坐著，要麼看著書，要麼小聲地說著話，就像他們此時一樣。

「最近努努有什麼比較怪異的表現嗎？」陳默思繼續問道。

「要說怪異的表現，還是有的，比如經常這段時間努努會經常莫名其妙地狂吠，尤其是看到陌生人。所以當時我們看到努努對待客人這麼熱情，還是挺驚訝的。還有就是最近它特別黏人，我和表姐都快被它煩透了。」女生想了想說道，「對了，你們問了這麼多的問題，和怎麼找到努努有關嗎？我們可是找了很多地方，連努努當時被我們撿到的地方我們都去找了，可是一無所獲。」李小萌看起來滿臉失落的樣子。

「聽起來線索很少啊！恕我直言，這條狗不會是得了什麼病了吧，然後才瘋了似的咬人，妳看它這幾天不是一直狂躁不安嗎？」徐晨摸著下巴說道，「對了，妳們把這條狗撿回來後，給它做了檢查嗎？」

「做了，我們一撿回來，舅舅舅媽答應了會養之後，我們就帶著努努去做了檢查，並且登了記，還打了疫苗，一切都沒什麼問題啊！」李小萌焦急地說道。

「這樣啊！那會是什麼原因呢？」徐晨沉思了起來。

「好了，具體事情我已經很清楚了，而且我也已經大概知道努努會在哪了。」陳默思突然說道。

「什麼？」徐晨和李小萌瞪大了雙眼盯著一臉平靜的陳默思。

「你已經知道努努在哪了？這麼快？怎麼可能？」徐晨不可思議地接連問道。

「怎麼不可能？不過最後我只想再確認一件事——努努是條公狗嗎？」

「是的，可是這個和努努在哪有什麼關係嗎？」李小萌看起來仍然十分疑惑。

「有關系，而且關係大了。好了，接下來我就來一一說明吧！」陳默思露出了他那標誌性的笑臉。

「那你知道努努到底在哪嗎？」徐晨緊盯著陳默思，沉聲問道。

「其實，努努現在到底在哪，我也不太清楚。」陳默思突然說道。

「什麼?!」徐晨像是被耍了一樣生氣地站了起來，引起了周圍眾人紛紛側目，不過很快他也察覺到了周圍氣氛的不對，於是趕緊坐了下來。

「你也不要這麼生氣嘛，不過……不過我還是知道它會在哪個人身邊出現的。」陳默思說到這，突然停頓了一下。

「誰？」李小萌問道。

「就是被努努咬傷的那個客人。」陳默思像是揭開謎底似的笑著。

「怎麼會？努努不是咬了他嗎？又怎麼會跑到他那裡？」女生不解地問道。

「努努跑到那個人那裡，又不是去找他！」

「那是找誰？」

「還能找誰？去找另一條狗唄！」

「你是說是去找妮妮，那天客人的確說了自己也養了一條狗呢！不過，你怎麼知道的？」女生臉上的疑惑之色更重了。

「直覺……呃，說笑的啦！是因為努努這幾天的表現罷了，雖然公狗不會發情，但是都會有一段躁動期。在這段時間內，他們會經常狂吠，而且特別黏人，當有別的發情的母狗經過的話，就會發生什麼，你們想必也會知道了……」陳默思耐心地解釋道。

「但是當天客人家養的妮妮並沒有一起過來啊！哦，你的意思是客人本身帶過來的？」

「正是如此！這幾天那個客人家的妮妮想必正在發情，經常和妮妮在一起的那位客人的身上肯定會帶有妮妮身上特殊的氣味，所以平時不喜歡和陌生人接觸的努努那天卻和那位客人黏到了一塊，這是因為狗天生靈敏的嗅覺讓它察覺到了客人身上那獨特的氣味，頓時生了好感。甚至於在客人離開後，也嗅著氣味尾隨那位客人到了他家附近，就是為了找到妮妮。」陳默思語速很快，不過還是很好理解的。

「既然你這麼說，那麼我問你，努努為什麼會咬客人呢？」徐晨突然插嘴問道，眼裡滿是質疑。

「這其實也很簡單，不過也正是因為這個才讓整個事情複雜了起來，其實努努會咬那個客人，完全是因為妳們的指示啊！」陳默思盯著嬌李小萌突然說道。

「什麼！因為我們？」李小萌吃驚地睜大了雙眼。

「就是這樣，那天正是妳的表姐發出了錯誤的信號，所以才導致努努咬人的。」

「但是我記得表姐當時發出的是正確的信號啊，我記得她當時明明是舉的綠色的牌子！」

「這和什麼顏色的牌子無關，因為努努一直以來注意的就不是牌子的顏色，而是妳們的動作！」

「什麼，動作？」

「是的，和顏色這麼微小的變化想比，動作不是更加醒目嗎？」

「你說動作，那麼我們的動作到底有什麼不同呢？」

「到現在妳還不明白嗎？每次妳們舉綠色牌子讓努努跑過來抱抱的時候，因為努努是小型犬，妳們總是蹲著的。而當妳們讓努努去叼東西的時候，我猜，妳們應該都是站著的吧！」陳默思突然大聲說道。

「好像是這樣的，但是……這個和努努咬人有什麼關係呢？」李小萌看起來仍然很是不解。

「難道……難道你是說，當時努努咬人的時候小萌的表姐是站著的，所以釋放的是讓努努叼東西的信號！」徐晨眼睛突然亮了起來，大聲說道。

「Bingo！所以當小萌的表姐用那個綠色的牌子指向客人時，那麼聽話的努努才會不顧一切地去想要叼東西，而他選擇咬的客人身上的部位則是離它最近的手！」陳默思自信滿滿地說道。

「怎麼會這樣！這麼說，是我表姐讓努努咬人的？怎麼會這樣……」李小萌的聲音顫抖了起來，臉色十分難看。

「所以說，妳們的努努不會有事啦！現在恐怕還和那個叫妮妮的母狗一起歡樂呢！」陳默思再次壞壞地笑著說道。

「默思，你別說了，人家正難過著呢！」這時一旁的徐晨怒氣早已消掉，他趕緊撞了一下陳默思的肩膀，低聲說道。

「沒關係，努努沒事就好，這次是我們的錯，我們找到努努後會和表姐的父母解釋的，讓他們把努努留下，就算……就算實在不行，我也會收留努努的。」女生擦了擦有點濕潤的眼角，慢慢說道。

「好了，那現在您的委託我們已經解決了，我們偵探社也該撤了。」說著，陳默思就拉著還在發愣的徐晨準備走，「哦，對了，如果妳們找到了努努，替我向努努問好，並把我的話轉告給它——你真是一條了不起的公狗啊！」陳默思繼續著他一貫的風格，壞笑道。

當徐晨和陳默思正在忙著找狗的時候，趙舒緒獨自一人來到了學校後面的塔園。前幾天還人頭攢動的塔園現在冷冷清清，只有在風中搖擺的警戒帶顯示著幾天前曾經發生的事，一個鮮活的生命在這裡逝去了。

整個塔園最獨特的建築當然是那座青灰色的塔，這個塔原本就沒有名字，不知為什麼，後來在學生中流傳的就是這座塔叫做許願塔。好像之前有學生在塔下許下了自己的願望，比如高考考個好成績啊，能考個好學校啊，並且這些願望最終都實現了，於是這個稱號在學生中間越傳越廣。私下裡高考之前會有很多高三的學生到這裡來許願，甚至於一些外校的學生聽說了這座塔的神奇，都會特地跑到這裡來許下自己的願望。

但是就在幾天前，這裡死了一個人，一個叫杜小月的女學生，趙舒緒抬起頭看向了高塔。當時杜小月是從哪里跳下的呢？她為什麼會選擇輕生？難道真的是因為受到欺淩了嗎？

趙舒緒想起了剛才佳佳對自己說過的話，現在在學校裡流傳的很廣的一個說法是，杜小月死的時候在塔上許下了一個願望，或者說是一個詛咒，讓那些欺負她的人都去死，於是過了幾天張琪就死了。佳佳還說張琪死了之後，李蕊就一直把自己鎖在家裡，說是不想出去，恐怕也是怕被詛咒殺死吧。

趙舒緒不會相信這種詛咒殺人，可是她又很想知道，杜小月在死前究竟有沒有許下願望，如果她真的許下了願望，又會是什麼？

Part 9

因為剛才幫學妹找狗的事耽誤了一點時間，徐晨今天回來的有些晚，不過幸好沒有錯過晚飯，而且今天罕見的是父親徐躍也回來的很早。

「怎麼了？你小子今天怎麼回來的這麼晚？」徐躍坐在沙發上正讀著早上沒來得及看的報紙，見自己兒子回來的竟然比自己還晚，便順口問了起來。

「有一點事，耽擱了。」徐晨淡淡地說道。

「你才多大啊，還有事耽擱了？說，是不是又和什麼朋友到哪玩去了？」徐躍看著兒子笑著說道。

「嗯，算是吧！」徐晨沒想辯解，他隨口應付了一下，便背著包走向自己的房間。

「我就說嘛！你這小子就是貪玩！好了，吃飯吧！」父親徐躍放下了報紙，向餐桌走去，

徐晨在房間放下了書包，透過門縫，看著父親的背影，徐晨頓時感到有些心酸，原來父親還是一點都不了解他。是的，他以前是很貪玩，但那也只是小時候的事了，準確的說是上初中以前。而那時父親也只是剛剛才工作了幾年，是坐辦公室的小職員，工作並不多，所以每天都下班很早，週末也有很多的時間陪著自己，所以那段時間也是自己最快樂的一段時間。那段時間徐晨想玩什麼，父親都會陪著自己，但後來隨著父親職位的升遷，工作也漸漸多了起來，而且有時還不得不加班，就算不加班還有各種應酬，陪自己的時間越來越少。

到徐晨剛上初中那年，很多時候徐晨只能晚上睡覺前才能見到父親一眼，他們的交流有時僅限於睡覺前的那聲問候。直到現在，在父親的眼裡，自己還是那種小孩，喜歡玩，有一大堆的朋友。可是自己早就已經變了，是什麼時候變的呢？徐晨說不清楚，反正上初中以後，他的朋友越來越少，他也樂意這樣。在徐晨的心裡，有時覺得人就是很虛偽，父親就是這樣的人，對客戶虛偽，對上級虛偽，甚至對自己的兒子都一無所知。既然這樣，徐晨覺得為什麼自己要對別人敞開心扉，把自己的事都告訴別人呢？有朋友是可以，但這種朋友也可有可無，自己沒必要認真對待。

「你看！今天你媽給你弄了多少好吃的！」徐躍看著桌上的菜，沖剛從房間出來的徐晨說道。他看起來十分高興。

徐晨沒有在意，走到了電飯煲前，給自己盛了一碗飯。

「阿晨，也給你爸盛一碗吧！」還在廚房裡忙碌的媽媽向著這邊喊道。

徐晨便放下了自己的碗，拿著空碗又多盛了一碗，他想了想，把母親的那碗也盛了。徐晨把父親的那碗飯遞了過去，把留給母親的那碗飯放在了桌子上。

「謝謝啊！沒想到阿晨今天也挺懂事的！」父親徐躍高興地說道。

「那肯定啊！你也不看看是誰的兒子？」母親在廚房裡附和道，然後端著最後一盤菜走了出來。

「也是，也是！」父親徐躍笑得更加開心了。

「爸，今天遇到什麼好事了嗎？這麼開心？」徐晨終於還是忍不住問道。

「你爸啊，最近是遇著好事了！他賺錢了，咱們也可以過個像樣的日子了，以前那點工資，光是還房貸就夠嗆！」母親看起來也很高興，替父親答道。

「怎麼賺的錢？」徐晨有點好奇地問道。

「股票，股票你知道麼，最近行情大好，再加上你老爸我多年來在金融行業中摸爬滾打的經歷，賺錢還不是很容易的事？」父親徐躍高興地說道。

「怎麼從來沒聽你說過，你在炒股？」徐晨問道。

「和你這種小孩說有什麼用，這些都是大人的事，你只管好好讀書就行了！」父親說著又給徐晨夾了菜，「好好吃，今後咱們家的生活條件也該改善改善了！」

「哦。」徐晨應了一聲，也沒有多管，畢竟這也是好事。

之後在父親的歡聲笑語中，徐晨總算是吃完了飯。吃完飯後，他就回到了自己的房間。先是拿出了課本，想要自習一會兒，可是不知為什麼，卻怎麼也看不進去。算了吧，徐晨歎了一口氣，他還是從書包裡抽出一本推理小說，看了下去。

不知過了多久，徐晨突然聽到自己手機響了，一看來電顯示，竟然是陌生的號碼，不過徐晨還是接通了電話。

「喂，是徐晨嗎？我是趙舒緒，抱歉現在還打電話過來，你也不要問我為什麼會有你的號碼。我也是想了好長時間，才給你打了這個電話。喂，徐晨，你在聽嗎？」

徐晨是有在聽，但一聽到是趙舒緒的聲音，徐晨就頭腦一片空白了，他不知道趙舒緒這麼晚打電話過來幹嘛。

「呃，我在聽，怎麼了？」徐晨趕緊答道。

「沒什麼……就是關於……關於你們成立的那個偵探社……」電話那頭的趙舒緒支支吾吾地說著。

「什麼！妳是說今天早上陳默思剛剛成立的那個偵探社？妳提它幹什麼？」徐晨本想嘲諷一下，但是一想到傍晚這個偵探社才剛剛幫一位少女解決了一個問題，就沒有多說了。

「那個……那個，我想請你們調查一件事……」趙舒緒還是有點緊張。
「什麼事？」
「這幾天發生在我們學校的兩起自殺事件。」趙舒緒說出這句話的時候沒想到是那種少有的流暢。
「什麼？妳別胡鬧了，這可是真正的案件！是有人死了的，再說警方不都已經說是自殺了嗎？我們又能怎麼辦？」徐晨也緊張了起來。
「但是不管怎樣，我還是想把這件事弄清楚，就算你們不答應，我也準備自己一個人去把它弄清楚！」電話那頭的趙舒緒語氣十分堅定，「好了，具體的我們明天見面再說吧。對了，這件事還是你來告訴陳默思那個怪人吧，我有點受不了他……」
「好吧，那我們明天再談吧，我會轉告給那個怪人的。」徐晨也只好說道。
兩人於是就掛斷了電話。徐晨坐在桌前，想了很久，也沒有想通趙舒緒為什麼這麼執意要弄清楚這件事，是因為杜小月嗎？還是吳婷，還是有什麼其他的原因？
徐晨看了一眼時間，已經將近十一點了，不過現在的他毫無睡意，於是他繼續捧起那本推理小說，看了下去。
掛斷電話後，趙舒緒渾身無力地坐在書桌前。臺燈發出的亮光有些刺眼，於是她把燈罩向下按了點，室內頓時就暗了下來。
剛才趙舒緒打了個電話給徐晨，至今趙舒緒也不清楚自己剛剛為什麼會打那個電話。當時那一瞬間她只是覺得自己頭腦發熱，突然就抓起了手機，撥出了那個手機號，這是今天剛剛從佳佳那裡拿到的，她也不知道為什麼佳佳手裡會有這麼多人的聯繫方式。

也許是因為傍晚時分她去了塔園的緣故吧，對於杜小月的死，她想知道真相，僅僅如此。又或許是今天晚上吃飯的時候父親再次提醒，或者說是警告的緣故，學校裡雖然死了兩個人，可是和她並沒有關係，所以父親嚴厲要求女兒別管這事，好好學習就行。可趙舒緒聽到這句話後，心裡反而燃起了更強烈的欲望，她想知道這件事的前因後果，她是個整個班的班長，她有義務管理好這個班級，這個班裡死了兩個人，從某種程度上來說，她也有責任。

所以，她那時撥通了那個電話，電話裡當然響起了那個熟悉的聲音，於是明天她將要開始一段新的奮鬥了，趙舒緒這樣想到。

她站了起來，關掉臺燈，這個房間裡唯一的光源消失後，整個房間都陷入了黑暗。黑暗中趙舒緒摸索著爬上了床，輕輕地蓋上了被子，寂靜的夜晚裡只有空調發出的呼呼的聲音。

Part 10

「噫籲嚱！危乎高哉！蜀道之難，難於上青天。」

朗朗讀書聲中，徐晨頂著個黑眼圈左右搖晃，嘴裡發出的聲音連他自己都不清楚是什麼意思。昨天晚上徐晨熬夜了，實際上是他怎麼也睡不著，於是只好爬起來繼續看推理小說。是趙舒緒的關係嗎？還是她的那個請求？徐晨不知道是哪一個原因，反正他躺在床上，思緒萬千，最後竟然失眠了，以至於他現在雙眼上出現了大大的黑眼圈，剛來時還被同桌的劉大同好好嘲諷了一番。

突然間讀書聲停了下來，徐晨才意識到晨讀已經結束了，於是他終於解脫般地趴倒在了桌子上，想要趁著這個機會打個小盹兒。但是眼睛剛閉上還沒睡熟，自己伸出桌子的手肘就被撞了一下，徐晨爬起來正想大罵一聲是哪個不長眼的，可在他還朦朧的雙眼裡出現的竟然是一個穿著校服的女生的背影。趙舒緒，徐晨心裡突然浮現出了這個名字。

「糟了，昨晚她交代的事我還沒辦呢！」

徐晨從剛才還睡意正濃的狀態突然間就精神了起來，他掃向陳默思的位置，發現人還在，於是他小聲向趙舒緒致歉後，就趕緊走了過去。很快，陳默思也注意到了走過來的徐晨。

「唉，我們偵探社的唯一社員今天找我這個社長幹什麼啊？」陳默思的語氣十分輕佻。

「有事。我想，我們又有委託了。」徐晨開門見山地說道。

「什麼？正巧，我這裡也接到了一份委託，看來這個偵探社還是大有前途的啊！」陳默思饒有興趣地說道。

「真的嗎？那正好，你先說還是我先說。」

「你先說吧，我這個委託可是十分重要的哦，好戲當然要留到後面。」陳默思笑道。

「那好，我就先說，我接到的是趙舒緒的委託，她請我們調查本班的兩起自殺事件。」徐晨不緊不慢地說道。

聽到這句話之後，陳默思的臉色一變，「什麼？趙舒緒的委託，虧我昨天邀請她，她還不答應，怎麼又會改變主意，還委託給你這小子？」陳默思氣急敗壞地說道。

「這我就不清楚了，反正是她的委託，你到底是接還是不接？」徐晨無所謂似的問道。

「接，當然是接啦！這種好事，我怎麼能不接？再說，我接的那個委託也和這個有關。」陳默思故作神祕道，「有人請我調查張琪的自殺事件。」

「什麼！誰委託的？」

「這個可不能告訴你，委託人說了不能洩露她的身分，只能我一個人知道。」

「我也不行嗎？我可也是這個偵探社的一員！」徐晨大聲說道。

「你昨天不是還不想加入我這個偵探社嗎？怎麼，今天這麼積極？」陳默思擺開了手，看著徐晨說道。

「這個……我改變主意了還不行嗎？」徐晨感到有些洩氣。

「好了，好了，我們也總算有新的委託了，只不過這個委託有點麻煩啊，你能行嗎？」陳默思再次問道。

「不試試怎麼知道行不行，我那些推理小說也不是白看的！」徐晨有些生氣地說道。

「就你看的那點推理小說？當作休閒讀物還行，可是要是真用到現實中，恐怕要出大問題。」陳默思不屑地數落道。

「好，你說你行，我們就來比比看，看誰先完成委託！」徐晨也顧不上現在的局面是什麼，朝著陳默思大聲喊道。

「好了，我也不是說你不行，但是這次的委託我們確實要分頭行動，具體的事情我們再商量吧。今天傍晚怎麼樣？剛好明天就是週六放假了，我們有時間可以調查。」陳默思拍了拍徐晨的肩膀，示意他消消氣。

徐晨也沒說話，轉身回到了自己的座位。

還是昨天的奶茶店，只不過今天除了徐晨和陳默思還有其他的客人，趙舒緒，還有就是旁邊的鄭佳。

「唉！怎麼妳也來了？」徐晨看到鄭佳如此說道。

「怎麼啦？我怎麼不能來了？」鄭佳雙手插腰，一副我就偏要來的架勢。

「小緒，當初可沒說這個人也要參與啊？」徐晨滿臉疑惑地看向趙舒緒。

「還小緒，誰讓你這麼叫的，我家小緒可不是你這種人隨便叫的！」鄭佳繼續挖苦道。

「妳……」

「好了好了，之前我也不知道佳佳要來，可當我和佳佳說了我和你們要見面的事後，她非要跟著我來，我也沒辦法……」說完趙舒緒就一臉無奈地看向一旁滿臉笑意的鄭佳。

「既然來了，我們就一起討論吧，多一個人總不是壞事。」陳默思終於說道，「不過，我和徐晨是偵探社的人，趙舒緒是委託人，那麼妳要以什麼身分參與進來呢？」陳默思目光轉向鄭佳，一本正經地問道。

「這個……我也當委託人，不可以嗎？」鄭佳想了想說出了自己的看法。

「不行！我們已經有了委託人了，怎麼可以再多一個……要不，妳加入我們偵探社吧，妳看怎樣？」陳默思的狐狸尾巴終於露了出來。

「這個……」鄭佳盯著陳默思，一時說不出話來。

「好你個陳默思，原來在這等著人家，你又在給偵探社拉人了是不是？」徐晨突然明白了什麼，對著陳默思笑道。

「是又怎麼樣？我又沒有強制人家，是人家自己來選。」陳默思擺出一副無所謂的模樣。

「放心吧，人家肯定不會選擇加入我們偵探社的，像她這樣……」

「像我這樣怎麼了？我就偏要加入你們這個什麼偵探社！」鄭佳打斷了徐晨，大聲說道。

「什麼？妳怎麼能行？」徐晨吃驚道。

「是啊，佳佳，妳別胡鬧了！」趙舒緒也連忙勸道。

「我沒胡鬧，我是經過認真考慮的！」鄭佳一臉認真地說道。

「好了，既然佳佳自己都同意了，我這個當社長的也只好同意接收了，所以……」陳默思看向鄭佳，鄭重說道，「從現在開始，鄭佳，妳也是我們偵探社的一員了！」

「好唉！」鄭佳歡呼道。

「默思，你……」徐晨無語道。

「好了，好了，佳佳，作為我們偵探社的新晉人員，妳對我們偵探社有什麼疑問嗎，盡可能提出來，雖然我們偵探社才成立了一天。」陳默思無視了徐晨，繼續說道。

「那，我有個問題，咱們偵探社叫什麼名字？」鄭佳探向前方，問道。

「這個，不就叫偵探社嗎？還有什麼名字嗎？」陳默思一時語滯。

「那哪能行啊！咱們偵探社得有個像樣的名字，像他們嫣然繪畫社，天風足球社，多麼好聽的名字啊，咱們偵探社當然也得有個名字。」鄭佳解釋道。

「那，你看叫福爾摩斯偵探社怎麼樣？」徐晨建議道。

「這個……有點太長了……哎……對了，你們看，陳默思的名字裡面就有默思兩個字，和福爾摩斯裡面的摩斯挺像的。我看，要不就叫摩斯偵探社吧，摩斯，摩斯，英文就叫Moss吧！」鄭佳高興地說道。

「Moss偵探社！我看可以！」徐晨也高興地看向鄭佳，向其投出贊許的目光。可鄭佳看到徐晨的目光後，把頭一扭，像是在生氣一樣。

陳默思也注意到了這一點，於是說道：「好了，那我們偵探社就……就叫Moss偵探社吧，下面……」

「等一下，我還有一件事想問。」鄭佳再一次打斷了陳默思的話。

「什麼事？」

「咱們偵探社成立以來，除了這次，還接受過什麼委託嗎？」鄭佳好奇地問道。

「這個……有是有……就是……」陳默思突然變得支支吾吾起來。

「哈哈！這個我來說！昨天，我們偵探社剛成立時就接到了一件委託。」徐晨搶著說道。

「徐晨，你怎麼……」陳默思著急地說道。
「好了，這又不是什麼壞事，說出來也讓她們知道你的厲害啊！」徐晨打趣道。
於是接下來徐晨就把昨天陳默思怎麼接到找狗委託以及怎麼找到那條狗的事，和在場的兩位女生說了，當然是以眾人哄然大笑為結尾。
「我說，陳默思，沒想到你還有這一手啊！真沒看出來！」鄭佳笑得連話都說不出來了，趙舒緒也笑了出來。
「好了，這些事都說完了吧，下面我們進入正題。」陳默思擺了擺手，一臉黑線地制止了眾人的狂笑。
「也是，佳佳，別笑了，該說正事了。」趙舒緒也同意道。
「好啦，我不笑就是了。」說是這麼說，可鄭佳的臉上還滿是笑意。
「鑒於小緒的委託是請我們調查這兩起自殺事件，所以我覺得我們最好還是分開來行動，這樣效率會比較高，然後我們找個時間一起討論各自收集得到的證據。你們看，這樣好不好？」陳默思建議道。
「這樣行是行，但是人員分散了，每個人不是更吃力了嗎？這樣能行嗎？」徐晨說道，「而且，我們現在偵探社加上佳佳也才三個人，這個，怎麼分？」
「這也是個問題……」陳默思思索道。
「我也會加入的。」趙舒緒突然說道，「我也會加入調查，我們每組都分兩個人，這樣不就行了麼？」
「妳嗎？可以啊，這樣剛好。」陳默思同意道。
「可是小緒，妳父母能同意嗎？」鄭佳擔憂地問道。

「沒關係的，我會說服他們的。」趙舒緒想了想，還是說道。

「那就這樣吧，我們分兩組，一組調查杜小月的死，另一組調查張琪的死，分別由我和徐晨帶隊，你們看這樣可以嗎？」陳默思看向眾人說道。

「可以，不過我想和默思分到一組，我才不和這種傢伙待在一起呢！」鄭佳說完向徐晨吐了吐舌頭。

「那好，佳佳就和我一組吧，那小緒就和徐晨一組，都沒意見吧？」陳默思見沒人反對，繼續說道：「那我就和佳佳去調查張琪的死吧，你們倆就調查杜小月，可以嗎？」

趙舒緒點了點頭，看了看徐晨，見徐晨沒什麼反應，也就沒多說。

「那我們事情都商量完了，現在我們可以撤了。」陳默思說道。

「什麼？這就完了？」鄭佳吃驚地問道。

「對啊，不然妳還想怎樣？」陳默思也故作吃驚道。

「比如，比如總要制定個調查方案什麼的啊！」鄭佳建議道。

「這個啊，我早就想好了，明天妳只要等我的通知就可以了。」陳默思胸有成竹似的說道。

「啊？原來你早就想好了啊！真厲害！」鄭佳高興地說道，然後就轉向趙舒緒，「小緒，那我們走吧。」

趙舒緒有點猶豫，她看了看徐晨，可徐晨還是無動於衷，她咬了咬牙，說道：「佳佳，你們先走吧，我還要和徐晨討論一下明天的安排。」

「啊？這樣啊，也是，那我就先走了啊，那小緒妳也早點回去吧，不然妳爸媽又得擔心了。」鄭佳最後還不忘提醒趙舒緒一句。

等陳默思和鄭佳走了之後，奶茶店裡瞬間安靜了下來。趙舒緒喝了一口已經不是很冰的檸檬汁，然後看向徐晨，說道：「你對杜小月有什麼看法？」

徐晨沒想到趙舒緒會問這樣的問題，一時沒想好怎麼回答。

「前幾天我找吳婷聊了一會兒。」之後趙舒緒就把那天吳婷對她說的都講了出來，「聽了這些之後，我發現很多事我們都不知道，還是說……還是說只有我不知道。」趙舒緒看著身前只剩下一半的檸檬汁，略顯慘淡地說道。

「不是，怎麼會呢？我也什麼都不知道啊！」徐晨也不知是真的不知道，還是僅僅用來安慰趙舒緒，才會這樣說。

「是嗎？」不知道趙舒緒是否接受了徐晨的這個說法，她再次喝了一口飲料，然後很是平靜地說道，「知道這些事後，我對自己的看法改變了。以前我一直聽父母的話，一直以來都是以學習為重，我也一直是這麼做的。但是當杜小月死了之後，我的父母竟然讓我不要管這些事。是啊，就算我瞭解了，又有什麼用呢？」

徐晨也喝了一口自己的檸檬汁，可是喉嚨還是感覺很幹。趙舒緒這時繼續說道：「直到張琪也死了，我才感覺死亡是離我們如此的近，但沒想到的是我們身邊的人竟然能如此的平靜，那可是兩個活生生的人啊！還是我們的同學，他們……他們怎麼能這樣？」

徐晨看著趙舒緒快要哭出來的模樣，一時也不知如何是好，他看向了窗外，此時天色已經有些黑了，路上也早沒有了剛放學時還來來回回的學生。

「其實，我也是這樣的一種人。」徐晨繼續看著窗外，說道，「妳也知道，我這個人不擅長與人打交道，或者說是我不想吧，與其和別人談天說地，還不如自己找一本書，一個人慢慢地看。所以，當杜小月死的時候，我也只是心裡震驚了一下，之後就沒有在意這件事了。」

「所以，」徐晨看著趙舒緒，繼續說道，「所以，如果說無動於衷的話，我也是這些人中的一員。」

趙舒緒吃驚地看著徐晨，沒想到他會說出這樣的話，「徐晨，對不起，我剛才的話不是針對你的。」趙舒緒趕緊解釋道。

「沒事，我只是自己這麼想罷了。」徐晨觸摸著裝檸檬汁的杯子，一道徹骨的寒意順著手臂爬上了他的脊背。

「所以，我現在想要自己把這件事給搞清楚，但是……我需要你們的幫助。」

「我知道，其實，我自己也很想弄清楚這件事，杜小月，畢竟也是我們的同學。」

「那……我們接下來應該怎麼辦呢？」趙舒緒小心地問道。

「這個……其實我也不太清楚。杜小月，她原本就一直獨來獨往，可能除了吳婷和她關係比較近吧。」徐晨也老實說道。

「其實我也一直有個疑問，就是杜小月一直被張琪她們欺負，而杜小月自殺之前好像有幾天都沒來上學，這中間有什麼聯繫嗎？」趙舒緒把心中一直以來的疑問說了出來。

「這個，我也有所耳聞，好像是有這麼一個事，說是杜小月就是因為被張琪她們欺負了，才不想來上學的。我看，要不我們就從這裡下手吧，我回去查查這方面的資料，前一段時間不是有一段傳的沸沸揚揚的視頻嗎？」徐晨想了想說道。

「嗯，也只好如此了，那我要做什麼事嗎？」

「妳啊，我也不知道，我看妳還是早點回家吧。我聽佳佳剛才幾次提醒妳早點回家，妳爸媽肯定管的很嚴吧。所以，今晚妳就不用操心了，我來進行準備吧，妳只要負責明天能找個藉口從家裡溜出來就行了。」徐晨說完便一口氣喝完了杯子裡面的檸檬汁。

「嗯，那好吧，麻煩你了。也不知道默思和佳佳那邊怎麼辦？」趙舒緒還是有點擔心這個。

「陳默思啊？他妳就不用擔心了，那小子不知道會想出什麼鬼主意，我們還是把自己的事做好吧。」徐晨安慰道。

兩人分開後，趙舒緒也趕緊得趕回家，今晚回來遲了，也不知道要找個什麼理由。不過，這真的需要一個理由嗎？趙舒緒突然想到。

Part 11

「妳還是來我家吧！」趙舒緒打著傘站在公交月臺邊，還在想著剛才徐晨發的那條短信。

昨天晚上他們並沒有定今天什麼時候在什麼地方見面，不過趙舒緒還是覺得讓徐晨定吧，她現在只想著要編個什麼理由才能離開這個家。之前她和佳佳說好了如果她爸媽打電話問過去，就說她們正在圖書館上自習，而她在家裡也的確是這麼和父母說的，所以這個理由應該沒問題吧，趙舒緒這麼想著。

徐晨剛才說今天他爸要加班，媽媽又去參加了家長會，所以家裡現在沒人。而且昨晚他還是找到了一點有用的東西的，想要現在和趙舒緒討論一下。

於是現在趙舒緒踏上了去往徐晨家的路途，可是沒想到今天竟然開始下起了小雨，這在這種季節可並不常見。很快公車便甩著水珠到了站，趙舒緒也跟著上了車。

其實趙舒緒和徐晨家隔得還是挺遠的。徐晨家在本市的南邊，而趙舒緒家只和學校隔了兩條街，不過轉了兩趟公車後，趙舒緒便找到了徐晨的家。整個社區都比較老舊，不過環境還算安靜，這也可能和今天下雨有關吧。

趙舒緒找到了徐晨家所在的那棟樓，走了上去，今天因為下雨光線不好，所以樓道裡亮著昏黃的燈光。趙舒緒走到門前，按了一下門鈴。很快門便打開了，裡面露出的是徐晨還未睡醒的臉。

「抱歉啊，剛才給妳發了那條短信後，我又回床上眯了一會兒。」徐晨苦笑道。

這時趙舒緒才注意到徐晨兩眼的黑眼圈，不由得擔心道：「真是麻煩你了，害你昨晚這麼熬夜。」

徐晨趕緊擺了擺手，說道：「沒關係，再說，這也不是第一次了……哦，對了，我還是給妳看看昨天晚上我找到的東西吧。」

說著徐晨便把趙舒緒帶到了書房，這裡有著他家唯一的一臺電腦，平時也不怎麼用，主要是他爸有時用這個來處理在公司還沒有做完的工作，昨晚徐晨便是偷偷在這裡查找著相關資訊的。徐晨趕緊把電腦啟動，但是電腦啟動的很慢，在這個過程中兩人都無話可說，這讓徐晨感到有點尷尬。

「剛才來的路上還順利吧？」徐晨總算找到一個話題。

「嗯，沒想到你會住在這種地方。」趙舒緒看著窗外，說道。

「哦，這地方很舊吧？老爸老媽這幾天就一直在抱怨這地方很破，說是想要換一個房子。」徐晨也把目光投向窗外，說道。

「不是，我反而覺得這個地方很好，很安靜，我最喜歡這種地方了。」趙舒緒看著徐晨，面露微笑，「你也知道，我家就在學校旁邊，方便是很方便，可是太嘈雜了。我都從來不會把我房間的窗戶打開，這樣我根本學習不下去，我家附近要是像這裡這麼安靜該多好啊！」

徐晨沒想到趙舒緒會說出這樣的話，本想繼續說些什麼，可是趙舒緒突然喊道：「好了！」徐晨回過頭一看，原來電腦已經啟動好了，於是他便趕緊找到昨天晚上他發現的那個視頻。

「事先說一下，裡面可能會有一些妳不想看到的東西，所以妳必須先要做好心理準備。」徐晨看著趙舒緒，略顯嚴肅地說道。

趙舒緒看著徐晨這樣的表情，點了點頭，可心裡依然十分緊張。

「那我打開了啊。」徐晨說著便把資料夾裡的一個視頻檔給打開了。

視頻上顯示的時間是九點左右。視頻裡先是一片黑暗，可是很快便出現了畫面，剛才那應該是被拍攝人的手指給擋住了。剛開始可能是沒對焦好的緣故，畫面十分模糊，視頻裡只能分清有兩個人影，一個人站著，另一個人好像是在蹲著。很快，畫面便清晰了起來，這時趙舒緒才看清這兩個身影都是女生，其中一個蹲在牆角，長髮遮住了臉頰，所以看不清面目。而另一個女生是背對著攝像頭的，所以也只能看到背影。突然，那個站著的女生向蹲著的女生走了過去，狠狠地踢了她一腳。這突如其來的舉動嚇得趙舒緒啊的叫了一聲，不過畫面仍在繼續，那個被踢的女生沒有什麼反應，只是蜷縮在角落裡，一動不動。

那個踢人的女生好像還生氣地咒罵了一句什麼，不過趙舒緒聽不清到底講了什麼，然後那個女生開始撕扯起被欺負的那個女生的頭髮，這時趙舒緒才看清了原來那個被欺負的女生正是杜小月。雖然心中的猜測得到的證實，但趙舒緒的心裡很不是滋味，她實際上是不願看到這個事實的。

但畫面並沒有因趙舒緒的不忍而停止移動，很快，畫面裡出現了另一個女生。這個女生穿著黑色的上衣，淺藍色的牛仔褲。她一出現就上去在杜小月的頭上扇了幾個巴掌，然後她也不知道說了句什麼，就轉身走開了。這樣過了很久，畫面上的杜小月還有一旁站著的那個女生都沒有移動。可是突然，一直蜷縮在牆角的杜小月動了，她轉過了身，對著攝像頭做了一個讓人意想不到的動作。她跪了下來，然後她舉起了自己的右手，摑在自己的臉上，接下來是左手，一下又一下，同時嘴裡還說著什麼。

一直在看著視頻的徐晨突然聽到了一陣啜泣聲，他回過頭一看，發現不知什麼時候身旁的趙舒緒早已淚流滿面，此時終於忍不住出聲哭了出來。徐晨本來就料到可能會發生這樣的事，可當事情真的發生的時候，他還是不知道該怎麼辦，於是他趕緊暫停了正在播放的視頻。

房間裡瞬間安靜了下來，只有趙舒緒的啜泣聲，以及窗外風摩擦著樹枝的聲音，雨不知什麼時候已經停了下來。

不知過了多久，趙舒緒的啜泣聲小了下來，兩個人就這麼無言地站著，一旁的視頻仍然定格在之前的畫面上。

「對不起，我沒有控制住自己。」趙舒緒的聲音有點嘶啞，「請你繼續放吧。」

「我看還是算了吧，這我都看過，後面也沒什麼了。」徐晨建議道。

「不，我要看，你還是放出來吧。」雖然趙舒緒的聲音還有點顫抖，但是裡面蘊含的堅韌還是讓徐晨改變了自己的主意，他按下了播放按鈕。

畫面開始移動，杜小月還是在一直用雙手搧著自己耳光，這時站在一旁的那個女生扭頭對另一邊喊了一句什麼，然後畫面就一直沒什麼變化了，直到大約一分鐘後，畫面停止。

房間再次安靜了下來，徐晨也因為不用再看這樣揪心的畫面而心裡輕鬆了起來，他扭頭看向了趙舒緒。趙舒緒表情沒什麼變化，雙眼一直盯著已經沒有視頻畫面的電腦螢幕。突然間她動了，她走到了窗前，雙手按在窗框上，把頭伸出窗外，大口呼吸了一口新鮮空氣。

看她這樣，徐晨也放心了下來，他走過去把電腦關了。

突然趙舒緒轉過了身，看著徐晨，她微笑著說道：「我們去那裡看看吧，畫面裡的那個地方。「

Part 12

「唉？這是什麼地方？」

鄭佳在這個陌生的房間裡面轉悠著，然後瞪著大眼睛看向正在放置雨傘的陳默思。

「這就是殺人現場啊！」

「什麼？殺……殺人現場？」鄭佳的眼睛瞪得更大了，雙手緊緊捂著嘴巴。

「是啊，這裡就是張琪死的時候所在的房間。」陳默思環視了一圈整間房子後說道。

「啊？你是說這裡死了人？」鄭佳嚇了一跳，連聲音都有點發抖。

陳默思看著鄭佳驚慌的模樣笑道：「當然，這裡沒有死過人，真正的房間我怎麼會被允許進去。現在我們所在的房間是在張琪那個房間的同一棟樓上，而兩個房間裡面的傢俱擺設都完全一樣。換句話說，我們現在正在案發現場房間的樓下。」

「真的麼？」雖說聽到不是在同一個房間內，心裡輕鬆了許多，但是鄭佳還是免不了有些害怕。

「好了，現在我們開始檢查。首先是這張床，當時張琪死的時候就是躺在這張床上。」陳默思指著身旁這張簡單的單人床說道，「當時張琪是仰躺在上面的，表情很平靜，她死的時候應該沒有感受到什麼痛苦。」

「是的麼？」鄭佳呆呆地望著這張床，小聲說道。

「整體來說這個房間還是相對簡陋的，因為這也只是張琪臨時租住的房子，她背著父母用自己不知道從哪里搞來的錢在這裡租住了一間房子，連她父母都不知道她在這裡。這裡也是張琪她們一夥人經常聚會的場所，據旁邊的鄰居說，這裡經常半夜兩三點還有各種吵鬧聲。妳應該也聽說過，杜小月曾經也在這裡被欺負過。」

一說到這裡，房間裡瞬間靜了下來。

「當時是週末的中午，杜小月被她們威逼著進入了這個房間，然後被毒打了一頓。之後好幾周杜小月臉上的淤青都沒有消除。」

鄭佳不知道該說些什麼，而陳默思則走到窗邊，拉開了窗簾。

「好了，我們還是來說說案情吧。」陳默思這時把話題扯開了，「妳也注意到了，這個房間內也只有一些簡單的傢俱和電器，比如我們正前方掛在牆上的電視，一旁的飲水機，右上方的空調，身後的衣櫃。」陳默思說的時候手指分別指向提到的這些物件。

「哦……」

「當然，還有對本案最為關鍵的一樣東西，但是這裡並沒有，這也最為遺憾的事了！」陳默思歎了一口氣。

「你說的是什麼呢？」鄭佳在不大的房間裡轉了一圈，問道。

「在這個門的旁邊，應該還有一個燃氣灶的。」陳默思指了指左手邊的房門。

「啊？你是說那種有一個大罐子的東西嗎？」鄭佳驚訝地說道。

「沒錯，這裡本來是不允許在房間裡有這種危險物品的，可是張琪她們好像偷偷地在房間裡裝了這樣一個燃氣灶，可能是她們晚上玩餓了想隨時弄點東西吃吧。」陳默思想了想，說道，「而也正是這個燃氣灶，最終要了她的命。」

「你是說她是因為這個死的？我也好像聽說了一點，聽說張琪好像是用燃氣自殺的。」

「嗯，當時那個裝滿液化石油氣的罐子的閥門是開著的，然後連接著灶台的軟管被割了一個洞，造成了燃氣洩漏，最終導致了張琪的死亡。」陳默思平靜地說道。

「會不會是意外呢？」

「不大可能，雖然聽說張琪有用完液化氣經常不關總閥的習慣，但這次很顯然不是意外，那個軟管上有個裂口，很明顯是用刀割開的。」

「這樣啊……但那個氣體那麼難聞！張琪難道忍受得了？」鄭佳捏住鼻子問道。

「當時張琪吃了安眠藥，所以失去了意識。」

「那她為什麼不用安眠藥自殺？」

「當時她旁邊的藥品裡只剩下了幾粒安眠藥了，應該滿足不了自殺的用量。但是如果妳真要問為什麼不多弄點，那我就不知道了。」陳默思搖了搖頭。

「這個氣體這麼難聞，應該很快就會被發現了吧？」

「呃，這個可沒那麼容易，這棟樓本來就沒什麼人住，而巧合的是，當天張琪那個房間附近的幾戶人家都恰好不在。而且妳看，這個房間的窗戶部分很是嚴實，燃氣不可能從這裡洩露出去，那就只能從門縫裡鑽出去了，傳到走廊，再傳到較遠的住戶家裡，這得花費挺長的時間。」陳默思打開了門，將頭探進走廊說道。

「你這麼說好像也對，那後來是誰最先發現現場的呢？」鄭佳摸著下巴，問道。

「不過也挺巧的，因為當天是週三，而前幾天不是因為杜小月死了嗎？雖說被定為自殺，可還是由那個視頻引出了一段風波，所以校方還是決定找當事人張琪和李蕊談談。不過她們死活不承認是自己做的，從那段視頻也確實分辨不出那些人是什麼身分。」

「她們也真是夠了！敢做不敢承認！」鄭佳突然氣呼呼地說道。

陳默思看鄭佳這樣，也笑了笑，繼續說道：「那天中午，校方本來也是決定要找她們談一下的，但是當時到場的只有李蕊，張琪並沒有來。當時可把校領導給氣壞了，尤其是一向以火爆脾氣著稱的周錚周副校長，他那接近兩米的個子，還有將近兩百斤的體重，跺一跺腳辦公樓就得震上一會兒。當時他便決定自己親自去找她，於是在李蕊的帶領下，大概在下午兩點半，周副校長和教導主任程楓便趕到了這棟樓。一進到張琪房間所在的那一樓層，他們就感覺肯定是哪出了問題，因為空氣中明顯有一股濃烈的刺鼻味道。當他們趕到張琪房間門前的時候，他們便感覺壞了，那股刺鼻的味道好像就是從這裡發出的。於是他們合力撞開了門，然後就發現張琪在這張床上已經人事不醒了。周副校長人高馬大的，很快就把張琪抱了出來。而且他們很快就打了急救電話，可是最終人也沒有救回來。」陳默思看著那張床，默默說道。

房間裡的兩人都沉默了下來，過了一會兒，陳默思繼續說道：「那個燃氣其實在下午一點就開始洩漏了，可是一直沒有被發現。」

「你不是說沒有人發現嗎？你怎麼知道是什麼時候開始洩漏的？」鄭佳發現了陳默思這句話裡的漏洞。

「其實是這麼算出來的，那天員警趕過來後，消防隊也很快過來了，他們測試了現場燃氣的濃度。之後我們只需要知道整個房間的大致體積，就可以得知燃氣洩漏的總量。最後只要再結合燃氣洩漏的速度，就可以大致估算出燃氣開始洩漏的時間。」陳默思解釋道。

「哦，這樣啊。」鄭佳好像是懂了一點。

「然後根據計算，得出洩漏的時間大約為一個半小時，也就是說燃氣大概是從一點開始洩漏的。」

鄭佳沒有繼續問，房間裡十分安靜，鄭佳慢慢走向那張床，摸了摸上面略有點灰塵的床鋪。

「你說，張琪真的是自殺的麼？」鄭佳突然問道。

「應該算是吧，當時這個房間可以說是個密室。」

「密室？」

「是的，當時這個房間是個封閉的空間，窗戶是從裡面鎖死的，而且這裡是四樓，從外面也很難爬上來，再加上這個唯一的出口門也是被從裡面反鎖住了。妳也看到了，這個房間的門在外面只有一個簡單的掛鎖，裡面也是只有一個簡單的插銷。當時這個房間是在裡面用插銷固定的，從外面根本不可能鎖上，所以說這裡是個密室。當時這個房間裡面只有張琪一個人，而這個人死了。」陳默思再次指向了那張床。

「哦，那看來張琪真的是自殺的了，不過……不過要真的是這樣，我們不就白來了？我還以為我們能發現什麼呢？」鄭佳有點懊惱地說道。

「當然不會只是這樣，」陳默思看著鄭佳有點氣餒的模樣，笑道，「其實張琪的自殺是有很多疑點的，其中最大的疑點就是張琪她自殺的動機。」

「動機？」

「是的，其實張琪根本沒有動機想要自殺，就算是她害死的杜小月，可她為什麼要自殺呢？這是最讓人搞不明白的地方。」陳默思看著鄭佳說道。

「哦……這樣啊？其實……其實我聽到過一種言論……」鄭佳突然有點神祕地說道，「有人說這是杜小月的詛咒，她死的時候在許願塔上許下的願望就是讓欺負她的人全都死去，於是在她死後，這個願望也成了一種詛咒，然後不久張琪就自殺了。」

陳默思像是看著傻瓜一樣看著鄭佳，說道：「妳相信這個麼？」

「怎麼了！你為什麼這麼看著我？這又不是我說的，我只是提一下嘛！我當然不會信這種東西！但是……但是……這種東西不是寧可信其有，不……不可信其無嗎？」說到最後，連鄭佳自己都越來越沒有底氣了。

「好了好了，真相到底是什麼，看來我們還需要進一步分析。」陳默思看了一眼手錶，繼續說道：「當務之急，我們先填飽肚子再說。」

「好啊！」鄭佳一口答應道。她本來就是個愛睡懶覺的人，今天早上她為了趕到這來，可是起了個早，連早飯都沒怎麼認真吃，然後在路上還顛簸了那麼長時間，早就餓壞了。

「要不……我們打個電話給小緒她們，看她們進展得怎麼樣了，弄不好我們還能一起吃個飯。」鄭佳建議道。

「好啊，妳打吧。」陳默思也同意了。

於是鄭佳掏出手機給趙舒緒打了電話。陳默思走到窗邊，才發現早上還淅淅瀝瀝下著的雨早就停了，但天還是很暗。他伸手打開了窗戶，一股清涼的風攜帶著雨後的氣息撲面而來，這讓他一直緊繃的神經也放鬆了下來。

雖然剛才他對鄭佳講解時看起來那麼輕鬆自如，但是他的精神一直高度集中。他必須把整件事情考慮全面，把每一個關鍵點都注意到，並從中提取有用的資訊。但是今天的現場勘察並不如意，他並沒有從中得出什麼有用的資訊。

「難道是這個『現場』並不是真正現場的緣故？」陳默思小聲嘀咕著。然而他剛想到這裡，思緒就被打斷了。

「好唉！小緒她們也正好在附近，我們現在就和她們會合吧，一起吃個午飯，再討論一下各自的發現。」鄭佳掛了電話，對陳默思高興地說道。

「那好，我們下去吧。」陳默思只好無奈地笑了笑。

兩人很快便下了樓，往社區外走去。在即將離開社區的時候，陳默思突然停住了腳步，他轉身看了看他剛才進去的那棟樓，目光移動到了四樓。他找到了那個房間，看了一會兒，然後又搖了搖頭，轉身離開了。

Part 13

徐晨和趙舒緒正面對面坐在窗邊的一張桌子上，倆人都沒有說話。這是一家小餐館，可能是下雨的緣故，現在餐館裡還沒有什麼人。

「妳沒事吧？」徐晨見趙舒緒有點落寞的樣子，忍不住問道。

「啊，沒事。」趙舒緒也只是回了這一句，就又看向了窗外。

剛才徐晨他們去了視頻中的那個地點，本來他們以為這個地方有可能很難找，因為他們基本上沒有什麼線索。所以一開始他們兩人只好沿著杜小月從學校回家的路沿途找去，可沒想到很快他們就發現了那個地點。

杜小月家在雨花社區，離學校不算近，而他們發現的那個地點竟然就在離杜小月家很近的地方。這是一條老街道，平時就沒什麼人經過，可能那些人選擇在這個地方堵住杜小月也是考慮了這個因素。

視頻畫面上出現的牆角就位於兩座廢棄房屋的交界處，旁邊是一個公廁，不過肯定也幾乎沒人來。再旁邊就是街道了，可由於房屋遮擋的緣故，從街道那裡幾乎不可能注意到這裡發生了什麼。當時杜小月就是在這裡被欺負了，根本不可能有人過來幫助她。

當趙舒緒意識到這一點後，她又差點哭了出來，於是徐晨只好走過去再次安慰起趙舒緒來。剛好這時候佳佳打了電話過來，他們便來到了現在所在的這家小餐館。

看著心事重重的趙舒緒，徐晨還想說些什麼，可這時前方突然傳來了一陣銀鈴般的笑聲。徐晨抬頭一看，原來是鄭佳他們來了。

「徐晨，你今天傍著我們的大美女，是不是過的很開心啊！」鄭佳一上來便調侃道。

「啊？沒……沒，怎麼會？」徐晨緊張得連話都說不利索了。

鄭佳看到徐晨緊張成這樣，再次笑了開來，不過她很快便注意到了旁邊一直沉默不語的趙舒緒，臉上的笑容瞬間便轉換成了怒意。

「徐晨！你把我們家小緒怎麼了？你是不是又幹了什麼壞事？」

徐晨沒想到鄭佳會這麼說，於是便趕快解釋道：「沒啊！這個……這個……」

正當徐晨手忙腳亂的時候，趙舒緒突然說道：「算了，佳佳，不關徐晨的事，我只是想靜靜罷了。」

鄭佳坐在趙舒緒一旁，輕輕握住趙舒緒的手，但雙眼仍然怒瞪在徐晨身上。這時跟在鄭佳身後的陳默思也走上前坐了下來，局面暫時緩和了一點。

「你們上午遇到什麼事了嗎？」陳默思看著趙舒緒變成了這樣，插嘴問道。

於是徐晨便把上午發生的事一五一十地說了出來。在說的過程中，鄭佳的臉色就愈發沉重了起來，陳默思還是那樣面無表情。

「這麼說，杜小月在自殺前確實被欺負了？」在聽完了徐晨的講述後，陳默思立刻問道。

「嗯，應該是這樣的，而且還比較嚴重。」徐晨語氣有些低沉。

「是誰欺負了杜小月能看的出來嗎？」陳默思繼續問道。

「僅從畫面中應該是看不出來的，畫面中並沒有出現欺負杜小月的兩個人的面孔。」徐晨想了想，老實說道。

「還能是誰？肯定是張琪和李蕊她們！除了她們還能有誰？」鄭佳氣呼呼地說道。

四人都沒有言語，只剩下了周圍其他食客的談論聲。

「但是如果沒有確鑿的證據，我們並不能斷定這個就是張琪和李蕊她們幹的，之前校領導找她們談話，她們也一直是矢口否認的。」陳默思突然說道。

「話雖如此，但這明眼人不是一看就知道了嗎？還要什麼證據？」鄭佳看著陳默思說道。

陳默思沒有回答，四人間再次安靜了下來。

「其實……其實我一直有一個疑問，」徐晨突然說道，除了趙舒緒，其他兩人都看向徐晨，「你們說，我們為什麼要調查這件事情，我們調查這件事，到底是為了什麼？」

徐晨看起來有些失落，他繼續說道：「難道我們僅僅是為了證明杜小月被張琪和李蕊她們欺負了，才選擇了自殺嗎？可這……真的有用嗎？」

眾人都沒有說話，鄭佳也把頭低了下來。陳默思看著窗外，趙舒緒靠在鄭佳的肩膀上，雙眼看起來並沒有什麼焦點。

「小緒，妳說些什麼吧，不是妳召集了大家來參與這次調查的嗎？」鄭佳看著身旁的趙舒緒，略顯焦急地說道。

趙舒緒這才意識到了什麼，端正了身子，「可是……我……我現在也挺亂的，我都不知道我正在幹什麼？我也不知道我們做這些有什麼用！」趙舒緒目光投向遠處，茫然地說著。

「好了，好了，我們還是先不要談這些了，接下來我來說一下我和佳佳今天上午的調查情況吧。」陳默思說道，「今天上午我們去了張琪的死亡現場……」

「現場？」徐晨吃驚道。

「哦，忘了補充了，是模擬的現場……」於是接下來由陳默思把在那個房間裡發現的情況復述了一遍，期間眾人都在靜靜地聽著，只是偶爾會問清一些更為具體的情形。

「好了，你們對此有什麼看法嗎？」

「看來這是個密室啊！」徐晨緩緩說道。

「嗯。」陳默思也點了點頭，「不過，如果張琪真的是自殺的話，這個所謂的密室也就沒什麼意義了。」

「你難道真的就認為這是自殺？」

陳默思笑了笑，沒有說話。

「默思，其實對於密室之類的東西，我還是有自己的一套看法的。」徐晨突然說道。

「哦？」陳默思笑了笑，看向徐晨。

「推理小說發展這麼多年，關於密室之類的詭計可謂層出不窮，也是很多推理作家的拿手好戲。可以說基本上只要是寫推理的作家，沒有不接觸過密室題材的，而我們常提及的卡爾也是因為其善於設計密室而被稱為密室之王。」

「的確，雖然我讀推理小說不多，但卡爾之名還是聽過的。」陳默思點了點頭說道。

「而對於密室詭計的解讀，也是很多推理作家所熱衷的，其中頗為出名的密室講義也有很多，比如卡爾，日本推理作家二階堂黎人等人都有過詳細闡述。對密室的分類也有很多，比如按多重性可分為單重密室，二重密室，三重密室，甚至於更多重的密室。而顯然密室的重數越多，就會越吸引人，但是構造的難度也越大。如果按密室的構造來看，據我看過的一篇文章可分為零密室，正密室，逆密室，非密室之類的，本身看起來很好，但是邏輯性過強，常人很難理解。如果按照密室構造的時間來看，可分為案件發生前構造，發生時構造以及發生後構造，不過這種分類又似乎過於簡單了。如果按照構造的手法來看，則可大致分為物理性詭計，心理性詭計，敘述性詭計之類的，而每一類都包含很多種小的類型，這也是大多數作家會採用的分類方式。只不過不同的作家分類的方式稍稍有所不同罷了，比如物理性詭計包括機械裝置型，物化性質型，時間交叉型等，心理性詭計包括心理錯覺型，視覺錯覺型等，敘述性詭計就更為複雜了，有整體架構型，物件針對型之類的，不過具體情況下也更為複雜。也有按密室構造的過程來分類的，這種分類也比較常見，比如二階堂黎人在《惡靈之館》中將密室分為特殊關門類型密室，特殊行兇手段類型密室，特殊遁逸類型密室，每種密室都會在構造密室的其中一個關鍵點上做文章。當然現在的密室又會有很多的變種，比如無足跡型密室，不在場證明型密室，甚至於空間上更為宏大的密室，時間跨度上也超乎我們的想像，但是它們的目的都只有一個，那就是創造不可能犯罪！」

徐晨一口氣說了這麼多，感到嗓子有點口渴，他拿起杯子正準備喝一口水，卻發現眾人正以驚異地目光看著他。

「怎麼了嗎？」徐晨喝了一口水，小心翼翼地問道。

「沒事，你真是個天才啊徐晨！」鄭佳猛地拍了一下他的肩膀，讓徐晨疼得齜牙咧嘴了起來。

「確實，徐晨，沒想到你看推理小說，竟然懂得這麼多……」趙舒緒也忍不住讚歎道。

兩位美女的接連讚揚讓徐晨感到有些不好意思，他揉了揉剛剛被拍疼的肩膀，從背包裡又掏出了一樣東西。是一張A4紙，上面列印了一些文字。

「這是我之前看推理小說總結的一些東西，給大家看看，不知道對這次的案件有沒有什麼幫助。」

徐晨將紙平放在桌子上，眾人很快就一齊看了過去。

「其實我對密室的分類有著自己的看法，我是以密室形成的要素來進行分類的。比如這裡的被隔絕的物體，相對隔絕的空間，穿越密室的兇手，穿越密室的方法，密室的發現，敘述者，旁觀者，還有讀者。」徐晨繼續述說著，其他人也繼續看了下去。

密室的要素分類

1. **被隔絕的物體**

a. 是否是真實存在的物體，若本身便不是真實存在的，何談密室。

b. 如果是人，是否真的死了，什麼時候死的，是否是他自己造成了密室。

c. 在密室被打開前後，物體是否被掉了包。

2. **相對隔絕的空間**

a. 任何空間都不會是完全隔絕的，所以說這個空間可能會存在密道、窗戶、門等通道。

b. 此空間是否前後一致，也就是說是否存在兩個完全一樣的密室。

3. **穿越密室的兇手**

a. 此兇手是否真實存在，若本身便不存在，便不存在密室一說。

b. 此兇手是否是人，若不是人，則可能存在意想不到的方法。

4. 穿越密室的方法

a. 兇手本身不需穿越密室，可以利用一些特殊方法在密室外行兇。

b. 兇手利用某些方法進入密室，行兇後離開。

5. 密室的發現

a. 一般而言密室的發現者有很大的作案嫌疑，因為他是第一個接觸密室的人。

b. 兇手可能事先隱藏在密室裡，等密室被發現時混入人群中。

c. 兇手可能在密室被打開時殺害被害者，讓人以為死者在密室中受害。

d. 兇手可在發現密室時偽造密室的存在，比如假裝密室的門打不開，或者利用一些特殊的方法讓人以為密室存在。

6. 敘述者

a. 敘述者是否客觀地描述了事實，是否刻意隱瞞了部分事實，是否撒謊，對密室的形成具有關鍵意義。

b. 敘述者本身是否是兇手。

c. 是否有幾個敘述者，是否前後矛盾。

7. 旁觀者

a. 任何密室的形成必須有旁觀者，而兇手也很可能存在於這些旁觀者中，有時正是旁觀者的觀察才形成了密室，所以這些旁觀者的觀察是否正確十分重要。

8. **讀者**

a. 任何的密室詭計都是要呈現給讀者看的，所以只要成功騙過了讀者，這個詭計也就算是成功了，在這裡敘述性詭計大有用武之地。

b. 另外讀者的生活經歷，閱讀水準，思維水準往往對一個密室詭計的評斷有重大影響，所以一個好的密室詭計應該照顧大多數人的情感。

「竟然還有這麼多類型的密室啊……」鄭佳看完不禁再次感歎道，「我這個外行真是一點都不知道哎！」

徐晨不好意思地撓了撓腦袋。

「那我們的大偵探，現在你知道我們遇到的這個密室，是屬於其中的哪一類了嗎？」說話的是陳默思，他看著徐晨，一臉的挑釁。

聽到這句話，徐晨感到一滯，一時不知道該說什麼才好，因為他確實還沒有一點頭緒。

「好了，小說看得多，固然好，但也要結合實際情況才行。」陳默思總結道，「大家都餓了吧，先吃飯！吃飽了才有幹勁！」

不過眾人並沒有對此表達什麼意見，紛紛拿起碗吃了起來。徐晨收起了自己的那張紙，但視線還是一直盯在上面，不知在想著什麼。

一行人從小餐館出來後，很快就來到了雨花社區附近，之前徐晨和趙舒緒找到的那個地方。在陳默思的建議下，他們還是決定先從這個現場找到突破口。

「這個地方還真是有點偏僻啊！」陳默思看了看周圍，放聲說道。

「的確是有些偏僻，不過我們從學校一路找來，也只是發現了這個地方和視頻中的那個畫面有點符合。」徐晨回應道。

「這些人還真會找地方，看來這沿途也只有這個地方好下手了，很不容易被人發現啊！」陳默思看了看兩棟建築交界處形成的那塊牆角，再把視線轉到了擋在街道口的那棟建築，那棟建築剛好形成了一個犄角，擋住了從街道上投過來的視線。

陳默思在周圍轉了一圈，又走到徐晨面前，說道：「你帶了那個視頻嗎？讓我再看看吧！」

徐晨點了點頭，從褲兜裡掏出了手機，找到了那個視頻，再把手機遞給了陳默思。

「你們在幹什麼？我也要看！」正在遠處陪著趙舒緒的鄭佳看到這兩個人神神祕秘的，跑過來好奇地問道。

「妳好奇心怎麼就這麼重呢？不過妳要看就一起看吧，到時候嚇哭了可別找我！」陳默思沒好氣地說道。

「看就看，誰怕誰！」鄭佳氣呼呼地鼓起了嘴。不過這張嘴很快就癟了起來，然後伴隨著一聲慘叫，鄭佳趕緊跑到了趙舒緒身邊，緊緊地拉住了趙舒緒的手。

陳默思沒有管鄭佳的舉動，仍然聚精會神地看著從這個小小的手機螢幕上放出來的畫面。

「聲音並不清楚啊。」陳默思呢喃道。

「好像是拍攝設備的問題，或者是當時距離太遠了，我們之前也沒怎麼聽清楚。」徐晨在一旁應道，不過陳默思沒有繼續這個話題，而是繼續靜靜地看著手中的視頻。

很快視頻便放完了，螢幕陷入黑暗之中，陳默思把手機還給了徐晨。

「發現了什麼嗎？」徐晨接過手機，問道。

陳默思搖了搖頭，沒有說話。

「你們沒發現嗎？」突然從身後傳來了一個聲音，原來鄭佳不知道什麼時候又跑過來了，「這個視頻裡面存在第三個人。」鄭佳一字一頓地說道。

「這裡面本來不就是有三個人嗎？」徐晨不解地問道。

「我是說除了被欺負的杜小月，這裡面還存在第三個人！」鄭佳繼續解釋道。

「什麼！妳是說欺負杜小月的總共有三個人？」徐晨瞪大了雙眼，吃驚地說道。

「嗯，不信你再看看這個視頻。」

於是徐晨趕緊又掏出手機打開了那個視頻。

「咯，就是這裡，那個穿黑色上衣的女生在畫面中出現了，但是現在又是誰在拿著那個正在拍攝的設備呢？」鄭佳指著手機中的畫面說道。

「這個有沒有可能是那個設備被放在了什麼上面，比如一個架子？或者石頭上？」徐晨繼續問道。

「那你再看這裡，這個地方畫面抖動了一下，明顯是有人碰的！」

「難道不是有風或者其他什麼自然因素？」

「這……這個……」鄭佳一時語滯，突然她怒瞪著徐晨喝道：「你這人話怎麼這麼多！」

「我認為佳佳說的很有道理！」這時陳默思突然插口說道，「你看這裡，這裡的畫面明顯被拉近了，也就是說確實有人在操控著這臺設備。」

徐晨仔細一看，確實有這種情況，當畫面中的杜小月跪下來的時候，畫面突然拉近了一點。而這，只可能是人為造成的。

「我說吧！你還不信！」鄭佳小聲咕噥著。

陳默思沒有在意鄭佳，而是自言自語道：「沒想到還有人在，現在事情越來越麻煩了。」

「既然有第三人的存在，接下來我們應該幹什麼？」徐晨接著說道。

沒等眾人回話，趙舒緒突然走了過來。

「小緒，妳沒事吧？」鄭佳看趙舒緒仍然臉色蒼白，擔心地問道。

「嗯，已經沒事了。」趙舒緒勉強擠出了一點笑容，然後說道：「我想，我們應該去找一下李蕊了。」

Part 14

「阿姨，您好！」趙舒緒向面前的這位中年婦人很有禮貌地打了招呼，並說明了自己的來意。

「哦！你們是來看我們家蕊蕊的嗎？妳是班長？那這位是……」眼前這個略顯福態的婦人對於他們的來訪似乎很是高興。

「阿姨，我叫徐晨，也是12班的學生。」徐晨趕緊答道。

「哦，那就也是蕊蕊的同學了？歡迎，歡迎！我們家蕊蕊平時調皮慣了，很少有朋友，這幾天把自己關在家裡，也沒看到有什麼朋友來看望她。你們能來，我也很高興。來，你們喝點什麼？」中年婦人說著就向冰箱那邊著了過去。

「阿姨，不用麻煩了。我們只是來看看李蕊，畢竟大家都很擔心，我們待會兒就走了。」趙舒緒趕緊解釋道。

「哦，這樣啊？那好，我也不耽誤你們的時間了，你們肯定也很忙的。你們跟我來。」中年婦人笑著說道，帶著趙舒緒他們來到了客廳靠裡的一間房門前。

「蕊蕊啊，妳同學來看妳了！妳看妳能見見他們嗎？」中年婦人朝著房門喊道。

「都說了誰都不見！我不想去上學了！」房間裡傳來的應該是李蕊的聲音，隔著房門徐晨都能感受到那種尖銳刺耳的波動。

不過很快又傳來了另一種聲音，這次聲音小了許多，不過明顯還帶著情緒。

「同學？誰！」

「李蕊，是我，趙舒緒。」徐晨注意到趙舒緒說這句話的時候向前挪了半步，貼著房門說道。

房間裡突然安靜了下來，徐晨正想著發生了什麼，不過很快便又傳來了李蕊的聲音，「妳？還有誰？剛才我聽到外面還有一個男聲。」

徐晨沒想到是李蕊主動提到了自己，於是沉聲答道：「是我，徐晨。」

徐晨一說完房間裡便再次沒了動靜，徐晨本想再說點什麼，這時候李蕊的母親突然說道：「那你們先聊，我得準備晚飯了。」說完這個她留下了一個不太放心的眼神，不過還是隨後就離開了這裡。

緊接著房間裡便再次傳來了李蕊的聲音，「沒想到是你們第一個來看我，我也挺吃驚的，不過我還是不想和你們談話，你們最好還是走吧。」房間裡的聲音明顯平靜了許多。

「李蕊，我知道妳肯定不想見我們，妳把自己鎖在房間裡，也肯定是因為張琪的事吧？」趙舒緒雙手看似很隨意的環扣在小腹前，她看著厚厚的門板，說道。

「這跟妳有什麼關係！」房間裡的人發出憤憤的聲音。

「這個確實跟我沒關係，但是我想知道關於杜小月的事！」趙舒緒聲音突然變大了許多。

房間裡的人明顯也吃了一驚，過了一會兒才傳出來她的聲音：「杜小月和我有什麼關係？她不是自殺了嗎？那個白癡！」

一聽到這句話，徐晨突然感到體內就莫名其妙的升起了一團火，他的手也不知不覺握成了拳頭。不過這時候趙舒緒遞過來了一個示意放鬆的眼神，她繼續說道：「妳說妳和杜小月的死沒有什麼關係，那個視頻又是怎麼回事？」

「視頻？妳說那個視頻？」房間裡面突然傳出來了一陣瘋狂的笑聲，「你們也看了嗎？感覺怎樣？一想到那個白癡蠢成那樣，我就感到好笑！」

「那麼妳就承認了是妳們拍了那個視頻咯？」

房間裡的笑聲戛然而止，不過很快便傳出來了新的聲音，「是又怎樣，不是又怎樣？反正那個白癡已經死了！」

「但是張琪不是也死了嗎？」趙舒緒突然嚴肅地說道。

房間裡再次陷入了沉默，徐晨看了看趙舒緒，發現她的表情是他從來所沒有見過的嚴肅。趙舒緒雙眼緊盯著房門，徐晨感覺這時趙舒緒的眼光正透過房門緊緊盯在了李蕊身上，不禁心裡又是一陣緊張。

房間裡很久沒人答話，趙舒緒繼續說道：「妳把自己關在房間裡，不也是因為這個嗎？張琪死了，所以妳很害怕，是嗎？妳怕自己也遭受到同樣的命運！」

「我沒怕！我怕什麼？」房間裡的李蕊拼命地喊道。但徐晨從李蕊的聲音裡感覺到了一種恐懼，她的聲音是顫抖的。

「妳不怕杜小月的詛咒嗎？」趙舒緒突然說道。

一聽到這句話，房間裡的李蕊突然發出一聲慘叫。這種慘叫徐晨還是第一次聽到，像是瀕臨絕境的猛獸發出最後的一聲嘶吼，他身上不禁起了雞皮疙瘩。

「李蕊，我們還想知道最後一件事，」趙舒緒看起來並沒有受到多大影響，她繼續說道，「當時拍那個視頻時，除了妳和張琪，還有誰在？」

不過還沒等到回答，聽到這聲慘叫後李蕊的母親已經趕了過來，不過她看起來並不是十分吃驚，可能是這種情況在家裡已經發生了很多次了吧。

「真是十分抱歉啊！蕊蕊又這樣了，我在家裡已經習慣了，可沒把你們嚇壞吧！」中年婦女一面看著房門，一面滿是歉意地解釋道。

「我們也有錯，剛才說了不該說的話。」趙舒緒也說道。

徐晨略有些吃驚地看著臉色毫無變化的趙舒緒，他不知道為什麼這時候的她感覺變化這麼大。不過趙舒緒並沒有注意到徐晨看她的眼神，她繼續說道：「那阿姨，我們先走了，今天真是十分抱歉，希望李蕊能儘快好起來。」

在道謝後，徐晨和趙舒緒便準備走了，這時房間裡再次傳來了李蕊的嘶喊聲，「不要找我，不要找我，全是那個人幹的，妳要找也去找那個人吧！別碰我！啊！」

聽著李蕊的嘶喊聲，徐晨關上了身後的大門。不過他心中的疑問更重了，那個人，到底是誰呢？不過還沒等他多想，他便注意到了從一出來就有些不對勁的趙舒緒，她一直低著頭，不吭聲地走著。

「小緒，有什麼問題嗎？妳剛才的表現很棒啊！我都認不出妳了。」徐晨想要緩和一下氣氛，於是便說道。

趙舒緒沒有回答，只是在前面走著，突然她停了下來，徐晨趕緊走到她身邊。這時徐晨才發現趙舒緒哭了，徐晨一時不知如何是好，只能靜靜地站在趙舒緒面前。

面前的這個梳著精緻馬尾的女生傳來了輕聲的哭泣，不知為什麼，徐晨感覺現在的趙舒緒才是真實的，剛才那麼勇敢的趙舒緒現在越來越變得虛幻起來。

很快，面前的這個女生停止了哭泣。她抬起略有些紅腫的雙眼，看向徐晨，說道：「不好意思，沒把你嚇著吧？」

徐晨點了點頭，又趕緊搖了搖頭，這個舉動讓趙舒緒撲哧一下笑了出來。徐晨也笑了，他不好意思地撓了撓腦袋，兩人繼續向前走了出去。

這個趙舒緒才是我認識的趙舒緒嘛！徐晨心裡想到。

這時一直被陰雲籠罩著的天空也破開了一角，早已西斜的太陽這時才露出了一點陽光，不過這一點光明在徐晨看來也是好的，他滿意地收回了看向天空的目光。

Part 15

徐晨今天起的很早，當然，這是相比於昨天而言的。昨晚他和趙舒緒分開後就回了家，和爸媽一起吃了晚飯後就回房間學習了。說是學習，可徐晨還是一點學習的心思都沒有，最後還是換成了看推理小說。然後可能是一天的奔波太過勞累了吧，他昨天晚上少有的很早就睡了。

徐晨洗漱完畢後來到了廚房，發現餐桌上已經有買好的早餐，可是父母竟然都早早地出去了，只留下一張字條，叫他吃完後自己收拾好餐具。徐晨也沒感覺到有什麼不妥，雖然這種事不是他第一次遇到，可父母在週末這麼早就出門，還真是少見。

徐晨給自己盛了一碗粥，喝了一口熱粥後頓時感覺神清氣爽，消失的力氣彷彿又回來了。不過父母昨晚好像就有點不對勁，他本想聽到父母對於昨天的家長會的看法，可是他們明顯對這個不怎麼上心。徐晨也不怎麼在意，畢竟父母本就對他在學校的生活不怎麼關注。不過現在學校發生了這麼大的事，他們竟然連問也不問一下自己，可就有些奇怪了。

徐晨不再多想，昨天的麻煩事已經讓他夠焦頭爛額了。吃完了早餐，徐晨想了想還是聯繫一下趙舒緒，看她今天有什麼打算。

電話接通後，電話那頭傳來的可不是什麼好消息。

「徐晨嗎？今天我可能不能出去了。昨天晚上不知道為什麼，我爸說最近不要老是往外跑了，現在不光外面不安全，連學校都不那麼保險了，可能是他昨天在家長會上聽到了什麼吧。所以，真是抱歉，今天我可能出不去了，我暫時還不想為難爸媽。你一個人可以嗎？」

最後徐晨只能說出這句話：「當然可以！」雖然沒有了小緒的參與，徐晨還是決定今天好好研究一下那個視頻，說不定還能有什麼發現。

在徐晨準備好好研究那個視頻的時候，陳默思和鄭佳又再次來到了那個「案發現場」。

「我們怎麼還過來？昨天不是看過了嗎？」鄭佳看著熟悉的周圍，抱怨道。

陳默思沒有答話，而是在房間裡轉了一圈。這時鄭佳才注意到這個房間與昨天有所不同，房門的旁邊有一個燃氣灶，就像陳默思昨天描述的那樣，然後……然後就是床上的東西。

「啊！那是什麼東西！」鄭佳指著床上的那個東西驚叫道。

「只不過是個假人而已，不用這麼大驚小怪的！」陳默思看著天花板，嘴裡說道。

「假人……你今天要幹什麼啊？弄這麼多稀奇古怪的東西！」鄭佳看著陳默思，咕噥著說道。

「現場還原，我要做現場還原！」這時陳默思才看了看鄭佳，說道。

「還原……」

「對啊，昨天還是我太大意了，今天我們要全部現場還原，看能不能再找出什麼蛛絲馬跡！」陳默思認真地說道，說完便再次四處轉悠了起來，不再理鄭佳。

鄭佳見陳默思這樣，也沒有說話，而是有一處沒一處地看著。這時她注意到了那個燃氣灶，昨天陳默思說過張琪就是因為燃氣的洩漏才死的。她繼續走近一步觀察，她注意到了耷拉在罐子與燃氣灶中間的那根呈U型的軟管，在最低點處果然有一個細小的裂縫，很像是用刀子什麼的劃開的。沒想到陳默思連這個都還原了，不過不對……陳默思怎麼連這個都這麼清楚？對了，昨天他對現場的描述那麼清楚，而他肯定沒去過現場，他是怎麼知道的？鄭佳的心中突然產生了這樣的疑問。她把目光移向了正在四處觀察的陳默思，正想質問他。這時一直彎著腰四處走動的陳默思突然停了下來，他抬起頭看向了鄭佳。

「怎麼了嗎？」鄭佳小聲問道。

「沒什麼，只是覺得整件事越發奇怪了起來。」陳默思撓了撓腦袋，說道。

「哦……」鄭佳也不知道陳默思現在腦子裡想著什麼，她感到站的有點累了，於是就坐在了放有假人的那張床上。

這時她注意到了那個半遮掩住的房門，這是一個比較簡陋的房門，前面是掛鎖，後面是一個極其簡單的鐵質插銷。對了，會不會是這樣，鄭佳心裡突然湧出了一個想法。

「默思，我突然由一個想法，不知道對不對。」鄭佳看著陳默思，說道。

陳默思聽到這句話後又停了下來，略有點好奇地看著鄭佳問道：「什麼想法？」

「如果真的存在兇手的話，就像昨天徐晨說的那樣，他肯定是用了什麼方法，才在房間裡做了手腳之後，離開了這個房間。而其中最關鍵的就是那道門。」鄭佳指著那道房門說道。

「哦？那妳說說他是怎麼在離開了這個房間後還能關上了這個房門的？」陳默思饒有興趣地問道。

「你看，這個門後的插銷是一個普通的鐵質插銷，而且還很鬆動。」鄭佳走上前去握住了那個只在一米左右高度的插銷，用手左右滑動了兩下。

「所以妳想說什麼？」陳默思雙手抱胸懶洋洋地坐在了床上。

「我想說，兇手是不是用了個吸鐵石之類的東西，在門外就把門給關上了。」鄭佳用手劃動了兩下示意到。

陳默思微笑著看著鄭佳，沒有說話，突然他站了起來，對鄭佳說道：「妳等一下，我去去就來。」說著就跑出了房間。

鄭佳也不知道陳默思這傢伙葫蘆裡賣的是什麼藥，這時鄭佳低頭一看，才發現房門的左側有一個籠子，不過裡面並沒有什麼東西。這是這個房間本來就有的，還是陳默思從哪弄過來的？鄭佳並不清楚。

過了一會兒，陳默思就回來了，手裡還拿著一個巴掌大的黑色鐵塊。

「來，妳試試這個。」陳默思把手裡的東西遞了過去，不過他看起來有點氣喘吁吁的樣子。

鄭佳接過來一看，才發現正是自己剛才提到的磁鐵，她看了看還在喘著粗氣的陳默思，也不知道他怎麼弄來的。陳默思看鄭佳一動不動，再次示意她試試，鄭佳只好走到房門旁，開始試驗。

她用左手拿著這塊有點沉的磁鐵，從門外輕輕靠近了房門，不過好像並沒有什麼反應。鄭佳只好將磁鐵靠得更近一點，這次鄭佳聽到了金屬摩擦的聲音，應該是有反應了！於是鄭佳開始左右移動那塊磁鐵，那種摩擦聲更加強烈。

鄭佳看了看房門後的插銷，發現它的確在震動，可鄭佳發現不管自己怎麼左右移動，它都只是在震動，而不會發生很明顯的移動，這個發現給剛剛對自己的想法還有點激動的鄭佳潑了一盆冷水。鄭佳感到有些氣餒，再看看正看著自己一臉壞笑的陳默思，於是便氣呼呼的把手中的那塊磁鐵扔給了陳默思。

「哎呦！好疼！」一不留神被砸到的陳默思摸著自己的手擰著臉喊道。

「疼死你！你說，你是不是早就知道了，還想看我的笑話！」鄭佳一想到剛才他那壞笑的模樣，就氣不打一處來。

「哎呦！我不也是想做試驗嘛？妳不要這麼暴力好嗎？這麼可愛的女生！」陳默思的臉擰成了麻花，不過臉上還是有些許笑意。

「還試驗，拿我做試驗嗎？說實話！」鄭佳繼續不放過陳默思說道。

「好，好！我說！」陳默思揉了揉自己仍有點發疼的右手，說道，「像這種用磁鐵在門外吸插銷關門的方法確實很容易想到，而且在早期的偵探小說中也被應用過很多次，可以說是一種隔空不接觸但能驅動物體的好辦法。但是……」陳默思看著鄭佳，搖了搖自己的手指，「但是，在現如今的社會，要使用這種辦法可不容易。」

「嗯？為什麼？」

「因為時代變了啊！」陳默思笑著說道，「以前的插銷大部分都是用的生鐵，這種材料的磁性能還是挺不錯的，被磁鐵一吸引，就能產生很強的磁性。所以如果有人真的從門外用磁鐵吸引插銷，還是能做到把門關上的。但是現在情況就完全不同了。」

「是因為製作插銷的材料不同了嗎？」鄭佳試探著問道。

「嗯，確實是這樣的。隨著不銹鋼的廣泛應用，越來越多的器具用上了不銹鋼，而插銷也是其中之一。妳看，這個插銷就是用不銹鋼製作的。」陳默思擺弄了一下手裡的插銷。

鄭佳注意到這個泛著銀光的插銷好像真的是不銹鋼材料，「那麼這個和我不能用磁鐵吸有什麼關係嗎？」鄭佳問道。

「這個可是有很直接的關係哦！」陳默思把插銷插進了槽內，繼續說道，「我們現在應用最廣的不銹鋼是304號不銹鋼，而普通的插銷一般應用的也是這種材質。妳看，這個很明顯就是普通的F型插銷。」陳默思指了指那個插銷。

「所以？」

「所以，這種不銹鋼的導磁性很差，是不可能從外面簡簡單單的就用磁鐵吸引得動的，妳沒成功也是有原因的。」陳默思如此解釋道，「而且……即使這個插銷能被磁鐵很好的吸引，但是這個F型插銷凸出來的那頭，妳又要怎樣把它扣到凹槽內呢？」

陳默思把剛剛插進去的插銷又拔了出來，上下擺弄著凸出來的那頭。

「這個我也知道……但是，難道真的沒有辦法了嗎？」鄭佳突然略顯頹喪地看著陳默思說道。

「辦法嘛……其實我也沒有想到……」陳默思笑了笑，有些不好意思地撓了撓頭。

「切！我就知道……你就知道糊弄我，看我出醜！」鄭佳使勁掐了一下陳默思那根瘦弱的胳膊，使得陳默思再次疼的叫了出來。

鄭佳看著疼的嗷嗷直叫的陳默思，心裡頓時又歡暢了起來。突然她又像是想起來了什麼，向陳默思問道：「對了，那房門旁邊的籠子是怎麼回事？昨天來可沒看到這個啊？」

「這個啊……是我今天拿過來的。」陳默思還在使勁揉著自己那個乾瘦的胳膊。

「嗯？為什麼要拿這個東西過來？」鄭佳看著那個籠子，好奇地問道。

「這也是為了還原現場啊！」

「你是說現場也有這個東西？」鄭佳看著陳默思，一臉的不信任。

「對啊！昨天我為了還原現場，回去又仔細研究了一下，才發現現場有這個籠子，而且籠子裡面還有一個東西。」陳默思走到籠子旁邊蹲下，他打開了那個籠子的門，又把手伸了進去，像是在撫摸著什麼似的。

「裡面有一只小倉鼠。」陳默思繼續說道。

「小倉鼠……沒想到張琪這種人，還會養這種東西。」鄭佳看著那個籠子，想像著裡面有一只小倉鼠的樣子，突然她又想到了一種新的思路，「會不會是這個小倉鼠把那根軟管給咬破了？不對……應該不太可能，這兩種痕跡應該很容易就能辨別出來吧……」鄭佳說著便很快把自己的假設給否定了。

「我看妳就別瞎猜了，事情不是這麼簡單的！」陳默思看著鄭佳胡思亂想的樣子，還是說道。

「對了！你看可不可能是這樣！」鄭佳突然好像又發現了什麼，大聲說道，「你看，這不是有門縫嗎？有沒有可能是有人從這底下伸進來了帶有刀片的杆子，然後割破了那根軟管？」

陳默思看了看鄭佳無比認真的樣子，還是不忍直接打斷她，最後不由得說道：「那妳就試試唄！」

於是鄭佳找來了一根長杆，在門外從底下的門縫裡伸了進來，可是她很快便發現了什麼。因為她現在根本看不清裡面的情況，更不用說找到那根軟管了，而且這根杆子伸進去也什麼事都做不了，只能在地面掃動，於是很快她便放棄了。

「還是不行麼……」鄭佳顯得很是喪氣。

陳默思沒有管鄭佳，而是繼續在房間裡四出搜尋著。鄭佳也注意到了這一點，頓感無趣，於是她走到了那個籠子前，她伸出手摸了摸那個用很細的鐵欄杆圍住的籠子，「這麼說，那個小倉鼠也死了？」

陳默思停了下來，點了點頭，「當時整間房間都充滿了洩露的液化石油氣，那個小倉鼠也沒能倖免。」

「怎麼會這樣……張琪既然這麼喜歡那個小倉鼠，自己自殺的時候為什麼不把它放走……」鄭佳略有些悲傷地說著，突然她像是再次想到了什麼，「還是說……張琪真的不是自殺的？當然她也不會放走這只小倉鼠了。」

「可能吧！不過這些都還為時尚早，畢竟我們還沒有破開這個密室的迷局。」陳默思走到了窗邊，一縷陽光灑了進來，今天天氣還不錯，陳默思想著這個，伸了個懶腰。

突然他的手機響了起來，掏出一看，是徐晨。對了，今天一直到現在都還沒有聯繫，也不知道他和小緒有沒有什麼新的發現，陳默思如此想到。電話接通的那一刻，他便呆住了，因為這個很短的一通電話裡有這麼一句話：「我那邊有新的突破了！」

陳默思回頭看了看鄭佳，只見鄭佳一臉茫然地看著他。他掛了電話，只是說了一句：「走吧！我們恐怕真的要迎來曙光了！」

Part 16

「小緒沒來嗎？」鄭佳見坐在對面的只有徐晨，便問道。

「嗯，今天小緒可能有點麻煩，她父母不讓她出來了，可能是昨天的家長會讓她的父母感到有些擔心了吧。」徐晨想了想今天早上趙舒緒對他說的那番話，向鄭佳轉述道。

「這樣啊……叔叔阿姨也真是！他們真是管的太嚴了！」聽完徐晨的解釋後，鄭佳也不由得抱怨了一句，「昨天也是，小緒和父母說她要和我一起去圖書館自習，他父母竟然後來還打了電話過來問我，我都對這樣的小緒感到可憐！」

「她家一直是這樣的嗎？」徐晨是第一次聽到趙舒緒家的具體情況，不禁感到有點好奇。

「嗯，是的，從我認識小緒時就是這樣。我和小緒在小學和初中都是同班同學，家也離得近，所以我們關係很好。每次我想和小緒一起出去玩，她爸媽都不是很願意。不過小時候一般父母都管的比較多吧，所以儘管有時候沒能和不被父母允許出去的小緒玩，也不會過於沮喪。可是到了中學之後，她的父母好像還是這樣，每次我去找小緒，都要找好多理由，才能和小緒一起出去，有時候覺得小緒在這樣的家裡確實有點可憐。」鄭佳歎了一口氣，拿起手中的那杯冰鎮飲料，喝了一口。

「小緒是怎麼想的呢？」畢竟徐晨是這幾天才和趙舒緒接觸的比較多，對很多事情並不瞭解，今天早上發生的事還是讓他有點在意，所以他還想瞭解的更多一點。

「小緒嘛……我也不太清楚，其實我也問過她，但是每次她都避而不談，總是說父母也是為了自己好，但我也不知道小緒是不是真的這麼想的。」鄭佳見坐在對面的徐晨正盯著自己，心裡突然有些慌亂。

「哦……」徐晨也沒有多問，只是點了點頭，然後喝了一口自己點的芒果汁，他心想下次見到小緒一定要好好問問。

「不說這個了，徐晨你不是說有什麼重大發現嗎？」陳默思突然問道。

「哦！這個，差點忘了正事了！」徐晨趕緊從身旁的背包裡取出了一張紙。

「這是……」

「我簡單畫的現場草圖，也就是視頻裡出現的那個地方。怎麼樣，還行吧？」徐晨看著正緊盯著那張紙看的陳默思說道。

「哦，還行吧！」陳默思看了一會兒，放下了那張紙說道。

「什麼叫還行？這麼潦草！你到底是怎麼畫的？」一旁的鄭佳接過那張紙看了看便大聲說道。

「呃，雖然確實有點潦草，但也不影響大家的理解。」徐晨不好意思地撓了撓頭，緊接著便拿出了自己的手機，「下面我就來向你們解釋一下我的發現吧。」

在簡單的操作後，他又調出了昨天看過的那個視頻。

「這個視頻我們昨天不都看過了嗎？」鄭佳看了徐晨的舉動，不禁疑惑道。

「嗯，不過我今天上午再次仔細地看了一下，卻有了新的發現。」徐晨把目光從手機移向對面的兩人，「這個關鍵就是聲音。昨天你們也看了，這個視頻的聲音確實是太模糊了，僅憑人耳根本聽不清。所以我今天上午用一個音訊處理軟體簡單處理了一下，再配上這個視頻，你們就再看一次吧。」

徐晨按下了播放的按鈕，視頻開始移動。畫面剛開始還是出現一個人蜷縮在角落裡，那個人應該就是杜小月，而另一個人站在一旁，緊接著站著的那個女生便踢了蹲著的杜小月一腳，嘴裡還咒罵道：「妳還挺會跑的啊！讓妳跑！」然後便開始撕扯起杜小月的頭髮，也正是在這個時候杜小月的面目才能被辨認出來。

很快另一個穿著藍色牛仔褲的女生出現了，向蜷縮著的杜小月搧了幾個巴掌，這時她說出了讓人意想不到的一句話：「杜小月，妳是傻了嗎？讓妳說話啊！妳怎麼不說！快！」

緊接著就發生了那一幕，杜小月跪在螢幕前，扇著自己的臉頰，並且面無表情地重複道：「我是賤種！我是賤種……」

看著這個視頻的三人都沒有說話，陳默思還是一臉平靜的感覺，徐晨可能是因為早已經看過的緣故吧，表情也沒有太大變化。但是鄭佳此刻雙眼都通紅了，她強忍著用手捂住自己的臉，努力讓自己不哭出來。

突然徐晨按下了暫停鍵，視頻停了下來，徐晨看向了鄭佳，說道：「妳還行嗎？」

鄭佳努力點了點頭，用手擦了擦自己的眼角。

「下面就是重點了，也是我這次的發現。」徐晨冷靜地說道，氣氛頓時緊張了起來。

只見視頻畫面再次移動了起來，杜小月仍然跪在畫面前，雙手不停搧著自己耳光，一旁站著剛開始就出現的那個女生。突然那個女生像是注意到了什麼，向旁邊看去，這個地方眾人也是上次就觀察到了，不過這次大家清楚地聽到了她轉身過後所說出的那句話。

「看什麼看！小心以後找你！」

這次視頻沒有停住，但是眾人卻全都停了下來，陳默思和鄭佳都十分震驚地看向徐晨，徐晨也只能點點頭。

「沒想到那天晚上會有目擊者！」陳默思雙手撐著下巴，沉思道。

「嗯，我當時發現這個的時候也著實嚇了一跳，不過後來我仔細研究了一下現場的情況，才發現確實是有被看到的可能性的。」徐晨說著便拿過了那張簡易的示意圖，「你們看，按照我們之前的分析，基本上是不可能出現目擊者的，那裡光線比較差，而且街道旁那棟伸出去的建築剛好擋住了這邊的視線。」徐晨指了指代表著建築物的那道橫線。

「確實是這樣，從那邊的街道是很難看到這邊情況的。」陳默思也同意道。

「但是，我們全都忽略了一點。你們看這裡！」徐晨伸出手指向了示意圖裡的一個方框。

「公廁？」

「是的，當時如果有人發現了現場的情況的話，也只能有這一種情況了。而且，根據視頻上的畫面顯示，當時那個女生說話時看的方向確實是公廁這邊的方向。」

「你的意思當時有人在上廁所，然後發現了這裡的情況。」陳默思也指著那個寫著公廁二字的方框說道。

徐晨點了點頭。

「就算發現了又怎樣？那個人還不是逃走了！」鄭佳突然激動地說道，「那個人根本就沒有管杜小月！如果那個人沒有逃走，還會有後面發生的事嗎?!」

鄭佳雙目通紅地緊緊逼視著陳默思和徐晨，兩人都沒有說話，氣氛變得有點尷尬。

「佳佳！妳冷靜一點，這個人確實可能做錯了，但是現在事情既然已經發生了，妳也不要過於激動。」陳默思看著仍十分激動的鄭佳說道。

「我也是這麼覺得的，下面我們要做的就是找到這個人，讓其出來作證，說出張琪和李蕊她們的惡行，還有就是指出那個在現場的第三人！」徐晨也回應道。

鄭佳看著說話的兩人，心裡平靜了一點，不過她還是有點不甘心，「你們說的也有道理，但你們又想怎麼找到這個人呢？」

「這個嘛……其實我也有一點想法了。」徐晨放下了手中擺弄的玻璃杯，在手機上再次操作了起來，「你們來看一下，這個是我昨天照的現場的照片，裡面的這個公廁還是有一些特點的。」徐晨指著手機上的現場照片說道

「什麼特點？」

「你們沒發現這裡男廁和女廁的入口其實離得很遠嗎？」

「什麼意思？」

「意思是我們能知道那個人的性別，你們看，」徐晨再次指向了那個現場示意圖，「當那個女生轉頭看向那個目擊者的時候，我們是能知道大概方向的。這個方向不僅幫我們分析出了目擊者是來上廁所的，而且我們還能進一步知道那個人上的是男廁所還是女廁所。」

「你分析出來了？」陳默思雙目炯炯地看著徐晨問道。

「嗯，根據那個視頻，我大概能分辨出那個人的位置偏向左方，也就是說男廁所那邊，所以說我認為那個人應該是個男的。」徐晨繼續說道。

「可是這個範圍也太大了吧！」鄭佳撇了撇嘴說道。

「不是的，已經很小了。」陳默思突然插話道，「目擊者是我們的熟人。」

「什麼！」鄭佳吃驚地看著陳默思，她不知道這已經是她今天第幾次有這樣的表情了。

「剛才那個女生轉身對那個目擊者說了這樣一句，『看什麼看！小心以後找你！』她對目擊者發出了那樣的威脅，這只能說明這樣一個情況，那個人她肯定認識！」陳默思解釋道。

「好像真的是這樣……但如果真是這樣的話，後來杜小月自殺了，他為什麼不站出來說出這件事。」鄭佳還是有點半信半疑。

「我覺得他還是有可能受到張琪她們的恐嚇了，即使後來她們沒有找他的麻煩，也一定給了他警告，他可能也是不想多惹麻煩吧！」徐晨說出了自己的看法。

「那我們下一步該怎麼辦？繼續找出這個人？」鄭佳看著對面的兩人問道。

「可能吧！那徐晨，這個還是交給你吧，小緒不在，也麻煩你了。」陳默思看著徐晨，說道。

一聽到小緒的名字，徐晨的內心又糾結了起來，不過他還是說道：「沒關係，倒是你們，有什麼進展嗎？」

「我們啊，進展有是有，但也是遇到了一些困難。」陳默思撓了撓頭，有點不好意思地說道。

「那是進展嗎？我上午提了那麼多猜想，都被你否定了！」鄭佳似乎對上午的事還耿耿於懷。

「是嗎？你們能給我具體講講嗎？說不定我也能提一點意見。」徐晨建議道。

「這個，還是不麻煩你了吧？」陳默思想了想，還是說道，「你昨天的那套理論確實給了我們很大幫助，但是現在你還有其他事，我們還是不想麻煩你了，我覺得我們可以解決好的。」

徐晨看了陳默思一眼，沒有說話，但還是點了點頭。

「那就先這樣吧，我們下午還得想想其他辦法。」陳默思站了起來，向徐晨說道。

和眾人分開後，徐晨突然有了一個打算，看來也只有找那個人才是最好的解決辦法了。不過趙舒緒不在，自己恐怕也會有點麻煩。徐晨掏出手機，準備聯繫一下她，和她說明一下這邊的情況。不過該不該聯繫她呢？徐晨突然猶豫了起來。

正當徐晨猶豫不決的時候，一個電話打了過來，是趙舒緒。

真好，徐晨想到。

Part 17

班主任馬海東這幾日可是真忙的焦頭爛額，班上接連兩個學生自殺，給他帶來了不小的壓力。在昨天的家長會上，面對著眾多家長的質疑，他再一次感受到了什麼叫做有苦難言。他一直認為自己作為一個班主任即便不是很優秀，也是比較合格的，這麼多年來他一直都是這樣度過的，可這幾天發生的這件事完全改變了他的看法。他是個不稱職的班主任，他過於軟弱了。

徐海東自認為是個性情平淡的人，即使被學生們稱為海冬瓜，他也沒有制止他們，當然也可能是他過於軟弱了吧。他覺得有可能正是這份軟弱，才導致了這幾天發生的慘劇。之前張琪和李蕊調到這個班後，他沒有據理力爭地拒絕，因為他知道這個是上級的意思。但正是這件事才為後來杜小月的死留下了禍根，而他直到半個月前，才隱約察覺了這件事，為此他一直很是自責。

他知道這件事還是因為杜小月的曠課，就在半個月前，杜小月突然說她不想來上課了。這件事著實讓他吃了一驚。因為杜小月雖然成績不是太好，在班上也不引人注意，但是也一直沒有做出什麼過於出格的事。在杜小月請假期間，他也曾去探望過幾次，可每次都是失望而回，杜小月根本不想和他說話。直到有一次他偶然聽到有學生私下裡討論杜小月，他才隱約知道了這件事可能跟張琪和李蕊有關。他也把張琪和李蕊叫過來批評了一頓，可是完全沒用，她們根本沒有承認。沒過多久就發生了杜小月的自殺事件。

當時校領導想要低調處理這件事，他也是同意的，因為現在正值高考前夕，誰都不想由於這件事的風波而影響了學生的成績。當然這件事的起因，學校裡的欺淩事件，也引起了校領導的高度重視，那幾天有很多平時在學校裡惹是生非的學生都收到了學校的嚴重警告，其中當然也包括張琪和李蕊。

不過馬海東自己也知道，僅憑這幾次警告，是不可能杜絕這種事發生的，但是他也沒有辦法。後來便發生了張琪自殺的事件，這件事可以說是毫無預兆，直到現在他也沒有想通張琪為什麼會自殺。難道真的像謠言裡講的，是杜小月的詛咒？但是他現在根本沒有時間管這個了，來自校領導和學生家長的施壓已經讓他不堪重負，他甚至已經決定把這件事處理完就不再擔任班主任。

今天他就仍然留在學校裡，處理著昨天開完家長會的後續事宜。不過就在剛才，他接到了一個學生的電話，是班長趙舒緒打來的。趙舒緒是他很喜愛的一個學生，成績很好，與班裡同學的關係也處得很融洽，可以說是他的得力助手。可是今天她打來電話，可著實是出乎了他的意料，他已經預感到了有什麼事將要發生。他收拾好了手中的檔，正要去飲水機那取一點水，這時敲門聲響了起來。恐怕他們已經來了吧，徐海東手裡拿著已經空了的紙杯，按開了閥門，水柱嘩啦一下流了出來。

在校門口和趙舒緒會合後，徐晨就一直沒和她怎麼說話。他本想問趙舒緒是怎麼出來的，可看到趙舒緒明顯一副心情不太好的樣子，就沒有開口，兩人一前一後在有點空曠的校園裡快步行走著。

直到來到了辦公室的門口，兩人才停了下來。

「我的事之後再告訴你吧。」站在前面的趙舒緒突然說道，她轉身看了一眼身後的徐晨。

徐晨也趕緊點了點頭，「我也一樣，我的發現也之後再告訴妳，待會進去聽我的安排。」

趙舒緒笑了笑，敲響了辦公室的門，不一會兒辦公室的門就開了，露出了海冬瓜略有些禿頂的腦門。

「打擾了，馬老師！」趙舒緒向前微微彎了一下腰。

「哪里！都進來吧！」馬海東也很客氣地說道。

於是兩人便進了班主任馬海東的辦公室，迎面而來的冷氣讓剛才一直在烈日下奔波的徐晨感到了前所未有的涼爽。在放下了背在身上的挎包後，他接過了馬海東為兩人倒的水，連說了兩聲謝謝。

「這麼說，你們今天來是為了什麼事？」馬海東喝了一口紙杯裡的水，說道。

趙舒緒看了一眼徐晨，徐晨趕緊說道：「馬老師，其實今天找您是有個不情之請，我想要知道本班學生的家庭住址。」徐晨說完有點緊張地看著對面的海冬瓜，只見海冬瓜只是略微吃了一驚，不過並沒有過多的表情。

「聽小緒剛才在電話上說，你們正在調查杜小月的事，是嗎？」馬海東把紙杯放在身前的桌子上，看向兩人問道。

「是的，所以想請老師您幫我們。」趙舒緒再次彎下了腰，十分恭敬地說道。

馬海東笑了笑，說道：「我又沒說不幫你們，不用這麼緊張！」

聽到這句話，本來以為這將是一場艱苦卓絕的談判的徐晨頓時吃了一驚，他看向對面的馬海東，問道：「您真的會幫我們嗎？」

「嗯，不過你們也別高興的太早，雖然我不知道你們到底調查到了什麼程度，但是你們這樣做肯定會花費你們大量的時間，並且還不一定有什麼結果，你們確定要堅持下去嗎？」馬海東向兩人問道。

徐晨正想著怎麼解釋，突然聽到身邊的趙舒緒說道：「老師，我已經準備好了！」徐晨注意到了趙舒緒的眼神裡沒有一絲猶豫。

馬海東也沒想到趙舒緒會有如此乾脆的回答，不過他們想要的是全班所有人的位址資訊，這可是涉及到個人隱私的啊，一時間馬海東有些猶豫了起來。不過一想到杜小月的那張臉，一想到這個孩子剛剛才在學校裡死去，他的心裡就一陣陣地疼痛，而起因就是那個他一直所疏忽的欺淩事件。他再次看了看眼前的這兩個學生，他們正端坐在自己的面前，一臉渴求的目光，馬海東心裡突然有了一絲顫動。他狠狠咬了一下嘴唇，最終點了點頭，「好吧，你們等我一下。」

沒想到海冬瓜這麼快就答應了他們，徐晨心裡感到十分驚訝，他看著海冬瓜在辦公桌上翻找的身影，竟然有一些不現實的感覺。不過很快班主任便拿著一份檔走了回來。

「這就是本班同學的聯繫方式以及家庭住址，希望對你們有用，不過也希望你們不要把這些資訊隨便洩露出去。」馬海東把檔遞給了兩人，再次坐了下來。

徐晨翻看了一下，確認了這些確實是本班學生的資訊，心裡頓時放鬆了下來。

「謝謝老師了！不過老師您為什麼要這麼幫我們？」趙舒緒沒有看向那些檔，而是繼續向徐海東問道。

馬海東輕咳了一聲，拿起紙杯喝了一口水，說道：「可能我是有點內疚吧，畢竟這件事是發生在我的班上，我也有一定的責任。是我太放任她們了，才導致了後來的慘劇。」馬海東拿著紙杯的那只手在微微顫抖著。

「老師，您不要太過於自責了，其實這件事我們大家都有錯，我作為班長，也沒有處理好同學之間的關係，甚至於之前都根本不知道杜小月受到了欺負這件事。」趙舒緒看著滿臉愧疚的馬海東，也緩緩說道。

「我也是，我以前對班上的事也是都不太關注，我也一直那麼冷漠。所以這次……這次我們想憑我們自己的力量，找出事情的真相！」徐晨緊緊捏著紙杯，十分真誠地說道。

「好了，看到你們這樣我也很高興，不過我也恐怕只能幫你們到這了，我下學期就不再擔當班主任了。」馬海東說完兀自歎了一口氣。

「這是真的嗎？您……」趙舒緒想了想，還是沒有繼續說下去，她知道班主任這段時間承受了多大的壓力，所以恐怕辭去班主任這個職位是最好的選擇了吧。

「好了，不耽誤你們時間了，你們既然拿到了想要的東西，也趕緊走吧，不過你們注意不要耽誤了學習，畢竟下學期你們就高三了。」班主任馬海東提醒道。

「嗯，謝謝馬老師，那我們走了。」

徐晨出來後輕輕帶上了辦公室的門，便趕緊追上了已經走遠的趙舒緒。

「我們不找個地方聊聊？」徐晨向趙舒緒建議道。

趙舒緒點了點頭，於是兩人便來到了學校旁邊的那家奶茶店。兩人剛落座，便有一位服務員走了過來，徐晨這次點了一杯冰紅茶。

在等待飲料上來的期間，兩人都沒有說話，很快服務員便端來了兩人所點的飲料，徐晨喝了一口冰紅茶，然後說道：「說吧，妳是怎麼出來的。」

趙舒緒只是捧起了自己的那杯飲料，並沒有喝的意思。聽到徐晨的這句話後，她放下了那杯飲料，看向徐晨，說道：「我和父母吵了一架。」

雖然趙舒緒說的輕鬆，可這句話卻把徐晨給嚇了一跳，「什麼！妳和父母吵架了？」

趙舒緒猶豫了一下，還是點了點頭，「今天中午我和父母攤牌了。」

「妳是說妳把妳昨天做的事都和父母說了？妳為什麼要這麼做？」徐晨很是擔心地問道。

「我不想騙他們。」趙舒緒努了努嘴，說道。

徐晨沒有說話，只是再次喝了一口飲料。

「昨天晚上我想了很久，到底要不要繼續這麼騙下去，但是我沒有得出答案。其實我是有那個想法的，但我沒有敢邁出那一步。今天早上我爸讓我最好不要再出去了，在家裡學習就好，他會和佳佳說的。於是我便被留在了家裡，父母也都沒有出去，我本想今天就在家裡待著吧，明天再想想辦法出去。可是當我坐在書桌前準備學習一會兒的時候，我想到了昨天晚上爸爸和我講的家長會上發生的事。」趙舒緒停了下來，喝了一口飲料。

「昨天晚上吃完飯時，我爸和我講了一下家長會上發生的事。這些你知道嗎？徐晨？」趙舒緒突然向徐晨問道。

「啊……沒，發生了什麼事嗎？」徐晨想起了這兩天父母的不對勁，他們好像根本不關心家長會的事。

「哦，那我就講一下吧。其實昨天家長會上，有些家長差點和學校起了衝突。」

「衝突？」徐晨對此十分吃驚，沒想到家長會上竟然發生了這樣的事。

「嗯。在章副校長說明完這幾天學校發生的事後，就有家長站起來質問學校到底在幹什麼，這兩個學生為什麼會自殺。沒想到這一舉動一石激起千層浪，有很多家長都站了出來一齊質問學校，這些舉動差點引發了騷亂。而這一系列矛盾的焦點就是這些家長怕這一連串的事件會影響了自己孩子的學習，畢竟這些家長其中有很大一部分孩子是高三的，馬上就要參加高考了。」趙舒緒解釋道。

「嗯，確實可能會發生這樣的事，那後來呢？」徐晨問道。

「最後在學校的保證下，一定不會讓這件事影響到學生的學習，這股騷動才被壓了下來。我爸他其實也是這麼想的，只是當時礙於面子，才沒有在公開場合說出來。」

「妳爸會這樣想，也很正常，妳也不必為此和他吵架吧！」徐晨看著仍十分糾結的趙舒緒，心裡感到有些不忍。

「我也不想的，但是今天早上他說的話太過分了！他說，『這些差等生，自己不好好學習，死了還影響其他的學生！』對他說的這句話，我實在是忍受不了，於是我便和他吵了起來。我爸也驚呆了，因為這是我第一次和他這麼吵架。」

說出這些的時候，趙舒緒擰緊了眉頭，緊緊握著手裡的杯子。徐晨不知道如何答話，只好喝著自己的飲料。

「那些家長會對學校產生質疑，本身也是好事，但是我最受不了的是他們從來就沒有在乎死的是誰？她們為什麼會死？他們關心的只是自己孩子的學習。那些人死了可能會影響正常的上課，可能會給正面臨高考的考生帶來不小的負面影響，可是他們考慮過已經去世的人嗎？對其他學生也一樣，也許像杜小月這樣的人也只是他們的人生過客，他們可能只是看過，知道有這個人，知道這個人死了，但從來沒有關心過這件事。想到這裡，我突然發現我們生活的世界實在是太冷漠了。」

趙舒緒的情緒越來越激動，說到最後她竟然哽咽了起來。兩人都沉默了下來。徐晨心裡也感到十分沉重，曾幾何時，他不也是這樣的人嗎？他認為人都是虛偽的，都在自己給自己包裹的外殼中生活，所以他也不願意接觸過多的人。而在不知不覺中，很多人都習慣了以自我為中心，對待其他人的態度都變得冷淡了起來。不管發生了什麼事，第一個想到的就是有沒有損害到自己，而不會管其他人。難道這就是這個世界的真相嗎？徐晨突然想到。

「但是我不想就這麼活下去！」趙舒緒突然說道，這句話打斷了徐晨的思考，「我想要改變，我不想繼續做一個只會聽父母話的乖乖女，對這樣的父母，我已經受夠了！」

「妳這樣做，妳父母不會擔心嗎？」徐晨突然問道。

「我也知道我就這樣跑出來不對，但我也沒有辦法……」提到這個，趙舒緒突然泄了氣。

「那妳今天晚上怎麼辦？」徐晨擔心地問道。

「我找佳佳想想辦法吧，大不了就住在她那裡。」趙舒緒看起來似乎還在慪氣。

「這樣啊，也挺好的……」

「對了，還是說說你今天的發現吧，還有你為什麼要借那個花名冊。」趙舒緒指了指徐晨的挎包，說道。

「哦，這個啊，」徐晨趕緊從包裡取出了那一疊資料，說道，「因為我們發現了當時現場很有可能有一個目擊者，而這個目擊者很有可能就在這裡面。」

接著徐晨便把上午的發現都告訴了趙舒緒，趙舒緒聽了也是十分驚訝，同時也是十分高興。

「這麼說，我們只要查找一下這些資料，找到一個回家路線經過視屏中那個地點的男生就可以了？」趙舒緒看著那份資料，問道。

「應該是這樣的，不過也不能就此斷定我們肯定能找到，不過我相信那個人在我們班的概率還是比較大的。」徐晨喝了一口飲料繼續說道。

「那我們現在就開始找？」趙舒緒已經按捺不住了。

「嗯，現在可以開始了。」

徐晨點了點頭。他看著名單上的那些熟悉而又陌生的名字，第一次感覺到了這些人離自己是如此的近，他的心突然顫動了起來。

Part 18

又到了每週的週一，最討厭這一天了，鄭佳心裡抱怨著走進了校門。不過昨天晚上她可是度過了一個不一樣的夜晚，讓人沒想到的是，她的好閨蜜小緒竟然離家出走跑到自己這裡來了。一想到小緒那個總是板著臉的爸爸得氣成什麼樣，鄭佳心裡就有點樂兒。不過她還是替自己的好友有點擔心，想到這裡鄭佳停了下來，對身旁的趙舒緒說道：「小緒，妳和妳爸沒問題吧，昨天晚上他還打電話到我家了呢！」

「沒關係吧，既然他都已經知道我在妳這裡，也應該放心一點了。」話是這麼說，趙舒緒實際上還是有點擔心的，不過她暫時還不想回去。

「那妳準備在我那待多少天，不會就這麼一直住下去吧？我多一個女僕也是極好的哦！」鄭佳笑嘻嘻地說道。

「妳想得美！」趙舒緒也笑了出來，不過她也覺得老是賴在鄭佳家裡也不太好，這件事還得快點解決才行。

很快兩人便在教學樓上分開了，在走廊上經過11班的時候，趙舒緒突然想起了什麼。對了，那天不是有個叫鄧健的人幫了自己嗎，現在自己正在調查杜小月的事，是不是應該也要告訴他一下呢？

還好今天早上她來得比較早，早讀還沒有開始，她覺得還是告訴他一聲比較好。剛好11班有個男生走了出來，於是趙舒緒便決定走向前去詢問一下。

「你好，請問你們班是有一個叫鄧健的人嗎？現在在裡面嗎？」

「嗯？妳確定妳找的人是叫鄧健？但是我們班沒有這個人啊？」那個男生撓了撓腦袋，感到十分奇怪。

這個回答卻在趙舒緒心裡翻起了驚濤駭浪，「什麼？你說沒有，你們班真的沒有鄧健這個人嗎？」

「真的沒有，妳不會記錯了吧？」男生依舊這樣說道。

「有可能吧，謝謝了啊！」

趙舒緒道過謝後便回到了自己班的教室。不過這究竟是怎麼一回事呢？那個自稱叫鄧健的人為什麼要騙自己？趙舒緒百思不得其解。不過既然想不明白就以後再說吧，趙舒緒想了想，從粉色的書包裡拿出課本開始了早讀。

由於上課的原因，他們暫時不能進行調查了。不過經過昨天下午趙舒緒和徐晨的仔細查找，他們終於確定了幾個可能的人選，下面就可以開始對這幾個人進行暗中調查。當然這個也只能旁敲側擊，而不能正面質問。現有的進展還是令趙舒緒挺滿意的，就是不知道陳默思那邊進展的怎樣。昨天晚上聽鄭佳說陳默思好像已經找到了突破口，不過他沒有具體說明是什麼，看來也只能等著看了。

很快便下了課，趙舒緒決定找吳婷談一談，畢竟她也是杜小月的好朋友。可是當趙舒緒看向吳婷的座位時，她發現吳婷的座位上並沒有人。在詢問了周圍的人後，她才得知吳婷今天竟然沒有來，可能是生病了什麼的吧，趙舒緒如此想到。

一天的時間過得很快，很快便到了放學的時間。而現在離高考也只有十天了，這意味著再過十天他們就要升入高三。可是有人永遠留在了這個班級，留在了高二12班。一想到這裡，趙舒緒不禁再次感慨萬千，她決心一定要把事情調查清楚。

下午剛放學，徐晨就走了過來，看來經過他一天的調查，應該有所收穫了吧。兩人商量過後，還是決定去那家奶茶店，討論一下調查結果。但當他們剛出門時，一個讓人意想不到的人出現了。

「鄧健！」趙舒緒不禁喊道，可是很快她又意識到了什麼，「你不是隔壁班的吧？為什麼要騙我們！」

鄧健聽到這句話後也露出了一絲愕然的表情，不過很快就恢復了正常，「看來妳也知道了啊，不過我今天來本來就是想實話實說的。」鄧健說完便苦笑了一下。

「那我們就一起找個地方聊一聊吧。」站在一旁的徐晨此時建議道。

於是三人便來到了那個奶茶店，今天是週一，此時奶茶店裡的人還不是太多，三人找了個靠窗的位置。在等待飲品的間隙，徐晨仔細觀察了坐在對面的這個人，個子蠻高，臉型端正，而且目光也很平靜，他根本想不出來，這個人為什麼會騙小緒。

「今天來找你們，本來是想要進一步瞭解情況，不過沒想到你們已經發現了我的身分，那麼我就直說吧。」對面的這個高個子男生抬起了頭，看著兩人說道，「我其實是張琪的男友，不，準確的說是前男友。」

「什麼！」趙舒緒和徐晨都瞪大了雙眼，彷彿聽到了什麼完全不可能發生的事情一樣。

不過徐晨很快就冷靜了下來，「你說你是張琪的男友？」

「是的，不過上次聽了吳婷講的之後，我和她分手了。」鄧健捋了捋前額的頭髮，苦笑了一聲。

「那……你這次來找我們，是為了……」趙舒緒也終於從吃驚中緩了過來，問道。

「為了張琪。」男生如此說道，徐晨和趙舒緒彷彿也理解了一些，等著男生繼續說下去。

「其實我和琪琪認識也不久，而我所認識的張琪和你們所瞭解的完全不同。我和琪琪的相識是在一次同學聚會上，對了，琪琪在轉校前其實和你們現在所認識的她完全不一樣，她以前是個很好的女孩。我喜歡上她也是因為她那活潑可愛的性格，就這樣我們交往了一年多。」從鄧健的眼睛裡徐晨能感受到他內心裡曾經的幸福。

「那後來呢？張琪怎麼變成這樣的？」趙舒緒的表情有點不忍。

「後來啊……她父母離婚了。」鄧健苦笑了一聲。

三人都沒有說話，徐晨和趙舒緒似乎被這一消息給震驚了，原來張琪的家庭也是不完整的。鄧健沒有繼續說下去，可三人其實已經很清楚了，張琪是怎麼變成現在這樣的。

「她父母離婚後，琪琪有一段時間很是消沉，那段時間裡她都甚至不願意見我，每次我去找她，她都把我拒之門外。後來她就轉學了，我們也就沒怎麼聯繫了，我也就此認為我們就這麼分手了。」鄧健看起來十分悵然。

「那你為什麼又說你和張琪剛剛分手？」趙舒緒繼續向鄧健問道。

「因為大約一個月前，琪琪又找上了我，說我們其實還沒有結束，現在她又回來了。聽到這個，我也很高興，所以我們重新開始了戀愛。但是漸漸我發現琪琪其實已經不是以前的那個她了，她身邊各種很是奇怪的朋友多了起來，我也感覺到了琪琪的變化。只是當時我還沉浸在琪琪回來的高興當中，並沒有太在意這些。直到半個月前，我聽到了一個消息，說是一群人欺負了一個女生，並且還拍了一段視頻。我一看那個視頻，就發現了那裡面有一個人就是琪琪。」

「你說的那個被欺負的人就是杜小月嗎？」

「嗯，當時我還不知道，後來我才慢慢得知的。於是我就跑去質問琪琪，她也很乾脆地承認了。不過她說那個女生也不是什麼好東西，她是因為一個好朋友被那個女生給欺負了，所以才報復她的。聽到琪琪的解釋，我很生氣，因為我認為不管那個女生做錯了什麼，她也不應該這樣啊，我對琪琪發火了。看到我那樣恐怖的表情，琪琪竟然哭了起來，這還是我第一次看到琪琪哭，就算是她父母離婚的那段時間，琪琪也沒有哭。看到她這樣，我的心又軟了，我原諒了她。」鄧健的表情十分痛苦。

這時徐晨注意到天已經有點黑了，他突然想起來小緒這時候應該回家了，不然她的父母又該擔心，於是他看向了趙舒緒。可是當他看到一直注視著鄧健的趙舒緒時，他又想起來了，原來小緒現在是離家出走的狀態啊。徐晨突然感到有些高興，難道是因為自己能和她多待一會兒嗎？可是一想到剛才自己的表現，他又感到有些好笑。

趙舒緒完全沒有察覺到徐晨的這番心思，她此時開口向鄧健問道：「難道你是因為找我們瞭解情況後，才決定和張琪分手的嗎？」

鄧健低下了頭，「是的，雖然我原諒了琪琪，但是我還是不太放心，我想知道那個被琪琪欺負的女生到底是怎樣的人，她到底有沒有琪琪說的那樣壞。於是我便來到了你們班，那天聽到了你們的談話，我就加入了進去。」

「那你為什麼要騙我們呢？說你是隔壁班級的，還說你那天早上在校長講話時提出了質疑。」趙舒緒的表情突然嚴肅了起來。

鄧健猶豫了一下，還是說道：「那是因為我還不想洩露我的身分，我想聽到最真實的情況。如果你們知道了我是張琪男友的話，很難保證你們不會有所顧忌。」

趙舒緒對於鄧健這樣的解釋似乎還是不太滿意，她臉上的惱怒仍未消退。可能是小緒不喜歡撒謊的人吧，一旁的徐晨這樣想到。

「那你這次又為什麼來找我們呢？既然事情都已經清楚了。」趙舒緒不無諷刺地說道。

「因為琪琪自殺了。」鄧健很是痛苦地說出了這句話。

趙舒緒好像也想到了什麼，臉上的怒色漸漸消退。

「對不起，剛才說了那樣的話。」趙舒緒說道。

「沒關係，」鄧健擺了擺手，「我知道你們對琪琪的印象不好，所以我也沒有怪你們，畢竟對琪琪的死我也有責任。那天和你們談話後，我想了一會兒，就給琪琪打了電話。可是琪琪一直都沒有接我的電話，於是我就給她發了一條語音留言，說我們分手吧。我不知道琪琪看到這句話後會有什麼反應，但我必須這麼做。之後就發生了完全出乎我意料的事，那天下午琪琪自殺了。每次我一想到這裡，我就覺得我有不可推脫的責任。」鄧健說到這裡，眼眶突然紅了起來，他痛苦地抱著自己的頭。

趙舒緒沒有繼續提問，三人陷入了沉默，現場唯有鄧健那低沉的抽咽聲。聽到這裡，徐晨突然明白了什麼，弄不好張琪的死真的是自殺，看來陳默思他們的調查方向可能真的有問題了。

「真是非常感謝今天你能和我們說這麼多，不過我覺得我們還要繼續調查下去。」趙舒緒突然說道。

鄧健也抬起了頭，他用紅腫的雙眼看著趙舒緒，「為什麼？」

「沒有為什麼，我覺得我們還需要調查。」趙舒緒平靜地說道。

鄧健靜靜地看著趙舒緒，突然苦笑了起來，「我知道了，其實我今天來告訴你們這件事也不是想要阻止你們，只是為了讓你們更清楚地瞭解這件事。至於你們想要幹什麼，我也管不了那麼多了。」

說完鄧健便站了起來，「我想我也該走了，希望我的話能對你們有幫助。」

徐晨和小緒再次躬身感謝，鄧健很快就離開了奶茶店。之後兩人也離開了那裡，並肩走在去往公交月臺的路上。

「徐晨，你說張琪既然也有一個不完整的家庭，她為什麼還會這麼對待杜小月呢？」趙舒緒突然問道。

徐晨其實也注意到了這個問題，不過他也沒有答案，於是便搖了搖頭。這時徐晨突然想起了什麼，對了，他剛才去找小緒就是為了告訴小緒他的發現啊。

「小緒，差點把這件事給忘了，剛才我找妳是因為我有了新的發現，關於那個視頻裡的目擊者。」

「什麼！你找到了？」趙舒緒一聽到這個就高興地叫了起來。

「不是不是。」徐晨不好意思地撓了撓頭，然後繼續說道，「是排除了幾個嫌疑者，不過現在只剩下最後一個了。」

「誰？」

「李銘。」徐晨說出了這個趙舒緒很是熟悉的名字。

「他？」趙舒緒明顯也很是吃驚。

「對，就是這個大學霸。今天下課我去找他的時候，他一直趴在那寫作業，我也不好意思打擾他，就沒去找他了。再加上他那個人老是獨來獨往的，也不可能找其他人瞭解情況，所以現在也只有他的情況我不太清楚。」徐晨老實說道。

「這麼說其他人你都排除嫌疑了？」

「應該是這樣的，我都問了很多人來核對資訊，應該不會出錯。」

「那現在只剩下李銘了啊……要不我們現在就去找他？」

「妳是說去他家？」徐晨不可置信地看著眼前的趙舒緒。

「怎麼？不行嗎？調查肯定要做完啊！不然怎麼得出結論？」趙舒緒十分自然地說道。
「這樣可以嗎？不會打擾人家吧！現在已經有點晚了。」
「怕什麼？你還是個偵探嗎？」趙舒緒看著徐晨這樣畏畏縮縮的樣子，也不禁調侃道。
「好吧，去就去唄，誰讓我上了陳默思這條賊船呢？」徐晨苦笑道。
兩人再次向前走去，這時夕陽在這個城市裡投下了最後的餘暉。即便是這樣的陽光，徐晨也感覺渾身暖暖的。

Part 19

沒花很長時間，徐晨和趙舒緒就找到了李銘的家，而且就在杜小月家附近，難怪李銘很可能會成為那個目擊者了。由於有了上次去李蕊家的經驗，這次徐晨不再感到那麼緊張，反而是之前還信誓旦旦說要來的趙舒緒顯得有些拘束。

徐晨顯然是注意到了這一點，所以這次是由他來按門鈴的。門被打開後，徐晨見到了李銘的母親，她身上穿的是簡便的家居服，留著短髮，看起來十分年輕。李銘的母親見到徐晨和趙舒緒很是驚訝，可能是兩人的突然到訪有點出乎她的意料吧，畢竟現在已經是這麼晚了。

「你們是……」李銘的母親開口問道。

「我們是李銘的同學，我叫徐晨，她是趙舒緒，也是我們班的班長。」徐晨把自己和趙舒緒介紹給了對方。

對方一聽到這個介紹，眼裡的警戒便少了很多，不過她明顯還不是很放心，於是她向身後喊道：「銘銘，你同學找你！」

很快李銘便出現在了門口，他一看到門前的兩個人，明顯愣了一下，但他還是馬上說道：「媽，趕快讓他們進來吧。」

李銘的母親一聽到這話，猶豫了一下，不過還是很快就讓他們進來了。李銘家的客廳不算很大，但是擺設卻很多，有一面牆全部鑲上了格子，上面幾乎放滿了各式各樣的手工藝品。

「這是我爸的愛好，他雖然只是銀行的一個小職員，但平時最喜歡收集這些小物件了。」李銘似乎是注意到了徐晨的目光一直盯在這些手工藝品上，於是便向他們介紹道，「他平時在家時就會時不時把玩一下這些東西，像這個杯子，還有這個……」

只見李銘從一個格子裡面取出了一坨小鋼球，「這個叫巴克球，由二百一十六個磁珠組成，實際上是很好玩的，你們看。」

那些小鋼珠模樣的圓球在李銘手上不斷組合變成各種形狀。最後，一個兩邊尖中間寬的的圓珠組合體出現了。

「這是什麼？」趙舒緒不禁好奇的問道。

「你們看了就知道了。」只見李銘將那個小物件放到了桌子上，然後左右手一撮，那個物體就旋轉了起來。

「原來是個陀螺！」趙舒緒驚喜地叫道，「沒想到只有這些小鋼珠模樣的東西就能組合成這麼多的形狀，真是太神奇了！」

見到趙舒緒這麼高興，李銘臉上也露出了笑容。

「銘銘，還不給同學拿點喝的出來。」身後突然傳來了母親的叫喊，李銘只好把正在桌子上旋轉的陀螺放回了原來的格子裡，向一旁的冰箱走去。

這時李銘的母親端來了幾個杯子，「不好意思啊，我家銘銘和他爸一樣，很是貪玩，都愛玩這些小東西。你看，這個孩子，把這個電源打開了也不記得關上。」李銘的母親將手裡的那些杯子放下，走到那些排滿整個牆壁的格子前，「我是最不喜歡這些玩意了，這些東西有什麼好玩的？你看，這個東西，打開了就只是一閃一閃的，有什麼意思？還費電。」李銘的母親伸手按在了那個一閃一閃的杯子上，燈光就一下子滅了。

「媽！妳別亂說，這個可是盧奇格斯杯，哪是妳說的什麼奇奇怪怪的杯子！」這時李銘拿著一大瓶冰紅茶回來了，他給各個杯子倒滿了飲料。

「好，我不說了，你們聊，我先做飯去了。」礙於兒子的面子，李銘的母親笑了笑，說完就離開了。

「說吧，你們找我有什麼事？」李銘手裡端著飲料杯站在一旁，右手插在褲兜裡，看著兩人問道。

徐晨本等著趙舒緒來說明他們的來意，可沒想到這時趙舒緒突然看了一眼自己，徐晨頓時明白了趙舒緒的意思。原來是想讓自己來說啊，今天她果然是有點奇怪。

「李銘，我們今天來是為了杜小月的事。」徐晨還是打算開門見山地說出自己的來意。

李銘可能早已經想到了這個，並沒有過多吃驚，他再次喝了一口飲料。

「杜小月？可是你們為什麼要來找我呢？」李銘開口問道。

「李銘，我也不想浪費大家的時間了，我只想問你一句，你有沒有在你家附近看到過杜小月。」徐晨突然說道。

李銘愣了一下，很是認真地看了看兩人，旋即很快說道：「沒有。」

「真的沒有嗎？」徐晨再次問道。

李銘再次搖了搖頭，他給自己的杯子裡加了點飲料。

「李銘，我們沒有別的意思，只是想知道這個事實而已，我們是真的很想幫助杜小月的。如果你真的看到過杜小月，請一定要告訴我們真相，我們沒有惡意。」徐晨再次強調道。

李銘看了看語帶真誠的徐晨，放下了杯子，他說道：「真的沒有，如果有，我會告訴你們的。」

一聽到李銘這麼確定的回答，徐晨就頓時泄了氣，還是不行嗎？看來自己的目標還是選錯了啊。

「李銘，你為什麼對杜小月的這件事這麼冷淡呢？以前我所認識的你可不是這樣的一個人啊！」坐在一旁一直沉默不語的趙舒緒突然開口道。

徐晨一驚，原來趙舒緒和李銘以前很是熟悉，怪不得今天小緒的表現這麼奇怪。

「人也是會變的，不是嗎？」李銘笑了笑，「再說現在我們馬上就要升入高三了，哪有閑功夫管這麼多事，作為學生，當然要以學習為第一任務。」

「李銘……」趙舒緒一副想要說話又說不出口的樣子。

「我媽一直很期望我能考個好大學，以後再找個好工作，不要像我父親那樣每天渾渾噩噩地度過去。她是一直這樣對我說的，所以我不想辜負她的期望。妳不也是這樣的嗎，小緒，妳爸不是也對妳一直期望很高嗎？不然我們也不會在補習班上認識了……對了，妳這麼做你爸不會管妳嗎？」李銘突然說道。

趙舒緒沒想到李銘會提到這一點，不過還是說道：「我和我爸吵了一架，現在還是離家出走的狀態。」趙舒緒的語氣聽起來略有些淒涼。

李銘驚訝地看著這樣的趙舒緒，他沒想到趙舒緒會選擇這樣的一條路，「這樣啊，我也不好說什麼，只是希望妳能趕緊回家和妳爸和好吧。」李銘也歎了一口氣。

既然沒有得到想要的資訊，徐晨和趙舒緒也沒必要在這裡過多停留，他們繼續聊了幾句便起身告辭了。在徐晨他們走後，李銘站在客廳裡，看著那滿滿一牆的工藝品，也不知道在想著什麼。

「真沒想到妳會對李銘這麼熟悉！」徐晨一出來便向趙舒緒說道。

「哪里！之前只是在補習班上見過幾次，後來我不上補習班後就沒有再見過了，有的只是在班上碰面罷了。」趙舒緒解釋道。

「可是沒想到李銘在家裡會是這樣一個人啊，本以為他是個很難說話的人呢！」一想到剛才和李銘的接觸，徐晨還是不無感慨道。

「可能差別會有點大吧，以前我在補習班見過的李銘和今天倒差不多。」趙舒緒想了想，說道。

本想就這個話題繼續聊幾句，可是徐晨突然想起來了一件事。對了，得趕快把剛才見到鄧健的事告訴給陳默思。鄧健剛才告訴他的可是個重磅消息，弄不好陳默思現在還糾結在那個本來便不存在的密室上。

徐晨在電話中告訴了陳默思這件事後，想像著電話那頭陳默思一臉苦惱的表情，可是沒想到陳默思一聽到這句話就興奮地叫了起來。

「徐晨，你們趕快過來，我想我應該知道整件事的真相了！」

聽到了這句話，徐晨吃驚地看著站在一旁的趙舒緒，而趙舒緒則顯得一臉茫然。

Part 20

「好黑啊！快把燈打開吧！」在黑暗中鄭佳發出了恐懼的呼喚。

很快燈被打開，房間裡頓時亮了起來。只見鄭佳正死死地抱住趙舒緒的胳膊，似乎還對剛才的黑暗心有餘悸。

「默思，剛才你把燈關上幹什麼？」站在窗邊的徐晨問道。

「體驗黑暗啊，其實我們一直都被黑暗蒙蔽，而忽略了很多線索。」陳默思把手搭在旁邊的飲水機上，看起來很是輕鬆。

「那你是說你發現了新的線索？」

「其實也不是什麼新的線索了，我是想到了一種新的可能。」

「新的可能？」

「對，其實這個想法已經在我的腦子裡停留了很長時間，但就是因為缺了一點什麼，才一直不敢下定論，直到今天你告訴了我一個事實。」陳默思把手從飲水機上放了下來，走向窗邊的徐晨。

「你是說鄧健的事？」徐晨問道。

「嗯，其實一開始調查這個案件的時候，我就想從一個方向入手，那就是熟人。你們想，能這麼自由地進入張琪的房間，並且能讓張琪那麼安心地吃下安眠藥，最大的可能就是——和張琪接觸的那個人是她的熟人。」

「熟人？如果張琪是自殺的話，不是根本什麼人都不用接觸嗎？」徐晨說出了自己的想法，「而且，按照今天鄧健的說法，張琪是自殺的可能性又不是沒有。」

陳默思饒有興趣地看了看徐晨，說道：「不管張琪究竟是不是自殺的，既然我們已經從他殺的角度進行調查，那就必須得繼續下去。而後來我發現的一個證據，才最終肯定了我的推測，這個我們後面再講。」

「哦？你是說那個證據足以讓你現在即使知道了張琪有自殺的動機，你還堅持認為張琪是他殺的？」

「是的，下面我就來講一下我的調查過程吧。這幾天除了調查這個密室外，我還一直在調查張琪的人際關係，看她有哪些熟人。在調查的過程中我發現，張琪雖然認識不少人，可真正稱得上朋友的人並不多，可以說使張琪那麼放心讓其進入房間的人也就那麼幾個。可是調查過後我發現，那些人在張琪死的那天根本沒有和她有過任何接觸。」

「你是說在我告訴你鄧健的事後，你就開始懷疑他了？」徐晨像是半開玩笑似的說道，因為他不相信陳默思僅憑這一點就斷定鄧健和這件事有關。

「正是這樣的！因為他那天來過這裡！」陳默思突然大聲說道。

「什麼?!」徐晨和趙舒緒互相看著對方，不敢相信這個事情，因為鄧健根本沒有和他們提過這個事。

「這件事是真的，之前我就查到了有個保安說當天有個男的進了社區，穿著粉色的T恤，年紀看起來不大，像是個學生。而我則一直在張琪身邊的人脈網中尋找著這個人，但一直沒有什麼發現，直到你告訴了我鄧健的存在，我才肯定了這個假設，原來鄧健就是這個一直隱藏在張琪身邊的人。」陳默思的目光十分銳利。

「但是……但是你不是說張琪房間裡燃氣洩漏的時間是在一點鐘嗎？如果我沒記錯的話，當時鄧健應該剛和小緒他們分開。這麼短的時間內，鄧健是不可能趕回去的吧？而且社區的保安也可以證明當時並沒有人進入過這個社區。」鄭佳指出了陳默思這個觀點的漏洞。

「再說，不是還有密室的存在嗎？鄧健怎麼可能穿過那道房門的呢？」徐晨也張口說道。

陳默思轉回到了門前，他笑了笑，說道：「其實這些都是不存在的，只要一個手法，便可以輕鬆做到。好了，下面我們先來梳理一下時間節點，首先是鄧健的出現，他是在十一點四十五分左右出現在社區的。然後過了大約十分鐘他就離開了社區，在十二點十五左右他出現在了我們班上，找到了吳婷和小緒。然後要到一點鐘時，鄧健和小緒她們分開。而且按照鄧健的說法，在分開後他又發了一條語音留言給張琪，這一點張琪的手機記錄上也可以有證明。

「然後就是張琪這邊了，也是大約在一點鐘的時候，燃氣開始洩漏。之後在兩點半的時候副校長他們趕到了這裡，發現了已經昏迷的張琪。但是在這期間，保安證明除了學校的人來過，並沒有其他人進過這個社區。最後說明一下現場的情況，當時張琪的房間正處於一個密室的狀態，她的房間是用插銷在房間內反鎖的，並沒有人能從外面將房間鎖住。而也不可能是兇手劃破軟管，離開這個房間後，讓張琪自己關上房門。因為一旦劃破軟管就會有刺鼻氣味的燃氣洩漏出來，張琪不可能不會發現。請問我的這個說明對嗎？」陳默思看向眾人，像是在徵求大家的肯定。

「你說的應該都是對的，不過這些不是正說明了鄧健的無辜嗎？」徐晨再次表明了自己的觀點。

「其實你們都錯了，這個密室可以說有兇手，也可以說是沒有兇手。但是就像我剛才所說的，只要一個手法，整件事都會迎刃而解。」陳默思十分自信地說道。

「什麼手法？」徐晨不禁問道。

「火。」陳默思只是說出了這一個字，便不再言語。

「火？但是這個房間裡可沒有起火啊？你到底想說什麼？」徐晨還是很不解。

陳默思笑了笑，繼續說道：「我可沒有說要在整個房間裡面放火，而是說只要在這裡點火就行了。」陳默思指了指連接燃氣灶和燃氣罐的那根軟管，具體來說是指向了軟管上的那個裂縫。

「你是說在這個裂縫上點火？為什麼要這麼做呢？」

「容我慢慢說來吧。首先，關於這個密室的存在，就像我剛才所說的，兇手既不可能從外面關上這個門，也不可能讓張琪在完全不知情的情況下讓她自己關上這個門。其實這個說法還是有一定問題的，張琪不可能在不知道燃氣洩漏的情況下自己關上門，其實是建立在燃氣有十分刺激的味道上。那麼如果我們想了什麼辦法消除了這個味道呢？」

「你是說用火？」

「就是這樣的。如果兇手在給張琪吃了安眠藥後，再趁張琪不注意或者她出去的時候，偷偷把軟管用刀子一類的利刃劃破一個裂縫。然後打開燃氣罐的閥門，再在裂縫處點上火。你們也知道，那根軟管本身就在燃氣灶和罐子的夾縫中，是不容易被看到的，此時已經沒有了燃氣刺鼻的氣味，張琪自然不會那麼容易發現了。然後兇手就告辭了，張琪親自把那道門給關了上來。然後因為安眠藥的關係，張琪就開始休息了。這也是我剛才所說的可以說是有兇手，也可以說是沒有兇手的原因，因為這個密室確實是張琪自己造成的。」陳默思擺弄了一下那根軟管，向眾人說道。

「但是後來事情可不是像你說的那樣的啊，燃氣可是真的洩漏了。當校長他們沖進這個屋子的時候，整個房間可都是充滿了燃氣啊！」鄭佳清清楚楚記得那天陳默思的描述。
「沒錯，確實是這樣的，不過我又沒說那個火是一直燃著的。」陳默思雙手岔開，像是在解釋自己並沒有亂說。
「好了，你是說後來有人把火給滅了嗎？這又是誰呢？張琪當時可是睡著的哦！」徐晨忍不住問道。
「好了，你怎麼又誤解了我的意思，我什麼時候說過是人把火給滅了的呢？」陳默思再次擺了擺手，看起來很是無奈地說道，「是它自己滅的啊！」
「什麼？自己滅的？」徐晨大吃一驚。
「就是這樣的啊，怎麼了，想明白了嗎？」
「你是說二氧化碳？」此時一直沉默不語的趙舒緒說出了這句話，她看向了陳默思，說出了自己的想法。
「Bingo！答對了，看來還是我們的學霸厲害啊！其實這個很簡單，你們還記得我們以前學過的點蠟燭的實驗嗎？在一個燒杯裡面，放幾個高度不一的蠟燭，然後全部點燃，之後它們會從低到高依次熄滅，這是因為蠟燭在燃燒的過程中產生了二氧化碳。二氧化碳的密度比空氣要高，所以它會沉在底部。隨著燃燒時間的延長，二氧化碳的含量繼續增多，燒杯裡面的氧氣從底部開始急劇減少，導致蠟燭也從低到高逐次熄滅。」等陳默思說完後，徐晨也想起來自己確實知道這個實驗。
「那麼也就是說在軟管的裂縫上點火也是同樣的道理咯？」徐晨問道。
「是的，我們通常所用的液化石油氣是丙烷和丁烷的混合物，通常伴有少量的丙烯和丁烯。這些都是沒有氣味的，但是為了安全起見，通常會加入一種強烈的氣味劑乙硫醇，這樣石油氣的洩漏會很容易被發覺。別這麼看著我，這些也都是我上網查到的。」陳默思看著眾人吃驚的樣子，最後不得不添加這麼一句解釋。

「哦，原來是這樣，我知道了！這些有機物被點燃後肯定也會生成二氧化碳吧，在二氧化碳被累積到一定程度後，本來位置就比較低的那個裂縫處點的火一定會因為缺氧而熄滅的吧。」鄭佳像是終於知道了一樣，搶著說出了自己的理解。

「就是這樣，連佳佳都理解了，看來大家應該也都很清楚了吧。」陳默思笑嘻嘻地說道。

「是啊！我都知道了……什麼叫連我都知道了?!你什麼意思，陳默思！」鄭佳終於發現了陳默思的調侃，氣呼呼地喊道。

徐晨和趙舒緒也笑了出來，鄭佳見此情形更不樂意了，非要陳默思道歉，最後在陳默思看起來很是誠懇的低頭認錯下，鄭佳才勉為其難地原諒了他。

「好了，佳佳，不鬧了行不行？」陳默思也招架不住鄭佳的攻勢。

「明明是你先嘲笑我的！」鄭佳一聽到這個還是忍不住反駁道。

「對了，默思，這個密室的問題你解決了，那個不在場證明怎麼辦呢？當時在一點鐘，鄧健是不可能出現在這裡的啊……對了……你是說這個？」徐晨手指指向了那根軟管。

「對，就是這個，由於燃氣被點燃成二氧化碳的緣故，原來的結論便不正確了。我們本來得出的結論是燃氣在一點鐘開始洩漏，但現在我們有了一個新的結論，那就是兇手點燃燃氣的時間要遠遠在火熄滅之前，也就是說不在場證明是根本不成立的！」

眾人這時才終於知道了陳默思之前說的意思，只要一個小小的手法，確實能改變很多。

「那從火被點燃到熄滅大概需要多少時間呢？」徐晨還是問道。

「這個我之前已經測試過了，大約需要一個小時。」陳默思解釋道。

「一個小時？那就是說剛好是鄧健離開這裡的時候！」鄭佳忍不住喊道。

眾人沉默了下來，沒想到鄧健真的是兇手嗎？難怪他當時沒有說出自己當天是見過張琪的，還說很可能是自己和張琪的分手才導致了她的自殺。他一定是非常想把自己的嫌疑給洗清吧，不過沒想到正是他的那番話反而暴露了自己，徐晨如此想到。

「但是這些有證據嗎？」趙舒緒突然提了一個關鍵性的問題。

「本來應該是可以有的，但是現在……已經沒有了。」陳默思突然顯得有點垂頭喪氣。

「什麼意思？」眾人顯得很是不解。

「就是那個倉鼠啊！」陳默思突然拽住自己的頭髮，痛心疾首的喊道。

「倉鼠？你是說那個被關在籠子裡面的倉鼠？它不是也死了嗎？和這個有什麼關係？」鄭佳想起了那只死去的倉鼠，再想到張琪，心裡不禁又有點悲痛。

「對啊！那天那個倉鼠也被關在那個籠子裡面，因此沒有逃過這一劫，而也是由於這個，加深了我相信張琪不是自殺的信心。」

「那這個倉鼠和你說的那個證據有什麼關係呢？」鄭佳還是滿腦子疑惑。

「倉鼠的死因啊！我們可以調查一下倉鼠的死因。你們想，如果當時真的產生了大量的二氧化碳，最後都導致火苗熄滅了，你們想位置更低一點的那只小倉鼠還活得了嗎？它肯定是因為缺氧而早就死了！而不是和張琪一樣因為燃氣中毒而死。」

「那它的死因調查清楚了嗎？」鄭佳小心翼翼地問道。

「沒有……就是因為沒有調查清楚，我才說本來是有證據的，但現在什麼都沒有了！當時現場出現的那只小倉鼠早就被扔了，現在搞不好都被什麼東西吃了吧！」陳默思再次痛苦地喊了出來。

眾人剛才還很興奮的心情頓時沉了下來，沒有了證據，說什麼都晚了。

「那現在我們該怎麼辦？難道鄧健真的是兇手嗎？」鄭佳突然問道。

陳默思沒有回答，只是站在窗前，眼睛也凝視著窗外。看著陳默思這樣，徐晨也知道他的心裡並不好受，於是便接過說道：「我看還是先等一等吧，看我們還有沒有什麼別的發現，現在既然沒有證據，打草驚蛇也不是什麼好事。」

趙舒緒也點了點頭，鄭佳見眾人似乎都同意了，也沒有說話。徐晨也來到了窗前，他看著身旁的陳默思一臉平靜的樣子，其實他的內心恐怕十分苦悶吧。

徐晨轉身看向了窗外，此時他突然發現外面的夜色是如此的黑暗，彷彿橫亙於面前的一道巨大的深淵，永遠沒有盡頭。

Part 21

今天天空也是陰沉沉的，空氣中總是彌漫著一股悶熱，感覺就要下暴雨似的。徐晨一如往常背著書包向學校走去。自己是從什麼時候開始這麼注意天氣的呢？徐晨心裡突然湧現出這個想法。

是什麼時候呢？徐晨想起了上個週六的那場綿綿細雨，那雨滴傾斜著灑下，如詩如畫。偶爾會響起雨滴拍打在窗戶上發出的嗒嗒聲。對了，那時還有一個人的哭聲，那也是他第一次這麼近距離和她接觸。

那天他怎麼就想著邀請她來自己家裡的呢？是徐晨想不起，還是不願想呢？也許是一種很新奇的感覺吧，那種感覺就像是久待在荒漠裡的人突然發現了一片綠洲，總要去嘗試一番，即便那只是海市蜃樓。

有時徐晨想到，那個人真是善良啊，為這麼多人著想，可自己又算什麼呢？自己又是為了什麼才參與了其中呢？徐晨不願讓那個人繼續哭泣，他想幫她，所以才這麼努力，不過自己真的只是這樣嗎？徐晨想不明白。

正想著這些，徐晨像往常一樣跨進了校門，不過徐晨注意到了一點，為什麼學校保衛室裡面沒有人呢？難道是學校裡又發生了什麼事？

徐晨沒有多想，走進了教學樓，教學樓裡面靜悄悄的，也全然沒有往常的喧鬧。徐晨在走過一間教室時，偷偷向裡面瞟了一眼，只見教室裡面的學生全都端坐在座椅上，沒有一個人在私下裡交流，而講臺上坐著一個老師，神情則更為嚴肅。徐晨接下來再觀察了幾個教室，發現都是這樣，每個教室裡面都會有一個老師，甚至有的教室裡面不止一個。自己是什麼時候遇到過這種事呢？對了，是杜小月死的那天，難道今天又發生什麼事了嗎？徐晨心裡頓時緊張了起來。

想到這一點，徐晨加速了自己的步伐，他想要快點走到自己的班級，他想把這個弄明白。當他走到自己班的門口時，他發現班上的同學幾乎都來了，就像平時一樣。他出現的時候，只有寥寥幾人回頭看了他一眼，這其中就包括陳默思。徐晨也注意到了陳默思，從他的眼裡徐晨看到了一絲緊張的神色，這是徐晨第一次觀察到陳默思有這種表情。

徐晨回到了自己的座位處坐了下來，看到連一向愛睡覺的同桌劉大同都沒有犯睏，他端正地坐在那裡，只不過眼神不知是瞟向哪里去了。後來陸陸續續又有幾個學生走進了教室，之後便打鈴了。

徐晨這次很是認真地看向講臺處，他注意到了這次坐在講臺那裡的不是他們的班主任海冬瓜，而是語文老師。究竟是發生了什麼事了呢？班主任為什麼不在……一連串的疑問在徐晨的腦海裡敲響了警鐘。

突然教室裡的喇叭發出嘎啦嘎啦的聲音，應該是有人要用話筒講話了。語文老師也站了起來，向下方說道：「同學們注意聽接下來的廣播，但不管你們聽到了什麼，都請不要交頭接耳地議論。」

緊接著喇叭裡傳來了「喂，喂」的聲音，講話的人正在試音。很快裡面便傳出了正常的聲音，「同學們好！我是本校副校長章承江，對於今天早上讓同學們擔心了這麼長時間，我在這裡表示道歉。不過我們這麼做也是有道理的，同學們也知道，上周我們學校裡剛發生了一起學生自殺事件，所以這次我們必須更加謹慎一點。」說話的人出現了短暫的停頓，徐晨似乎隱約聽到了紙張摩擦的聲音，副校長應該正在翻講稿吧，很快喇叭裡的聲音再次出現。

「下面我來和同學們說一下今天早上剛發生的事，請同學們聽到了我下面說的事之後不要驚慌，要保持鎮定，這才是我們祁江一中學生應有的素質。」副校長接著說道，「在今天早上，我們學校的清潔工在後面的塔園發現了一個躺倒在地的女學生，然後馬上通知我們校方。我們得知此事後，也很快撥打120把她送到了醫院，可是由於發現的太晚了，她還是離開了我們。」

一聽到這個，班上馬上就起了騷動，但是在語文老師的大聲呵斥下很快便平靜了下來。廣播裡的章副校長依舊沒有停止講話，「我知道同學們聽到這個後肯定會很吃驚吧，因為這也是我們學校這幾天接連去世的第三位同學了。但請大家不要驚慌，因為這次這個女學生不是自殺身亡的，而是一次意外事故。她是因腦溢血去世的，這一點我們已經從搶救她的醫院裡得知了，關於這起事件我們會進一步調查的。但是為了緩解同學們的緊張情緒，經過我們學校的商量，我們決定從今天開始學校放假，直到十天後高考結束。高一高二的教學及考試安排我們會另行通知，請大家在家耐心等候，好好學習。好了，我的講話就到這裡，接下來如果各班沒有什麼事的話，同學們就可以回家了。」

喇叭裡再次響起了嘎啦聲，廣播停止了。聽完這些話，徐晨還沒有回過神來。同桌劉大同趕緊晃了晃他的肩膀，給他遞了一個眼神，這時徐晨才注意到班主任海冬瓜走了進來。

海冬瓜看起來比上次見到他時更加萎靡了，本來很胖的臉上竟然都起了幾道皺紋，不知道是本來就有還是皺著眉頭產生的。語文老師也看到了海冬瓜，他拍了一下對方的肩膀，遞給他一個鼓勵的眼神，便走下了講臺，將位置讓給了海冬瓜。

海冬瓜站上了講臺，眼神緩緩從左到右移動著，他看起來沒有任何表情。很快他好像意識到了他要說點什麼，於是便捂著自己的嘴，輕輕咳了一聲。

「同學們，剛剛的事你們也聽到了，不過章副校長有一件事沒講，那就是那個死去的女學生是我們班的李蕊。」海冬瓜的聲音沉重極了，說出這句話似乎用盡了他的全部力氣。

這句話也給下面正聽著的徐晨沉重一擊，死的人竟然是李蕊，這是徐晨所不敢相信的。他和趙舒緒不久前才去找過李蕊，如今她竟然就這麼去世了，怎麼會這樣……徐晨的腦子裡一片空白。他把目光緩緩移動到了趙舒緒處，徐晨看不到趙舒緒的臉，但他注意到了趙舒緒的身體竟然在顫抖著。她的同桌也注意到了這個，把手輕輕放在了趙舒緒的胳膊上。

海冬瓜看了一眼班裡眾人的反應，最後還是鼓起了勇氣，他繼續說道：「作為班主任，我們班上發生了這麼多事，我則無旁貸，因此我決定辭去班主任的職務，也不再執教本班。接下來本班班主任將由你們的語文老師王老師暫代，到下學期他將正式成為本班班主任，請同學們配合王老師的工作。」海冬瓜將手掌移向一旁的王老師，王老師微微鞠了一躬，海冬瓜繼續說道，「接下來就是放假了，也請同學們自己好好安排，不要耽誤了學習。那麼我就講到這裡了，同學們再見。」

海冬瓜向台下深深鞠了一躬，班裡十分安靜，講臺一旁只有語文老師在靜靜地站著。看到這裡，徐晨頓時感覺有一種莫名的情緒湧出了自己的心底，他想說點什麼，可是他又忍住了，他的手顫抖了起來。

這時海冬瓜重新直起了身子，他再一次看了看自己深愛著的班級，自己心愛的講臺，回過頭，他義無反顧地走出了教室的大門。沒有一個人發出一點聲音，可能這已經是最好的解決辦法了吧。

接下來語文老師上臺講了一下放假時的具體安排，可是徐晨一點都沒聽進心裡去，他不知道他在想著什麼，他只是想把自己與外界隔絕開來。很快，周圍的場景發生轉變，徐晨才注意到自己已經走出了校門，他現在只想這麼走著。他都沒有跟趙舒緒和陳默思打招呼，他不想和任何人交流，包括他自己。

突然，他的肩膀被人拉住了，他停了下來，不過他沒有回過頭看是誰，現在是誰都無所謂了吧。他想掙脫這一只手，繼續向前走去。可是這只手抓的太緊了，他怎麼也掙脫不開。

「徐晨！你這個懦夫！」身後傳來了熟悉的聲音，徐晨轉身一看，是鄭佳。

徐晨頓了一下，不過很快他便再次轉過了身，他快步向前走去，他想逃離這個地方。身後響起了鄭佳追過來的腳步聲，不過徐晨依舊沒有停下來。

「徐晨！你就想這麼逃走了嗎?!你就真的這麼甘心嗎！」鄭佳再次喊道，徐晨加快了自己的步伐。

突然一道人影擋在了身前，徐晨差點撞到了他，徐晨抬頭一看，是陳默思。陳默思正用一種十分銳利的眼神看著徐晨，徐晨沒有看他，但也沒有繼續走下去。

「徐晨，你冷靜一點，發生這樣的事我們都不想，但是它現在既然都發生了，你逃避又有什麼用呢？」陳默思的語氣仍然很平靜。

「我沒有逃避。」徐晨甩開了陳默思搭在他肩膀上的手，「我只想一個人靜靜。」

「可現在是我們能靜下來的時候嗎？徐晨！又有一個人死了！」趙舒緒也出現了，她站在徐晨的身旁，發出了略顯嘶啞的聲音。

「但是就靠我們這幾個人？我們查來查去到底查到了什麼東西?!」徐晨突然爆發了出來，他奮力地怒吼著。

「徐晨，你怎麼能這麼說？我們是一個團隊啊！難道你就這麼自暴自棄了？」鄭佳雙目通紅地說道，她不願這個團隊就這麼散了。

「而且，李蕊也死了，我們查的這件事查得越多，受傷害的人也就越多，不是嗎？」徐晨的聲音低了下來，但是他的這句話也讓眾人沉默了下來。

「我想，不是這樣的。」趙舒緒突然說道，他眼睛很認真地盯著徐晨，「李蕊雖然也死了，但這不是意味著我們身上的擔子更重了嗎？我不知道李蕊到底是什麼原因死的……但是我知道，我們這些活著的人不是更應該努力嗎？我們怎麼能輕言放棄！」

徐晨看著趙舒緒這雙無比明亮的眼睛，他低下了頭，沒有繼續說話。

「我想，我們應該繼續調查下去。」陳默思這時突然說道，他那平時看起來嬉笑怒罵樣樣皆有的臉龐此時也顯得十分嚴肅，「不管是為了什麼，但是我們既然開始了，我想我們應該就要把它結束。」

「我也是這麼認為的。」鄭佳也很小聲地說道。

「徐晨，你現在是怎麼想的？」陳默思走過去扶住了徐晨的肩膀。

徐晨這時緩緩抬起了頭，他的眼裡沒有了剛才的憤怒，更多的只是茫然。

「我不知道。」徐晨如此說道。

「那好，今天上午我們就先這樣吧。徐晨，你也先回家休息休息，等什麼時候想好了，我們再一起行動。」陳默思拍了拍徐晨的肩膀，語氣故作輕鬆地說道。

「那我先走了。」徐晨用手拉了拉自己背包上的肩帶，轉身走了開來。

徐晨走後，剩下的三人也一直沒有說話，鄭佳的手一直在無心地玩弄著自己的頭髮，「接下來，我們該怎麼辦呢？」鄭佳突然問道。

對啊，又到這個時候了，接下來該怎麼辦呢？這次又是陳默思拿定了主意，他接著說道：「現在我們又多了一件事了，那就是李蕊的意外死亡。不過我不建議把這件事作為調查的重點，現在我們人手不夠，所以我認為我們還是應該先集中精力調查好前兩個案件。」
「但是我們已經調查了這麼久，雖說昨晚你已經給出了那個推理，但我們還是沒有證據，而小緒那邊的線索現在也斷了。我們還能調查出什麼東西呢？」鄭佳的擔心也不無道理。
「昨天晚上我想了想，我覺得其實還有幾點我們疏忽了。」陳默思摸著自己的下巴，思索著說道，「第一，杜小月的人際關係，我們調查了張琪的人際關係，但其實還是遺漏了杜小月，而我認為這一點我們應該也需要繼續調查。第二，那個視頻，雖然徐晨已經在這上面下了很大的功夫，但是我認為我們還是有必要繼續認真調查一下這個，畢竟這是整起事件的導火索。第三，這也是我最想強調的地方，那就是杜小月為什麼會選擇在許願塔那裡自殺，而今天李蕊的死更加深了我的這個疑問。」
「對啊！杜小月為什麼會選擇在許願塔那裡死啊？我們一直沒有注意到這個，但是這個問題卻很重要，你們想，張琪的死不是有一個傳言就是說詛咒殺人嗎？現在李蕊又死在了那裡，恐怕這個傳言又要開始瘋傳了。」鄭佳放開了手上的頭髮，突然說道。
「但……問題這麼多，我們又要從哪開始呢？」鄭佳又開始犯了愁。
「我想去一下杜小月的家。」趙舒緒看向兩人，說道，「其實目前我們對杜小月的瞭解，也僅限於吳婷的說法，我還想進一步知道杜小月這個人。」
「但是……小緒，她爸爸……」鄭佳看起來很是擔心。
「我想沒關係的，我還是想見一見她的爸爸。」趙舒緒的語氣很是堅決。
「那就這樣吧，」陳默思也同意道，「那我就去再查查那個視頻的事，一直是妳和徐晨在弄這個，現在我們換換思路，弄不好會有新的突破。」
「那我呢？」鄭佳看著陳默思很是期待地問道。

「妳啊，就去查一下那個許願塔的資料吧，看看和杜小月的自殺有沒有什麼聯繫。」

「就我一個人嗎？」鄭佳感到有點害怕。

「對啊，妳不也是我們偵探社的一員嗎？現在也該到了妳獨當一面的時候了！」陳默思宣言道。

「啊？」鄭佳還是有點不敢相信，憑自己的這點本事，她能做到嗎？

「啊什麼啊？好了，等徐晨想清楚的時候，讓他加入妳的調查，這總可以了吧？那先就這樣定了！」

還沒等鄭佳回過神來，陳默思就已經走了。

「佳佳，妳能行的！」趙舒緒看到鄭佳這麼沒有自信的樣子，也鼓勵道。

鄭佳看著趙舒緒對自己鼓勵的笑臉，也暗暗給自己打了一把氣。眾人沒有想到的是，在李蕊死後，整件事的發展終於即將遇到轉折。

Part 22

徐晨站在了家門口，這一路上他也不知道自己是怎麼回來的，腦子裡依然十分空白，只有那幾句話一直回蕩在心頭。

「我們身上的擔子不是更重了嗎？」「既然我們開始了，就一定要把它結束！」是嗎？我們一直以來做的都是對的嗎？徐晨一直以來都喜歡讀推理小說，因為他喜歡裡面的各種詭計，各種奇思妙想。只有在這時，他才能忘記生活中的不安，他也不知道他這種不安的感覺到底是什麼。

剛才一聽到李蕊死了的時候，他差點都崩潰了，連班主任都引咎離開了，他還能做什麼？什麼都不能！我到底該怎麼辦？徐晨感到一片迷茫。

他掏出了鑰匙，準備打開門進去，可鑰匙插進去後，他發現門並沒有鎖。他家沒有安防盜門，這一片的治安都很好，所以這裡很多戶人家也都沒有這樣做。平時他們家這時候應該是沒人的啊，老爸老媽都上班去了，可這時門竟然沒鎖，難道是忘了？

徐晨推開門走進了客廳，發現客廳裡也沒人，這時他聽到了從哪里好像傳來了吵鬧聲。他仔細一聽，發現好像是從父母的房間裡傳出來的。難道是老爸老媽在吵架？雖然他們也的確經常吵架，但是也從不會像這樣大白天上班時間在家裡吵。為了弄清楚是怎麼回事，徐晨向那個房間走了過去，這時他好像從兩個人的隻言片語中聽到了什麼「股市」之類的東西。對了，爸爸不是最近在炒股嗎？這又怎麼了？徐晨這樣想到。

正當徐晨想繼續聽聽是怎麼回事的時候，房門突然被打開了，父親徐躍氣呼呼地走了出來。這時他看到了一旁的徐晨，頓時一愣，問道：「你怎麼回來了？」

「學校說放假，我就回來了。」徐晨下意識地說道。

「這個什麼垃圾學校，果然不靠譜，都出人命了，現在還要放假！」徐躍明顯還在氣頭上，一聽到徐晨的話又開始罵上了。

「爸，你和媽在吵什麼？」徐晨終於問道。

徐躍剛才還要繼續大罵學校的氣勢頓時就沒了，他沒有看向自己的兒子，只是向廚房走去，倒了一杯水喝了下去，「沒什麼，就是一點小事，你不用擔心。」

徐晨看著父親的背影，還是有點不放心，「爸，你們剛才在談『股市』什麼的，怎麼了嗎？」

徐躍一聽到這個，正在向前走到身體頓時停住了，他轉過了身，看向了自己的兒子，苦笑了一聲，「原來你都聽到了啊！」

這時徐晨的母親也從房間裡走了出來，雙眼還紅腫著，明顯是剛才哭過了。

「媽！這是怎麼了！你們為什麼要吵架？」徐晨看著母親問道。

一聽到這個，徐晨的母親再次捂住了自己眼睛。

「我炒股賠了。」徐躍突然很是平靜地說著，他走到了沙發前，坐了下去，身體深深地陷了進去。

徐晨已經料到了是這種情況了，他繼續問道：「賠了多少？」

「五十萬！」徐晨的母親突然大聲喊道，聲音裡還夾雜著哭腔。

「這麼多?!」徐晨也頓時呆住了，他向父親詢問道，他沒想到父親炒股會投入那麼多的資金。

徐躍點了點頭，然後便把自己深深地埋入了沙發裡。

「我讓他不要投入那麼多的資金，可是他偏不聽，說什麼現在行情大好，如果不出手的話以後就沒機會了……」徐晨的母親哭著說道。

「那這些錢都是貸款的嗎？」徐晨想到了什麼，問道。

「嗯，現在都沒了，看來我們只能把這個房子給賣了！」

「胡說什麼！這個破房子現在還有人要嗎？妳就不要給我添亂了，我會想辦法的！」徐躍突然出言制止了自己的妻子，然後便再次抱住了自己的頭。

「還能有什麼辦法……」徐晨的母親再次哭了起來。

徐晨見父母都那樣了，也不好再說什麼，他這時放下了書包，再走向母親，「媽，妳別哭了……」徐晨安慰道。

待徐晨的母親平靜了一點之後，徐晨扶著母親走到了房間裡，讓她先休息一會兒。等徐晨回到客廳之後，客廳只剩下了兩個人，父親徐躍仍坐在沙發上。徐晨沒有說話，而是去廚房倒了一杯水，回來後他把那杯水放到了徐躍身前的茶几上。

徐躍抬頭看了一眼這麼做的兒子，突然對兒子產生了一種很陌生的感覺，什麼時候他變得這麼懂事了呢？

「謝謝。」徐躍對自己的兒子道了一聲謝，拿起杯子喝了一口水。

徐晨沒有說話，他坐到了一旁的沙發上。徐晨看著自己的父親，像是在等著什麼。

「今天學校發生了什麼事了嗎？這麼早回來？」徐躍開口道。

「有人死了，我同學。」徐晨冷冷地說了一句。

徐躍一聽到這個，也愣了一下，難怪剛才徐晨看起來就有點不對勁。

「認識？很熟嗎？」

「不熟，只是同班同學罷了。」

「這樣啊，如果我沒記錯的話，這已經是你們班死的第三個人了吧。如果我在你們班的話，現在應該已經嚇得半死了吧。」徐躍自嘲了一番，想要化解一下尷尬的氣氛。

不過徐晨明顯沒有意識到這一點，他說道：「是的，已經死了三個人了。」然後他便不再說話了，只是呆呆地看向窗外。

徐躍看到兒子這樣的表現，也很是吃驚，看來兒子真的變了。回想這些年，自己陪他的時間真是太少了，連他心裡怎麼想的，徐躍現在都不知道了。以前小時候他可是最喜歡纏著自己了，讓自己買這買那，自己那時候時間也多，也樂得陪著自己這個寶貝兒子。後來自己便慢慢忙了起來，也顧不上家裡了，家裡就主要讓工作不怎麼忙的妻子負責，與兒子每天見面的時間也少了起來。最後甚至只能見面打一個招呼。自己是從什麼時候開始就不了解這個兒子了呢？徐躍如此想到。

「晨晨，你還記得我買給你的那個水槍嗎？」徐躍突然想起了什麼，問道。

「水槍？」徐晨一時不知道父親想要說什麼。

「就是那個水槍啊，這麼大，你當時為了買這個還求了我老半天呢！」徐躍拿手比劃著，笑著說道。

「哦……你是說這個啊……」這時徐晨想起了這件事，當時他們同學間流行玩水槍，很多人都買了一支，然後放學後就開始打水仗。他當時也迷上了這個，於是就纏著父親非要買一個大大的水槍。後來父親被纏的沒辦法了，還真給他買了，而且還是很霸氣的那種，他當時那小體格差點都握不住，那段時間他可好好在班裡風光了一陣。但也正因為這個，他父親就被母親訓了一頓說他亂花錢，一想到這個，徐晨就笑了出來。

「怎麼，想起來了？當時我被你媽訓的啊，就差跪搓衣板了！」徐躍見兒子笑成這樣，也不禁笑了出來。

「那個大水槍，我每天和同學玩水仗的時候，裝滿水那麼重，可沒把我給累死！」徐晨想起了當時的窘狀，再次發出了笑聲。

「對啊，你這小子還死要面子，每天回來後不是喊這疼就是那酸，一問你怎麼了，你還偏不說。後來還是我偷偷觀察了你一陣才知道了，為此你媽還把你那個大水槍給收了，哈哈……」徐躍大聲笑了出來。

徐晨也想起了這事，不禁一陣尷尬。

「怎麼了，心情好點了嗎？」徐躍突然說道。

「嗯。」徐晨高興地點了點頭。這時徐晨突然意識到了什麼，他吃驚地看著自己的父親，原來父親也發現了自己回來時就心情不好啊。

「晨晨，爸爸對不住你，這麼多年來都一直沒好好陪你，連你心裡想著什麼都不知道了。現在咱們家發生了這樣的事，雖然很是不幸，但也讓我認識到了這點，以後我會改的。」徐躍看著自己的兒子，平靜地說道。

「爸……」徐晨突然感到視野朦朧了起來，喉嚨裡也湧出了酸甜的味道。自己的父親終於回來了嗎？

這時房門被打開了，母親走了出來，她看著這兩父子，臉上的淚痕還未消失，「沒想到你們這一大一小又在這胡鬧！你們等著，我去做飯。」說著母親便向廚房走了過去，雖然母親是笑著說出這些話的，但她顯然還沒有從剛才的打擊中釋懷。

徐躍看著自己的妻子，心裡也十分過意不去，「晨晨啊，接下來的日子可就難熬啦！不過我相信我們一定會熬過的！」徐躍拍了拍兒子的肩膀，十分堅定地說道。

「嗯，一定會的，不過爸爸，我先去打個電話。」說完徐晨便拿出手機一溜煙跑到了自己的房間裡。

「這小子！」徐躍也不禁發出了一聲感慨。

此時徐晨正趴在自己的床上，在手機上翻著通訊錄。徐晨此時心裡十分激動，因為他已經決定了要繼續參加那個調查了。他一定要完整地結束這個調查，他覺得他一定可以做到，而且他必須要做到。

「喂！是默思嗎？我決定下午繼續參加這個調查，我能做什麼事嗎……」

電話兩邊的偵探將要開始新的征程了。

Part 23

趙舒緒此刻再一次經過了這條熟悉的線路，不過這次她要去的是雨花社區，杜小月的家。為了能夠見到杜小月的父親，趙舒緒這次選擇了傍晚才過去。不過杜小月的父親還在工作嗎？女兒都這樣了，他還有心思工作麼？趙舒緒透過公車的車窗看著外面，腦子裡不斷閃過可能會遇到的情況。

「小緒，妳還好吧？」

「嗯，沒關係，就是有點緊張。」

趙舒緒看向了旁邊的這位女生，是吳婷。今天在班上趙舒緒仍然是沒能見到吳婷，再加上她今天要去見杜小月的父親，所以她覺得和吳婷聯繫一下可能會好一點。她在那天班主任給他們的花名冊上找到了吳婷家的電話號碼，然後便打了過去。沒想到趙舒緒一提到要去杜小月的家時，吳婷就決定要和她一起去，於是現在去往杜小月家路上的人便成了兩個。

「吳婷，這幾天妳為什麼不來上課？」趙舒緒終於問道。

吳婷捋了捋自己的馬尾，想了想，說道：「不想來上，小月走了，整天看到那幾個人的臉也不好受。」說完便像是生氣般地鼓起了嘴巴。

「發生了張琪的那件事後，李蕊也沒來上過課了。我去看過她，她把自己關在了房間裡。」趙舒緒想到自己那次與李蕊接觸後，今天又得知了她的死訊，不禁又有點難過。

「她們自己做出了那樣的事，一定是有愧於小月吧。不，她們哪里會感覺到愧疚，肯定是心裡有鬼，才不敢來上課的，然後還不明不白的就死了。」吳婷無所謂似的說道。

趙舒緒沒有答話，她繼續看向了窗外，這時她注意到她們正在經過視頻中的那個地點。雖然由於那棟建築的遮擋，趙舒緒不能看到裡面的角落，可是現在這個地方因為來過多次，她已經十分熟悉，所以現在一眼就認出了這個地方。

「是這個地方嗎？」吳婷見趙舒緒的表情有變，也大概猜出了是什麼情況。

趙舒緒點了點頭，吳婷也把目光轉向了這個地方，可是窗外的畫面也只是一閃而逝，接下來便是連續的居民區了。

趙舒緒看了看吳婷，發現吳婷的神色也有了點變化。這也是應該的吧，畢竟自己的朋友在那裡發生了這樣的事。趙舒緒沒有打擾吳婷，她繼續看向了窗外。很快她們便到了終點站，下車後徑直去往了杜小月的家。

可當她們站在門口按了好幾遍門鈴後，還是沒有人來開門。

「沒人麼？看來杜小月的父親不在家啊！」趙舒緒喃喃道，沒想到出現了最不願意看到的情況。

「怎麼辦，回嗎？」吳婷卻好像松了一口氣般，看來就這麼見杜小月的父親還是有點難為她了。

正當趙舒緒想著怎麼回答的時候，一個正溜著狗的男人走上了樓梯，他也注意到了她們，「妳們是找？」

「我們是來找這家的主人杜鋒，請問他在嗎？」趙舒緒趕緊回答道。

「哦，這樣啊，我就是，請問妳們找我什麼事？」那個男人把狗鏈子從一只手換到了另一只手，對兩人說道。

「什麼？你就是杜小月的父親？」趙舒緒不敢相信的看著眼前的這個略顯年輕甚至看起來像是學生的男子。他穿著一件白色的T恤，灰色的短褲，順著他手上的鏈子看去還有一條雪白的薩摩耶。這就是杜小月的父親嗎？

正當兩人不知所措的時候，男人笑了笑，說道：「妳們肯定是小月的同學吧，來，進來說吧。」隨後他掏出鑰匙打開了房門。

等趙舒緒坐在客廳的沙發上時，她還沒有從剛才的驚訝中緩過神來。她看了看一旁的吳婷，發現吳婷眼中的驚訝也絕不少於自己。

很快杜小月的父親杜鋒便端來了幾杯飲料，分給了兩人，他在對面坐了下來。

「剛才我帶著肥肥去外面散了會步，這已經習慣了，肥肥可一直是小月的寶貝呢。不過讓妳們等了這麼長時間，真是十分抱歉。」杜鋒一邊撫摸著一旁的那條雪白的大犬，一邊說道。

「沒關係，我們來之前也沒通知您。」趙舒緒趕緊回應道。她喝了一口杯中的飲料，這時她注意到了吳婷自從來到這個家裡以後，就一直在打量著這個家中的一切。

「小月去了後，我家就冷清了很多，妳們來了也不要見外。」杜鋒也注意到了吳婷的舉動，於是說道。

吳婷收回了自己的目光，她看了杜鋒一眼，端起了茶几上的杯子呷了一口。

「剛才妳說妳叫吳婷？我聽我家小月也經常提起妳呢，妳肯定也是小月的好朋友吧，小月如果知道妳來看她，也一定會高興的。」杜鋒看著吳婷這樣說道，可是眼底還是閃過了些許悲傷。

「我也是十分抱歉，這麼久才過來。」吳婷放下了杯子，趕緊說道。

「哪里哪里！妳們能過來，我已經很高興了，當然也是十分吃驚。妳們也知道，小月這孩子平時不愛說話，所以朋友也不多，所以能看到妳們來，小月肯定也是十分高興的。來，要不我們以這個代酒，一起為小月幹一杯吧。」杜鋒端起了飲料杯，建議道。

趙舒緒和吳婷也只好照做，三人都喝了一口飲料過後，趙舒緒決定開始說明自己的來意了。

「杜叔叔，其實今天我們來主要是想多瞭解一下小月的事，平時小月在班上話不多，所以我們也不是太瞭解她。所以，我能問您幾個問題嗎？」趙舒緒鼓起勇氣問道。

杜鋒愣了一下，但很快便露出了笑容，「行啊，有什麼問題妳們儘管問。」

趙舒緒看了一眼不知在想著什麼的吳婷，開口說道：「杜叔叔，那我就直說了啊，我聽別人說，小月不太喜歡這個家，這是為什麼？「

這次杜鋒好像是真的被這句話影響到了，他看了一眼問出這個問題的趙舒緒，放下了手中的杯子，臉色變得有些難看起來，「妳說的是對的，小月不太喜歡這個家，具體來講就是她不喜歡我這個父親。」

趙舒緒注意到杜鋒在說出這句話後明顯皺了一下眉頭，看來作為一個父親，其實他也一直很在意啊。

「妳們應該也知道吧，我是她的繼父，所以我知道她不喜歡我也是有原因的，但我從沒有放棄過努力。在我剛剛和小月生活在一起時，那時她才剛上幼稚園，我總是一下班就往家趕，就是為了每天能有時間多陪一會兒小月，讓她能慢慢接受我。」杜鋒回想起這段時光的時候，眼裡流露出的滿是歡愉。

「我想小月也肯定很快就接受你這個父親了吧。」趙舒緒努力地擠出了一絲微笑。

「是啊，小月剛開始對我還很陌生，所以每次一見到我都往她媽媽身後躲。後來見的次數多了，才好了一點，再到後來她都會對我撒嬌了。」杜鋒突然笑了出來，隨後話鋒一轉，「可是……一年後她母親就去世了。在那之後，小月就像變了一個人似的。那時她才剛上小學，本應該是孩子們最貪玩的時候，可她卻是對什麼都提不起興趣的樣子。每天放學一回家就把自己關在了房間裡，也不知道在做什麼。我這個做父親的當然也很著急，那段時間我請了很多假，就是為了能多陪陪小月，帶她到很多地方去玩。這之後，她的情況才漸漸好轉了起來，也逐漸能和周圍的孩子們玩起來了。」

趙舒緒聽到這也松了一口氣，原來杜小月的童年有這麼多的波折啊。

「隨著小月的成長，我也漸漸放下了心，就把更多的精力投入到了工作中。而小月在我看來過得也挺好，和同學關係處的也很不錯，還經常帶一些朋友回家玩。」

「這些不是挺好的嗎？您為什麼還要說小月不喜歡您呢？」趙舒緒聽到這裡略感好奇地問道。

「是啊，我也覺得我已經是個稱職的父親了。」杜鋒感慨道。

「難道後來又發生了什麼事嗎？」趙舒緒猜測道。

「是的，那件事發生在小月上初二那年，也就是三年前。有一天她突然哭著跑了回來，然後就把自己鎖在了房間裡，我問她什麼她都不說話，只是一直在哭。我打電話給她的一些同學，她們也都不知道發生了什麼事，於是我心裡愈發著急了，可是又沒有辦法，因為小月什麼都不肯說。」說到這裡，杜鋒的眼睛也紅了起來，看來他是一個很容易把情緒表現在臉上的人。

「發生了什麼事呢？」

「這個我後來也沒有弄清楚，不過我從各方面隱約得知可能是小月在外面受欺負了，只是這件事很快就被遺忘了。因為過了幾天，小月就好了過來，她繼續上學去了，生活也恢復了原狀，我也終於放下了那顆懸著的心。」杜鋒喝了一口飲料，繼續說道，「後來小月就升上了高中，但是那段時間也是我最為忙碌的日子，每天工作到很晚才回家，小月經常只能一個人在外面吃飯。對此我也很難過，但又沒有辦法，因為我們是個單親家庭。」

杜鋒再次提到了這個字眼，趙舒緒看了一眼身旁一直沉默不語的吳婷。只見吳婷對於這個字眼好像沒有什麼特殊的表情，可能她已經是熟悉了吧。

「然後，在我還忙於工作的時候，小月就這麼走了。」

趙舒緒沒想到杜鋒突然就說到了這個，一時不知道該說些什麼安慰的話。

「對啊，小月就這麼走了。」吳婷突然重複了這一句，她站了起來，走到一旁的落地窗處，夕陽的餘暉透過那扇窗戶灑了進來，吳婷身上那件白色的連衣裙也在夕陽的照耀下染成了橙色。

「那時，我還認識小月沒多久……對了，杜叔叔，您應該也知道我也生活在一個單親家庭裡吧，所以我和小月特別聊的開。我會把我生活中遇到的煩惱事通通都告訴她，每次把這些不開心的事吐出來後，我的心情都會變好。小月也是一樣，她也經常和我分享生活中的一些事。」吳婷用手撫摸著身前的玻璃，慢慢地在窗前移動。

「杜叔叔，你知道嗎？小月在那段時間裡和我說的最多的就是這個家。」吳婷突然看向了杜鋒，眼神也突然變得銳利起來，「她說她不想回這個家，起初我也不知道為什麼她會這麼想，後來我才慢慢瞭解了情況，那是因為你，不是嗎？」

杜鋒一聽到這句話就像是被人迎頭痛擊了一般，他痛苦地低下了頭，「是的，都是因為我。其實那段時間我很晚回家還有一個原因，那就是我愛上了我們公司新來的一個女職員，那段時間我們晚上經常一起吃飯。我以為這一切小月都不知道的，沒想到她還是知道了，也是……小月是那麼敏感的人……」

杜鋒痛苦地用雙手捂住了自己的臉。

「小月其實也只是有所懷疑，她當時對我說這個的時候，還滿心希望地認為這一切都是她的臆想，不會是真的。我也當然希望這不是真的，那時我才發現，看起來很是冷靜的小月，其實同樣也很脆弱。

當我得知她的死訊的時候，你知道我有多難過嗎?!小月那麼好的人，竟然就這樣死了！」吳婷說著說著眼淚就掉了下來，她沒有伸出手去擦掉這些眼淚，只是轉身看向了窗外。

「我真的不是個東西！小月那段時間被人欺負，我什麼都不知道，我竟然還一直和那個女人幽會！我真的不是個東西！」杜鋒突然狂吼了出來，他雙眼充血，用力拍打著自己的頭部。

見到這一幕的趙舒緒也說不出話，只是靜靜地在一旁看著。突然，杜鋒抬起了頭，聲音嘶啞地說道：「我想，小月對我這個父親肯定是恨透了吧，我這麼不稱職的父親，她不喜歡我也很正常。可是，她為什麼要選擇去死呢？」他說到最後聲音都變了調。

從杜小月家中出來後，趙舒緒心情十分低落，她沒想到會發生這樣的事情，她再次看向了身邊的吳婷，只見吳婷雙眼仍然紅腫著。

「妳還好吧，吳婷。」趙舒緒安慰了一句。

「嗯，看來剛才我不應該說那麼過激的話，讓……」

「沒關係，我想這樣也好，也算打開了杜叔叔的一個心結了吧，但我們此行的目的……算了，連我也不知道我們來這裡究竟要幹什麼。」趙舒緒苦笑了一聲。

「那好，我也不打擾了，我就先回家了。」吳婷說完便向另一條路走去。

看著吳婷的背影，趙舒緒心裡有了一點別樣的滋味。她和杜小月都是生活在單親家庭的環境下，想必杜小月的死，對她的打擊很大吧。想著這個，趙舒緒也向前走了起來，突然她又產生了些許感慨，自己的家庭是一個完整的家庭，可是自己還和父親鬧成了那樣。是不是應該主動認個錯呢？趙舒緒心裡突然有了這個想法。

Part 24

這是一個略顯悶熱的下午，早上那還要下大暴雨的陣勢早已經沒有了。不大的圖書室裡，有幾個人在安靜地讀著書，懸在窗前的簾幕把從外面射入的陽光遮得死死的。

徐晨在一排書架前尋找著他所需要的東西，雖然從他眼睛裡掃過的這些書大部分對他都沒什麼用。他現在正在他們市的公共圖書館內，因為學校的放假，徐晨他們也不能去學校的圖書館了。實際上徐晨和鄭佳認為來這裡更好，就像鄭佳之前所說的一樣，他們學校的那個破圖書館，找個能看的小說就不錯了。

找了很長時間之後，徐晨也找到了一些相關的書，只是他不知道這些書裡面有沒有他想要的內容，還得一本一本仔細地翻閱查找。於是他拿著這些書，來到了閱覽區，這時他注意到了鄭佳早已趴在一個桌子上，在努力地查閱了。沒想到這個平時看起來那麼瘋的人，做起事來還是蠻認真的嘛，徐晨心裡這樣想到。

徐晨看了看一旁沒有別人，便坐到了鄭佳附近。當徐晨把那一大摞書全都放到桌子上時，鄭佳也注意到了他，她輕輕合上了正在查閱的書籍，看向了徐晨。

「麻煩你了，你今天狀態這麼糟糕，還要來幫我。」

「不麻煩，這也是我的任務嘛！」徐晨努力擠出了一點微笑。

「你真的可以嗎？不要逞強哦！」鄭佳也露出了十分微妙的笑容。

「嗯！」徐晨點了點頭，翻開了他的第一本書。鄭佳看徐晨這樣，想了想，也回頭去查找自己的那部分資料了。

時間過得很快，轉眼間已經要到五點，圖書室裡面也只剩下了徐晨和鄭佳兩人。而他們所在的那個桌子，此時已經擺滿了翻開的和沒翻開的書籍。

「好了嗎？」鄭佳看了看一旁仍在一邊查找一邊記錄的徐晨。

徐晨聽到鄭佳的詢問後，把手停了下來，「嗯，差不多了，等我一下。」徐晨說完便再次記錄了起來。

鄭佳看著這麼認真的徐晨，臉上不禁露出了微笑。

「好了！」徐晨突然喊了一聲，接著便長出了一口氣，伸了個懶腰。

「好了嗎？」鄭佳也特別開心，「那我們要不交流一下我們下午的結果吧，就在這？」

「這嗎……也行，反正現在也沒人。」徐晨看了看周圍，發現的確已經沒人了，於是便同意道。

兩人先把桌上亂糟糟的書籍整理了一下，再仔細地閱讀了一下自己剛才所做的筆記。

「妳先還是我先？」徐晨問道。

「還是我先來吧！我查到的這些東西對不對，還得等你之後來糾正！」鄭佳笑了笑，說道，「關於那個塔，我只查到了它原本的名字——雁返塔」

「嗯？這個塔原來還有名字的啊？」

「這是當然啦，只不過不知道為什麼現在竟然很少有人知道了。」

「不過『雁返』，這種名字應該是古代才會起的吧？」

「是的，這個我是從《祁江地方誌》上查到的。這個塔很早之前就已經存在了，當時它的名字就叫雁返塔。據說每年春天大雁回返的時候都會經過這座塔，並且會經常有很多大雁環繞著這座塔飛行，這在當時也是一大奇觀，所以這座塔才被稱為雁返塔。」

「之後呢？」

「之後關於這座塔的記載就很少了。我只是查到了這座塔被翻修過一次，當時揭牌的時候有市領導來觀看，所以才被記錄了下來。大概十年前吧，我們市好像發生了一次很小的地震，但是這個塔本來就年久失修了，當時由於這個地震更是多處開裂。所以當時學校把這個塔稍微修葺了一下，不過整體建築並沒有多大改動。」鄭佳一邊看著自己筆記上娟秀的字體，一邊說道。

「哦，這樣啊，那還有嗎？」徐晨想了想，繼續問道。

「沒……沒了……」鄭佳的臉突然漲的通紅，連話都變得支支吾吾了起來。

「就這些嗎？」徐晨也有點驚訝，不禁說了出來。

「就這些啊，我可是找了很多資料的，可是與這個塔有關的，就只有這些了……」鄭佳低著頭說道。

「好吧，妳也確實盡力了。」徐晨看了看鄭佳身旁疊放著的那一大摞書籍，想到今天她肯定是十分努力的吧。

鄭佳聽了這句話，也抬起了頭，「那你又還有什麼發現嗎？」

「嗯，我沒有找與那個塔直接相關的資訊，我針對的是許願塔的那個傳聞。」

「許願塔？」鄭佳一聽到這個便吃了一驚。

「嗯，因為我想到杜小月當時會選擇在塔園自殺，很有可能就是因為許願塔這個傳說。不管她當時是否許了個什麼願望，我只想查出許願塔這個稱號的來源。」

「那你有收穫嗎？」鄭佳試探著問道。

「有還是有一點的，不過我還不是特別確定，或者說我認為我還沒有得出結論。」徐晨右手拿筆，指著自己的筆記本說道。

「沒有結論嗎？那你說說看。」

「首先我想知道的是，許願塔這個稱號是什麼時候才開始有的，然後我就查了這個。」徐晨從書堆裡抽出了一本書，拿給鄭佳看。

「祁江現代散文選？」鄭佳打開了這本厚厚的大書，不禁問道。

「對，我是在這裡面的一篇文章第一次發現了這個稱號，那篇文章發表於一九四七年。」

「也就是說許願塔這個稱號至少在一九四七年之前就被使用了，沒想到會這麼早。」鄭佳摩挲著手中的這本頁面都有點發黃的書，越發覺得事情變得更為神祕了。

「在這篇文章中，作者寫到了當時國共內戰爆發之時，有很多市民自發到許願塔那裡去許願。這麼多年的抗戰已經讓他們的家鄉變成了焦土，而國共內戰更是進一步讓他們的生活舉步維艱，這不是他們想要看到的。於是很多市民便去許願塔那裡許願希望戰爭能很快停止，希望和平能早日到來。」

「感覺已經是好遠的故事了。」鄭佳托著下巴，顯得有些睏了。

「其實說遠也不遠，如果和整個塔的歷史相比的話，幾十年前的事情已經是很近了。我認為許願塔這個稱號的獲得應該就是那一個年代發生的事，因為在之前的文獻中，根本沒有提到過這個資訊。而在這之後的文章，有很多都提到了這一點。」

「可能吧，但這有什麼用呢？」

「有用，而且很有用。知道了大概的時間，我就能查找發生在這一期間的事，然後找出這其中的關聯。」

「聽你這語氣，看來你已經找到了那個時間咯。」

「嗯，我仔細查找了在三十年代，以及四十年代我們這個地區曾發生的比較大的事，其中有一件引起了我的注意。一九四一年，有大批日偽軍進攻我們這個地區，當時被稱為祁江縣。由於日軍行動突然，當時好多居民都沒來得及逃走，所有人都以為日軍會在這個小小的縣城裡再次進行燒殺搶掠。但讓人意想不到的是，日軍僅僅在攻破此城的第二天就撤走了，並沒有對此城造成多大破壞，這也是當時這一地區很奇怪的一件事。再由此聯想到那座塔，當戰爭再次來臨的時候，為什麼會有那麼多人去許願塔下，難道僅僅是因為它有求必應的名聲嗎？我覺得這座塔肯定和戰爭有關，所以我有理由相信，這座塔肯定和當年的那件事有關。」

徐晨把筆記本的一頁翻了過去，後面並沒有什麼內容了。

「不過我還是不太相信，就我們學校的那座塔，和這件事能有關系嗎？」鄭佳露出了滿臉的不相信。

「我也是不太確定，但是我還查到了一個消息，我想能說明我們進一步瞭解到事情的真相。」徐晨把筆記本又翻到了前面的一部分，找到了那一行小字，「我從《祁江市教育發展概況》一文中查到了當時那件事情發生時我們學校的校長。」

「誰？」

「程時運，本校現任教導主任程楓的祖父。」

「教導主任的……祖父？」

「我想我們可以去找程老師進一步瞭解情況。」徐晨合上了他的那本厚厚的筆記本，盯著鄭佳說道。

「這樣啊……可以啊，我們明天就去吧。」鄭佳想了一會兒，也同意道，「不過，得想個理由，不能直接這麼說吧。」

「我覺得還是直說為好，現在都什麼情況了，相信程老師也能理解我們的。」徐晨看著鄭佳的目光十分堅定。

鄭佳也注意到了這一點，也只好點了點頭。這時徐晨收到了一條短信，上面寫著學校門前的奶茶店見，發信人是陳默思。

「難道默思那邊也有什麼發現了？」徐晨小聲呢喃道。

「不過我們也應該撤了，已經很晚了，你看那！」鄭佳站了起來，指了指徐晨的背後，只見一位中年大媽管理員早已站在了身後，一臉的不耐煩。

徐晨見到這個也一陣尷尬，只好點頭致歉，然後趕快把桌子上擺放的書收拾了一下，慌亂中還弄倒了一堆書。這把一旁的鄭佳可樂壞了，不過徐晨可管不了這麼多了，他一想到身後的那個錐子似的眼神，就想不顧一切地離開這裡。

等他們走出圖書館已經傍晚六點了。徐晨站在圖書館前的階梯上，看著落日灑下的餘暉，心中不禁一陣激蕩。今天可真是大起大落啊，徐晨心中想到。正當他伸了個懶腰時，突然旁邊響起了笑聲。

徐晨扭頭看了鄭佳一眼，問道：「妳笑什麼啊？」

「沒什麼，只是好久沒有這種感覺了。」鄭佳雙手拎著包，看向徐晨說道。看到徐晨一臉茫然的表情時，她又笑了出來，「真的沒什麼，看你這個表情！」

真的沒什麼，是啊，這一切真的沒什麼。徐晨想到這裡，嘴角也不禁露出了一絲微笑。

Part 25

在奶茶店裡等人的時間總是漫長的，尤其是當你品茗著一杯香醇的奶茶時，你的思緒彷彿也被拉進這杯中彌漫的氤氳水汽之中。

但是今天不一樣了，因為現在對面還坐著一個人，徐晨喝了一口奶茶，看向了對面的那個人——鄭佳。

「看妳這樣，妳在擔心什麼呢？剛才還活蹦亂跳的嘛！」徐晨還沒見過有這種表情的鄭佳，便調侃了一句。

徐晨本想著鄭佳肯定會以一種不死不休的狀態反駁他，可鄭佳卻只是看了他一眼，便把目光轉向了窗外。徐晨這才知道，可能真的有什麼事了。正當他想繼續問下去時，門口響起了一陣叮噹聲，是陳默思和小緒來了。

鄭佳一看到小緒，臉色明顯就好多了。只是小緒的心情看起來並不是很好，可能是之前的調查過程中遇到了什麼不開心的事吧。徐晨這麼想著，身體往裡面挪了挪，把外面的位置讓給了陳默思。只有陳默思和眾人明顯不一樣，他一臉興奮，之前也是他召集大家來這裡，可能是有什麼新的發現。

「默思，你有什麼發現了嗎？把我們叫到這來。」徐晨開口問道。

陳默思看了眾人一眼，還是沒能掩飾住內心的激動，他說道：「是有一個發現，而且是我們一直所忽略的。」
「你是指那個視頻，還是視頻中的現場？」徐晨問道。
「那個現場，今天我再次去現場看了看，然後有了重大發現。」陳默思伸出了食指，豎在了自己的面前。
「現場我們不是已經仔細查看了嗎？還能有什麼發現？」徐晨再次問道。
「實際上你已經做得很好了，不過還是忽略了一點，因為你沒有詢問現場周邊的居民。而這往往是很重要的，他們能給我們最真實的情報，能夠避免我們的誤判。」
「那我們之前一直誤判了什麼呢？」
「那個廁所，我們並沒有仔細檢查。」陳默思斷言道。
「那不就是個普通的公廁嗎？有什麼問題？」徐晨還是不解道。
陳默思搖了搖伸出的食指，說道：「現在沒有問題，不代表當天沒問題。」
「什麼！你是說視頻拍攝的那天，廁所和現在有所不同？」徐晨驚訝道。
「是的，而這也直接誤導了我們的選擇。今天我問了在附近居住的一位老大爺，他說這個公廁是一個多月前才新建的，而當時的一個小失誤可是鬧出了一個不小的笑話。不過正是這個笑話，給我們帶來了大麻煩。」陳默思頓了頓，繼續說道，「當時施工完成後，在廁所外面標出男女區別標識時，出了點小問題，代表男性的人形圖案被塗成了紅色，而代表女性的人形圖案被塗成了藍色。」
「這麼說……顏色反了過來，那這個有什麼問題嗎？」徐晨想了想其中的差別，問道。
「這個是很有問題的，你們應該還記得我之前解決的那個狗狗失蹤的案件吧？」
「那個叫努努的狗嗎？當然記得！這可是你解決的第一個案件呢！」一旁的鄭佳插嘴說道，不過還是不能掩飾嘴角的笑意。

陳默思也一臉無奈，他只得繼續說道：「當時那只狗狗之所以會攻擊客人，正是因為它看錯了主人的示意。狗是色盲，所以相比於顏色，它更為在意的是主人的動作。而人就不一樣了，人能觀察到各種顏色，並且對此很是敏感。所以你們知道當顏色和圖案同時存在時，人最先注意的是什麼嗎？是顏色，在這種情況下，當紅色和男色被換過來後，雖然代表著男女圖形的標識沒變，但是人在無意識或者說緊急的情況下，是很可能不會注意到圖形的，他們有很大的概率會按照顏色的區別來進行判斷。而那天的那個目擊者我想也是這麼做的。」陳默思慢慢給出了自己的解釋。

「這麼說，那天那個人其實是走錯了廁所……難道她是個女的？」徐晨瞪大了眼睛，似乎不相信自己的推測。

陳默思點了點頭，說道：「我也是這麼想的，而且這個也是很有根據。在廁所建好的幾天後，居民上錯廁所的事屢屢發生，這導致很多人的投訴。最後施工方只好把標誌給換了，換成了正常的標誌，這才解決了這個問題。而那天晚上視頻拍攝的時候，這個標誌還沒有被換。」

「沒想到會是這樣！」徐晨拍著自己的額頭，似乎是被剛才的真相給鎮住了。

「沒想到是個女的……這麼說，我們之前一直都錯了嗎？還有，我們找過李銘，難道這也……」趙舒緒喃喃道。

「那下一步……難道要重新開始尋找？」鄭佳看著沉思狀態中的眾人，問道。

「恐怕得要這樣了……」徐晨歎了一口氣，不過他還是很快就振作起來了，「但這也沒什麼，之前我們不是也做過這些嘛！再說現在線索又來了，我們不是應該高興才是嗎？」

趙舒緒也點了點頭，不過她又看向了窗外，難道他們真的錯了嗎？李銘，他果然還是無辜的啊！這些雜亂的思緒在趙舒緒心裡一陣翻騰。

商量完了這事，眾人休息了一會兒，都沒繼續說話，只是自顧自地喝著飲料。之後趙舒緒把自己拜訪杜小月家的情況和大家說了一下，當她提到許久不見的吳婷也出現的時候，眾人還是吃了一驚。不過最為吃驚的還是陳默思，他差點都把杯中的飲料給灑了出來。最後聽到杜鋒的自白後，眾人也是各有感慨。不過這也總算有所了結了，最起碼杜小月自殺的原因是越來越清楚了。

接著徐晨和鄭佳把他們在圖書館的發現給另外兩人講了講，並且提出明天去見教導主任程楓，眾人也都沒有什麼意見。

「那明天我們就這麼安排吧，徐晨和佳佳就繼續去找程老師。我呢，就去那個塔看看，畢竟發生了這麼多事，都是圍繞著這個塔，我們不仔細調查一下這個塔，是不合適的。還有就是麻煩小緒去調查一下我們班的女生了，這個妳也比較熟。」陳默思最後把目光移向了趙舒緒。

趙舒緒點了點頭，然後大家就站了起來，準備走了。但是鄭佳卻依舊留在位置上，雙手緊握，好像正在進行思想的鬥爭。

「佳佳，妳怎麼了？」小緒走到了鄭佳的旁邊，小聲問道。

鄭佳一聽到這話，突然抬起頭看向了趙舒緒，然後她說道：「小緒，我有話想和妳說，是有關妳爸爸的。」

鄭佳看向趙舒緒的眼神充滿了不安，但是趙舒緒此時卻是滿臉平靜，她說道：「我爸爸聯繫妳了？他說了什麼？」

鄭佳猶豫了一下，還是說道：「妳爸剛才打了電話給我，他想讓妳回去。」

這句話雖然很短，聽起來也很平常，但是卻讓在場的人都緊張了起來，眾人都看向了趙舒緒。

「他還說了什麼？」趙舒緒平靜地問道。

「沒了，他說妳回去後他有話和妳當面說。」

趙舒緒聽了這句話後低頭沉思了一會兒，這時徐晨突然說道：「小緒，我希望妳能回去。」

徐晨知道小緒心裡的想法，但是他同時也非常希望他們父女倆能好好談談，化解一下兩人之間的矛盾。每個人的家庭都不是那麼美滿的，都有著很多矛盾，只有充分的交流以及互相理解，才能使整個家庭變得溫暖起來。今天早上徐晨才剛剛和父親深入交流了一次，所以他十分希望小緒也能這樣，儘量能和她的父親和解。

趙舒緒聽到徐晨的這句建議後，深深看了他一眼，「嗯，我也是這麼想的，明天我會回家一趟和爸爸好好談談的。」趙舒緒微笑著說道。

徐晨在聽到趙舒緒的保證後，也放鬆了下來。

「但是妳不要緊嗎？」鄭佳不無擔心地問道。

「沒關係。」趙舒緒笑著說道。只是她現在注意的根本不是這裡，而是別的事情。

「那我們走吧，時間也不早了。」也不知是有意還是無意，走在前面的陳默思突然說道。

於是眾人便跟著陳默思一起走出了奶茶店，此時天已經有點黑了，路燈也早已亮了起來，一行人默默地向前走著。走在後面的徐晨雙眼一直盯著趙舒緒的背影，他彷彿像是快要看不透眼前的這個人似的，他不知道趙舒緒心裡一直想著什麼，她會做什麼。

徐晨深深吸了一口氣，不過還是希望明天能有一個好結果吧，他如此想到。

Part 26

第二天徐晨他們一大早就拜訪了程楓。程楓雖然是教導主任，但也才四十來歲，平時在學校裡喜歡穿西裝，打著領帶，再加上他留著的短寸頭，看起來再精幹不過了。只是他給人的印象和他的實際作風卻完全不一樣。作為教導主任，他卻一點也不嚴厲，他給人的感覺甚至是溫和乃至軟弱的。據說他從不亂髮脾氣，就算是有學生鬧了什麼事被扭送到了教導處，他也絕不會大聲斥責犯錯的學生。當然這樣的結果有好也有壞，好的是誠心悔改的學生備受感動從而變成了好學生，壞的是屢教不改的學生則因此一條道走到黑甚至於踏上了犯罪的深淵。

縱然學校裡的學生對這個教導主任褒貶不一，但在徐晨看來，這樣的老師才是好老師。教育學生靠的從來都不是辱罵甚至於棍棒，即使這在當今社會已經很少見了。當然也有人說正是這樣的教育制度，老師教育學生連罵都不敢罵，甚至學生都敢頂撞老師了，這樣下去還不反了天了。誠然這樣的話語過於激烈，但也不失為一種看法。

徐晨雖然成績不太好，可也完全不算個壞學生，甚至在一些老師眼裡這樣的學生比某些好學生更加讓人放心。因為他們從不惹事，更沒有什麼突出的地方，老師們需要放在這方面的精力少了，他們自然也十分樂意。至於像趙舒緒這樣的優等生，老師們花在他們身上的心思說是再多也不為過。當然這也不是常人所感覺的那樣，常人一般覺得畢竟是優等生嘛，老師們肯定也很放心吧。不過在老師看來，正是這些優等生才讓他們放心不下，而學校的生存往往還得靠這些學生呢。

也正是基於這樣的理由，當程楓打開門見到徐晨時，他的眉頭皺了一下，可能是過於吃驚了吧，不過就是不知道他自己注意到了這一點沒有。實際上徐晨這幾天已經拜訪了很多人了，可從沒有哪一次能讓他像今天這樣緊張，於是他心中暗暗決定今天讓鄭佳作為主導來處理這件事。

「剛才你說你叫徐晨，妳是鄭佳，對吧？來，先坐，我給你們倒點水。」程楓把兩人接進屋內便去一旁拿了兩杯水過來。

「真是麻煩了。」徐晨和鄭佳先後道了謝。

「你們來，這是……」程楓棱角分明的臉上露出了一絲疑惑。

徐晨本想等鄭佳回答，可是現在鄭佳看起來比他自己還緊張，於是徐晨便不得不開口了，「哦，我也就直說了，程老師，我們來找您是想瞭解一些關於許願塔的事。」

「許願塔？」程楓聽完更加吃驚了，「難道是為了……」

「沒錯，是為了杜小月的事。」徐晨從一開始就不打算隱瞞什麼。

「這個啊……」程楓聽完這句話後，臉上的震驚也只是一閃而過，隨後便陷入了思考當中。

徐晨見他不再說話，便繼續說道：「程老師，您也知道，學校最近接連發生了這樣的事，不管學校在這些事上是怎麼做的，反正我們覺得我們也應該做些什麼……」

「你們能做些什麼？你們能做些什麼！」突然程楓出言打斷了徐晨的陳述，並且言辭之激烈出乎了徐晨的意料。程楓可能也是察覺到自己言辭上的失態，他繼續說道：「抱歉，我的意思是這件事學校處理就行了，你們畢竟是學生，學習還是最重要的。」

這樣的話徐晨早已預料到了，於是徐晨說道：「程老師，我也相信學校能處理好這件事，可是有些事只有我們學生自己才能做到。」

「什麼事？」程楓對徐晨的話也表現了一點興趣。

「杜小月，張琪和李蕊，她們都是我的同學，她們現在就這樣死了，雖然意外和自殺的可能性很大，學校和公眾也是這樣認為的，他們認為這件事很快就會過去。但是我們卻不是這樣想的，杜小月她們曾經也是學生，是我們的同學，我們不想她們就這樣被人無緣無故地忘卻。況且這件事不會有這麼簡單，聯繫著這件事的三個人先後死亡，難道就真的是偶然嗎？」徐晨發聲問道。

「偶然……當然是的，難道還會是別的什麼東西嗎？」程楓用手抵著額頭，這樣說道。

「我們也不知道，但我們不想放棄，我想我們總有一天會找到這個真相的。」徐晨默默說道。

「真相……」程楓口中念叨著這兩個字，他站了起來，在客廳裡來回踱著步。突然他停了下來，說道：「你們恐怕也知道了吧，我是第一個發現張琪同學的死的，你知道當時我有多麼痛心嗎？所以，她既然是自殺的，你們就讓這件事過去吧。你們這麼糾纏不清的話，對任何人都沒什麼好處！」

徐晨看著程楓步步緊逼的架勢，並沒有迎頭頂撞，而是緩緩說道：「我們這麼做確實沒什麼好處可言，但是我們知道，我們這麼做是對張琪負責，也是對我們自己的良心負責，我們不想讓這件事就這麼不明不白地過去！」

「這麼說你們不是鬧著玩的？」

「不是。」徐晨目光堅定地說道。

「這樣啊……」程楓態度有所緩和，他想了想，再次坐了下來。

「我可以告訴你們想知道的事，不過我還是勸你們少管這些事。」

「程老師，那謝謝了，不過對於您的建議，我們還得商量一下。」徐晨委婉地說道。

程楓聽徐晨這樣說話，也略有些無奈地說道：「好了，我知道我的話你們也不一定聽，誰讓我這個教導主任當得一點氣勢也沒有呢？算了，你們想知道許願塔的事，是嗎？」

徐晨和鄭佳點了點頭，徐晨接著說道：「我們知道老師您的祖父曾經是這所學校的校長，肯定對這所學校很熟悉吧，所以我們才來找您，希望可以得到解答。」

「這樣啊，沒想到你們連這個都知道了。不錯，我的祖父曾經是這所學校的校長，不過他所在的那個年代可真是不太好啊。你們也知道，那時候到處都在打仗。」程楓回憶道。

「程老師，您知道當時有什麼事和許願塔有關嗎？」

「許願塔啊……」程楓像是陷入了回憶，眼睛盯著遠處，不多時他從回憶中醒了過來，繼續說道，「我想你們想知道的應該是那件事吧，具體的時間我不記得了。」

「四一年？」

「可能吧，日軍在我們這一帶的肆虐也就是那幾年。」

「我們查到的資料上面顯示，在一九四一年，日偽軍侵入了我們這個縣城。可當時發生了一件奇怪的事，他們並沒有大肆搶掠，反而是很快就離開了。雖然我不知道這是為什麼，不過我想，恐怕也和這個許願塔有關吧。」徐晨把自己昨天的發現講了出來。

「真沒想到，你們已經查到這個地步了，肯定費了不少功夫吧。」程楓看著兩人說道，「不過你的感覺確實很敏銳，這件事的確和許願塔有關，準確的說，這件事在當時被稱作龍退鬼事件。」

「龍退鬼？這是什麼？」徐晨驚訝道。

「鬼，當然是指小鬼子咯，不過這個龍嘛，還得聽我細細道來。」程楓笑著說道，「就像剛才你所說的，當時日偽軍侵佔了這個縣城，由於當時他們行動迅速，所以城裡的居民大部分都沒有來得及逃離。在被日軍侵佔後，城裡到處都是人心惶惶的。後來不知道怎麼的，日偽軍突然莫名其妙地離開了縣城，這些都是你剛才所講的那部分，不過後來發生的一件事卻改變了人們的看法。」

「你要說的就是龍退鬼嗎？」

「是的。小鬼子退走後，當時不知道從哪傳出來的消息，說是小鬼子退走的前夜，許願塔那裡出現了龍。當時很多人都看見了，所以這個消息越傳越廣，越傳越真，緊接著就出現了這樣的說法，說是神龍顯靈了，這才嚇走了小鬼子。在現在看來，這種說法顯然是迷信罷了，不過在當時可深入人心，很多人都確實是這麼認為的。」程楓緩緩說道。

「你說的那個龍，到底是怎樣的龍呢？」徐晨說出了自己的疑問。

「這個嘛，其實我也不太清楚，畢竟我也是從祖父那裡聽說來的，具體的事情也不太清楚。」程楓說著搖了搖頭。

「這樣啊，那後來呢？」徐晨繼續問道。

「後來這個說法越傳越神，甚至於有人特意到許願塔下來參拜許願，許願塔這才有了它今天的名字。」

程楓後來說的事情都和徐晨之前瞭解的差不多，不過這也更加加深了徐晨的疑惑，那個龍到底是怎麼回事呢？

在覺得沒有什麼更多資訊可以瞭解之後，徐晨還是決定向教導主任告辭道：「那我們就不打擾您了，程老師，我們先走了。」

「好，我也不留你們了，不過我希望你們還是能好好想一下我的建議，不要在這件事上糾纏過深。」程楓也站了起來，最後還是不忘提醒這一句。

徐晨和鄭佳告別程楓離開後，徐晨終於把自己心裡的話對鄭佳吐了出來，他不知道為什麼鄭佳一直在保持著沉默。

「我也不知道我為什麼會這樣，可能還是太緊張了吧。」鄭佳心事重重地說著。

「不是，我知道妳是在擔心，妳是在擔心小緒吧。」徐晨突然說道。

鄭佳停下了腳步，不過她沒有看向徐晨。徐晨繼續說道：「其實我也挺擔心的，小緒是第一次和父母鬧得這麼凶，也不知道會怎麼解決。」

徐晨一說完這句話，鄭佳把目光轉向了徐晨，她開口說道：「我和小緒已經是這麼多年的好朋友了，從沒見過她這樣。她一直很聽她父母的話，你知道當我見到小緒跑來見我的時候，我的感覺是怎樣的嗎？」

徐晨沒有說話，鄭佳繼續說了下去：「我的家庭和小緒的很像，父母都是公務員那種。所以自從我和小緒認識之後，我們很能談得來，也就自然而然成了很要好的朋友。雖然我們的性格截然不同，但是我們互相理解，所以我們是無話不說的好朋友。你別看我整天大大咧咧的，其實我是很細心的，我在家也和父母交流的很多。我父母也是比較開明的，有時我的意見他們也會聽。所以，我對於小緒家的這種情況很是不理解，當然我也沒有表示什麼……」

「不過這也是一種愛啊！」徐晨微笑著說道，「我父母管的可沒那麼嚴，甚至就不怎麼管我。有時我突然會想到，如果父母能多陪陪自己就好了。」

這時徐晨想到了父親那張已經隆起了些許皺紋的臉，還有他那因哽咽而有點沙啞的聲音，「所以，如果父母能這麼管著自己，愛著自己，難道不也很快樂嗎？」

鄭佳吃驚地看著徐晨，沒想到他會說出這樣的話。這時徐晨突然轉過了身，他面對著鄭佳，鄭重地說道：「我想小緒會沒事的，畢竟她比我聰明。」是啊，她比我聰明，她怎麼不可能知道怎麼處理這件事呢？徐晨在心裡補了這一句。

「請讓我們相信她吧。」徐晨繼續說道。

聽徐晨這樣說，鄭佳的心裡也豁然開朗了起來。是啊，讓我們相信她吧，鄭佳也喃喃自語道。

前方的路在兩人眼前延展開來，兩人就這樣默默地走著，他們都不知道這樣的路到底要走多遠，一分鐘，還是一個世紀。

Part 27

天空陰沉沉的。不知怎的，陳默思對此突然在意了起來。是的嗎，自己這幾天原來一直在意著天氣啊。天氣如此，搞得自己也心煩氣躁的，陳默思狠狠地踢了一下腳邊的石子，石子滾了老遠，直到停在了一片瓦礫前。

順著瓦礫再向前看，則是一面由灰白石磚組成的牆壁，古老的痕跡至今仍散發出舊時代的氣息。陳默思抬頭一看，粗壯的塔身筆直地沖上天際，那高聳的塔尖甚至已隱約不可見。如此看了許久，陳默思才收回目光，甩了甩有些酸痛的脖子。

他後退了幾步，這才看清了塔身的全貌。這個塔整體是石質的，不像是中國古代很普遍的木塔結構，不過反倒是這樣才有了一種別樣的美。塔身分九層，越往上塔身越細，但第九層的塔尖仍有數人合抱之寬。現在看來，許願塔其實也並不算太高，只比教學樓高出一點罷了，剛才自己會有那種感覺可能只是自己的錯覺吧。

可是就在這個許願塔下，已經先後死了兩個人。首先是杜小月的自殺，再然後是李蕊的意外死亡，至今也沒弄清事實的真相，難道都是因為這個塔嗎？這個被稱作許願塔的建築到底隱藏了多少的真相？

陳默思找到了塔身的入口，入口處竟然有一扇破舊的木門，上面有用紙糊住的窗孔，看來也是有一些年代了。陳默思花了一番力氣才打開這扇門。他貓著腰鑽了進去，塔裡面的空間很大，陳默思一個人站起來也沒什麼阻礙。他仔細觀察著塔身內部，發現裡面並沒有多餘的物品。塔身內側十分光滑的牆壁，和塔身外部那粗獷的風格形成了鮮明的對比。不過在這些光滑的塔壁上有一些奇怪的線條，可是這些線條並不能組成什麼有明顯意義的圖案。陳默思仔細一看，發現所有的線條竟然都沒有相交，全都是扭曲著盤亙在牆壁上。

陳默思走近一面牆壁，用手摸了摸其中的一道線條，能感覺到明顯的凹凸感。這些線條竟然是用刻刀給刻進去的，如此竟然歷經多年如新，實在是不可思議。接著陳默思找到了石階，登上了第二層。第二層與第一層大同小異，只不過是剛才那入口處的門變成了一個視窗罷了。還有一個奇特的地方，就是牆壁上的那些線條竟然和第一層的完全不同，不知道上面幾層會是如何。於是陳默思便一直向上爬了上去，直到他到了頂層塔尖，這時他才得出了結論，這些線條竟然果真是全然不相同的，但是又不能組成很是明顯而又有所含義的圖案，這讓陳默思很是費解。

而且他還注意到了螺旋階梯上的腳印，除了辦案人員和他自己剛剛留在階梯兩側的腳印痕跡，只有一個人的腳印。腳印痕跡看起來很是雜亂，陳默思能想像出來那個人當時的急促。難道這就是李蕊的腳印？為何她會這麼著急地來回跑，是有人追趕她嗎？可是很明顯這裡只有她一個人的腳印……陳默思想了一會兒，搖搖頭繼續向塔頂走去。

塔頂處也有一個視窗，但視窗處掛有一塊白布，由於歲月的積累，上面已經粘了厚厚一層灰了。陳默思撥開這塊白布，透過塔尖的這個視窗向外看去，教學樓的樓頂也暴露在了眼皮底下，塔園那些高大的松樹在這裡也顯得很是渺小。不過當陳默思的目光投向綠草如茵的地面時，他一時愣住了，曾經有人死在了那裡，那個人就從這個塔上跳下，她就這樣結束了自己年輕的生命。

陳默思不忍再看下去，他很快便走下許願塔，返回了地面。最後他還是決定再找門衛問一下李蕊出事那晚學校的情況，畢竟李蕊那樣的死法確實有點不太尋常。而且，那麼晚了她跑到學校來幹什麼？陳默思心裡如此盤算道。

很快他便去了學校門口的保衛處。雖然現在學校處於放假的狀態，但還是對外開放的。畢竟整個學校本來就不是完全封閉的，如果非要進學校的話，還是很容易。等陳默思趕到保衛處的時候，門口的老大爺正叼著一根煙，躺倒在一個躺椅上享受。見到有人來，他也只是略微睜開他那昏黃的雙眼瞥了一眼，便又閉了上去。

陳默思見他這樣，也不好打攪，便輕咳了一聲。聽到這聲音後，老大爺抖了抖夾在兩指間的那根煙，好像是極不情願地坐了起來，臉上的皺紋似乎都積的更深了。

「什麼事啊？」老大爺輕哼了一聲。

「我想來請教您幾件事。」陳默思沉聲說道，說完他又補充了一句，「是關於幾天前的那起意外的。」

一聽到這個，剛才還十分慵懶的老大爺瞬間來了精神，他吃驚的望著眼前的這個年輕人，「你是這個學校的學生？」

「正是，我是高二12班的學生，也是當天意外死亡的那個學生的同學。」陳默思回答道。

「那你是來……」老大爺的眼神開始有點游離不定的樣子。

「我剛才也說了，我是來請教您幾件事的。」陳默思再次重複了一句。

「這樣啊。」老大爺晃著腦袋想了一會兒，繼續說道：「那你問吧。」

見老大爺的態度轉變的如此之快，陳默思也吃了一驚，不過他還是迅速就抓住了這個機會，「大爺，發生意外的那天晚上，您有沒有注意到什麼奇怪的事情發生了？」

老大爺再次瞟了陳默思一眼，「奇怪的事？當然是有了，而且我早就和前來調查這件事的民警們說了，可是他們竟然沒有一個人相信，還說是我老眼昏花，雙耳失聰了。我看啊，是他們眼睛才瞎了！」老大爺越說越激動。

「大爺，您別急，慢慢說，到底是什麼奇怪的事呢？」陳默思見這事有門兒，便繼續問道。

「那天晚上的事可真是邪門了，我記得是在十二點左右吧，一般這個點我都會在教學樓裡巡視一圈，當天我也是這麼做的。可是當我走到四樓的時候，突然聽到了一種呼呼的聲音。」

「是風的聲音嗎？」

「有點像，可是又不完全一樣，因為那聲音一直在變化。」

「是怎樣的變化呢？」

「那聲音變得越來越尖銳，到最後甚至刺得我耳膜都疼。」老大爺說完這一句，還不忘揉揉自己的耳朵，彷彿那裡還留有當時的疼痛。

「越來越尖銳……」陳默思也陷入了思考。

「我聽到這聲音後，判斷出了這聲音大致的方位，就是在後面塔園那裡。可是當時我是在教學樓四樓那裡，不能很快趕到那裡，於是我就打開了一間教室的門，跑進了教室，然後打開了朝向塔園的窗戶。你猜我看到了什麼？我看到了魔鬼！」老大爺突然發出了一聲怪吼，讓陳默思也嚇了一跳。

「什麼！魔鬼？」

「對！那可是確確實實的魔鬼啊！頭上長著兩只角，露出兩只獠牙，而且還張牙舞爪地動著，要多可怕就有多可怕了。要不是我心臟好，當場就得嚇死了。」老大爺仍心有餘悸地撫著胸口。

「那個『魔鬼』當時出現的地方是在哪呢？」陳默思問道。

「就在那個許願塔的上方。那個魔鬼就飄在那上面，發出暗淡的黃色的光，再加上那刺耳的聲音，就像魔王降世一樣。」說到這裡的時候，老大爺的聲音都顫抖了起來。

「魔王降世……」陳默思把這句話重複了一遍，「這麼說當時李蕊就是這麼嚇死的嗎……」陳默思自言自語了起來。

「可能吧，因為當時我看到這個後，嚇得趕緊跑回了保衛處，躲進了自己的房間內，之後都沒敢出去。」老大爺面露驚恐地說著。

「這麼說您當時也沒注意到塔園裡是否有人嘍？」

「嗯，當時那種情況，誰還顧得了這麼多！況且我哪知道那麼晚了那裡還有人！」老大爺像是逃避責任似的大聲說道。

「也是。」陳默思沒有過多糾結於這一點，他繼續問道，「那麼之後那個學生又是怎麼被發現的呢？」

「那是我第二天早上在那裡晨練的時候才發現的。那個孩子啊，當時眼睛睜的那麼大，肯定是看到了什麼特別恐怖的東西吧，才嚇成了那樣。當時我就在想，那個孩子會不會也是因為看到了昨天晚上我看到的那個魔鬼，才嚇成了這個樣子。本來那天晚上我跑回到自己的房間後，一個勁的說服自己剛才都是自己的幻覺。後來我慢慢清醒了過來，也覺得肯定是自己看錯了。雖然我年紀大了，可也不迷信，這世間哪有什麼鬼怪的東西。可第二天早上當我看到那雙圓睜的眼睛時，昨晚的記憶就再次複甦了，肯定是那個魔鬼！」

老大爺在慢慢陳述的時候，陳默思沒有插一次嘴。等到老大爺說完的時候，陳默思才問道：「大爺，那您知道那個學生那天晚上是怎麼進來的嗎？」

「這個……我也感到很奇怪。」老大爺很是疑惑地摸了摸頭，「自從之前一個學生在學校裡自殺後，學校對這方面的管理加強了很多，對圍牆院門之類的東西都進行了妥善的維修。而且每天晚上放學之後都讓保安全部出動在校園裡巡邏，確保所有人都離開了學校。所以應該是不可能有人能夠進來的啊……」

「那我剛才進來的時候您注意到了嗎？」陳默思笑著說道。

「這個……剛才我去了一趟廁所，你肯定是這樣才溜了進來的吧。」老大爺看起來有點面紅耳赤，「不過那天晚上可不一樣，自從校領導晚上九點開完會後，學校的大門可就是一直關閉的，就算我離開了，也是不可能有人能夠進得來的。」

「但那個女生確實進來了不是？」

「這個……我也不知道了。」老人家羞愧地低下了頭。

陳默思也不願在這件事上做過多的糾纏，現在他腦子裡想的全是那個魔鬼，不過那個是真的嗎？還是說老人家一時眼花？陳默思一時不能做出決斷。於是他向老人家道了謝，便走出了學校。

Part 28

這天傍晚，四人組同樣是聚在了一起，不過四人明顯心情各異。徐晨一臉平靜地吸著杯中的飲料，一旁的陳默思則是雙手抵著下巴，不知道在想著什麼，而鄭佳則還是一副心事重重的樣子，旁邊的趙舒緒也只是靜靜地坐著。

「那……小緒，妳今天的調查結果怎樣？」徐晨第一個開口問道。

「完全沒有頭緒，我調查的女生當天晚上好像都有不在場證明。當然，如果是她們可以要隱瞞的話，很可能我也分辨不出來。」趙舒緒承認道。

「這個啊……也很正常。」徐晨放下了手中的吸管，「所以說，現在我們在這裡又遇到瓶頸了。」

「小緒……」鄭佳突然顫顫巍巍地說道，她一臉擔憂地看著趙舒緒，「妳和妳父親談得怎樣了？」

這一句疑問立刻引起了眾人的高度注意，看來大家也都還是很擔心的啊。

「謝謝大家的關心，不過我真的沒關係的，我已經和我父親說好了，等這件事過去了再回去。」趙舒緒儘量使自己的語氣顯得輕鬆一點，可聽起來還是略有些僵硬。

「這樣麼……也挺好的，妳在我家要住多久就住多久！」鄭佳也終於放鬆了下來，她開心地說道。

徐晨本想說點什麼，可是話到嘴邊他又咽了回去，只能是乾巴巴地再次喝了口飲料。

「不說這個了，徐晨，你和佳佳今天又有什麼發現嗎？」趙舒緒把話題轉到了徐晨這邊。

徐晨沒想到這麼快就提到了自己，他咽下了口中的飲料後，說道：「今天見了程老師後，雖然對許願塔瞭解了更多東西，但疑惑反而更多了。」

「怎麼說呢？」趙舒緒問道。

於是徐晨便把今天程楓對自己說的那些話都轉述了一遍，聽到最後，大家都大吃一驚。

「龍退鬼？這是什麼東西！」趙舒緒不解道。

「我們也不清楚，不過程老師就是這麼說的。」徐晨略顯無奈地解釋道。

「龍……鬼？」陳默思突然喃喃自語了起來。

「默思，你怎麼了？」鄭佳見陳默思突然這樣，擔心的問道。

「啊！沒什麼！」陳默思也注意到了剛才自己言行的反常，於是他也把今天從門衛老大爺那裡聽到的事說了出來。

「這麼說，程老師提到的龍和你今天聽說到的那個魔鬼，到底是什麼東西？為什麼都出現在了許願塔那裡？」徐晨說出了心中的疑問。

「是啊，為什麼呢？」眾人對此感到十分不解。

「那麼，我們下一步……」鄭佳再次提到了這個關鍵性的問題。

「確實，我們現在基本上每一條線都遇到了阻礙，很難再繼續下去了。要不，我們先來把整個事件來捋一捋吧，看能不能重新有所發現。」陳默思身體前傾，盯著眾人說道。

「好吧，現在也沒有更好的辦法了，把整個事件梳理一下，也不失為一個好辦法。」趙舒緒也同意道。

「那你來陳述吧，徐晨，我看你平時都帶一個小筆記本，應該記了不少吧。」陳默思建議道。

「我？好吧，我試試。」徐晨也沒反對，他掏出了自己平常一直帶著身上的那個小小的筆記本，翻了起來，眾人也不急，都在等他理好思緒。

「好，那我說了啊。首先是五月十四號，也就是上周二，杜小月自殺後的屍體被發現。接著是週三，中午鄧健來找我們，一起聽吳婷講了一些關於杜小月的事。然後下午，張琪就由於煤氣洩漏去世了。週四，我們偵探社成立，並處理了一起狗狗失蹤的案件……」

「喂，我說這個就不用念出來了吧！」陳默思出言提醒道。

「這個挺好的啊，我們偵探社的成立日哦，還接受了第一起委託。」鄭佳笑著說道。

聽鄭佳說完，陳默思也不好反駁，於是徐晨繼續說了下去，「週五，我們正式接受這個案件，開始了案情的初步討論。週六，我們開始了事件的初步調查，首先是上午，我和小緒在我家查看了杜小月被欺負的那段視頻，而默思則和佳佳一起去了張琪案件的模擬現場……」

「對了，我一直都有一個問題。」鄭佳突然打斷了徐晨的敘述。

「妳不要打岔，聽徐晨講完……好吧，妳說吧。」陳默思看到鄭佳圓瞪的雙眼，頓時軟了下來。

「我的問題是……默思，對於張琪的這個案件，你怎麼知道的這麼清楚？連案件現場的具體佈置都知道。」鄭佳一口氣吐出了這個一直以來都悶在心裡的疑問。

「這個嘛……以後你們會知道的，不過現在我不想說。」陳默思故意賣了個關子。

「你！我就知道！」鄭佳氣呼呼地說道。

「好了好了，默思既然不想說，那就算了吧。反正這個也不是我們現在就要解決的問題，況且他不是已經說了以後會告訴我們的嗎？」趙舒緒替陳默思辯解了一句。

「那……我就繼續說了啊。」徐晨見形勢轉好，便繼續說了下去，「那天下午，我們一起探查了視頻中事件發生的地點，並且發現視頻中存在第三個加害人。但是……這個人我們至今還沒有發現。」徐晨在最後又加了這一句，眾人都變得神色凝重了起來，「然後我和小緒便去了李蕊家找了李蕊。」

「對了，你們說後來李蕊的意外死亡會不會和這件事有關，畢竟她在你們找過她之後就死了，這其間會不會有什麼關係？」鄭佳再次拋出了自己的疑問。

「關係？真的有嗎？」趙舒緒吃驚地說道，她瞪大了眼睛看著鄭佳，「這麼說……」

「佳佳，妳別胡說。現在什麼都還沒搞清楚，妳這麼隨便下結論實在是太不負責任了。可能就算他們沒去找李蕊，那個意外還是會發生的。」陳默思提醒道，「好了，徐晨，你繼續說下去。」

聽到鄭佳的這種說法，徐晨也是吃了一驚，難道這其中真的有什麼關聯？那麼自己和小緒不就間接造成了這個意外的發生嗎？不過他沒有多想，還是聽從了陳默思的勸告繼續說了下去。

「之後周日，上午默思和佳佳展開了對張琪案件的第二次探查。期間我對於視頻的研究取得了一定的突破，我們發現了現場有目擊者的存在。可是這個目擊者我們至今也沒有找到，不然整個事件就十分明朗了。」徐晨在最後加了自己的評論，然後接著說道，「然後下午我和趙舒緒去見了班主任，要了本班學生的名單，希望借此找出目擊者。之後週一時，鄧健再次找到了我們，我們借此知道了他的真實身分，並且通過他知道了一些張琪的事。然後我和小緒又拜訪了李銘的家，初步排除了他是目擊者的嫌疑。晚上我們再次來到了張琪案件的模擬現場，默思給我們作出了此次案件的第一次推理，並確定了鄧健為本案的嫌疑人。」

「等等，徐晨你先停一下。」陳默思突然聽一席了徐晨的敘述，「關於這個地方有件事我想說明一下，鄧健應該不是兇手。」

「什麼？」鄭佳吃驚地問道。

「沒什麼，就是鄧健的嫌疑已經被排除了。在李蕊死的當晚，鄧健一整晚都在一家酒吧裡打工，他的那些同事都能替他證明，所以他的嫌疑就被排除了。」

聽到這個，徐晨若有所思地點了點頭，他把筆記本翻了一頁，繼續說了下去：「之後週二李蕊便發生了意外，下午小緒和吳婷一起去見了杜小月的父親杜鋒，而我則和佳佳去圖書館查閱有關許願塔的資料。晚上默思給我們提出了有關廁所的那個疑問，把我們對目擊者的調查方向轉向了女生那邊。」

「可是這個不是也沒有用嗎？至今還沒有找出那個目擊者。」鄭佳略顯沮喪地說著。

「佳佳，妳也不要洩氣了，我們這些天遇到的阻礙還少嗎？我們後來不是都挺過來了嗎？所以我們一定不要放棄，要相信自己。」趙舒緒緊緊握住鄭佳的手掌，用鼓勵的口氣說道。

「是啊，接下來我們要更加努力了。」徐晨也接著說道，「那麼接著就是今天的事了，我和佳佳去見了程老師，進一步瞭解了有關許願塔的情況，而默思去實地調查了塔園的情況，小緒則去調查了有關目擊者是女生的可能性，雖然結果並不如人意。以上就是這些天發生的這些事的總結了，大家有什麼要補充的嗎？」

徐晨見眾人沒有什麼反應，便自己說道：「那麼我就來補充一下吧，我們之前接手開始調查本次事件是因為杜小月的事，因為杜小月被張琪和李蕊她們欺負了，而很有可能由於這件事導致了杜小月的自殺。但是後來張琪和李蕊也先後死亡，這件事變得更加複雜了起來。」

「你的意思是……」鄭佳問道。

「我的意思是如果這幾起死亡之間是有關聯的，那麼這個關聯到底是什麼？」徐晨拋出了自己的疑問。

「難道真的是詛咒嗎？杜小月死前在許願塔上留下的詛咒！」鄭佳故意語帶驚恐地說道。

「佳佳，妳別亂說嚇人了行不行？」趙舒緒警告道。

「不過這也不失為一個思路。」一直沒有說話的陳默思突然說道。

「這麼說你也同意咯？」鄭佳看向陳默思的目光充滿了贊許。

「當然不可能同意妳的胡言亂語。」陳默思的這一口斷言頓時讓鄭佳沒了生氣，「我的意思是我們可以試著把這三起案件串起來。」

「串起來？怎麼串？」徐晨也問道。

「這一點我還沒想到，不過我認為這個是關鍵點，如果我們找到了這個，離我們接近事實的真相就不遠了。」陳默思說道。

「如果張琪和李蕊的死不是詛咒的話，那會不會是對她們的復仇？你們想，是她們害死了杜小月，有人替她報仇不是很正常嗎？對了，會不會就是杜鋒，杜小月的父親，他為了報仇才犯下了這些事。」鄭佳繼續猜測道。

「杜鋒？」徐晨對於這個人還不是很熟悉，只是聽趙舒緒說過一點。

「不可能的吧，我們當時看到的杜鋒可根本沒有給我們留下這樣的印象。」趙舒緒也說道。

「所以說人不可貌相，這個杜鋒有可能就是那個兇手。」鄭佳繼續她的推測。

「我看我們也不要再進行這些毫無道理的胡亂推測了，我們接下來討論點正事吧。」徐晨建議道。

「對了，我還有一個疑問。」趙舒緒突然說道，「之前我們提到了杜小月為什麼會選擇許願塔來自殺，這個問題我們到現在還沒弄清楚。」

「這個嗎？確實有點難辦唉，據我們目前所知，杜小月好像和這個許願塔沒什麼關係啊！」鄭佳喃喃道。

「如果之前沒有什麼關係，那麼可不可能杜小月就是沖著這個許願塔本身去的，你們不會忘了許願塔的本意了吧。」徐晨提醒道。

「你是說許願？怎麼可能！她不去詛咒就不錯了！」鄭佳再次斷言道。

「所以說，我感覺我們一直都在這個案件的週邊徘徊，而一直沒有深入進去，到現在我們對整個案件的發展都沒有一點的把握。」徐晨略有些失望地說道。

「好了，不談了，我們說一下明天的打算吧。」趙舒緒提議道。

「打算，能有什麼打算？都到現在這種地步了。」鄭佳不無頹喪地說道。

「不，我們還是有勝機的！」陳默思突然大聲說道，「我們下一步的重點就要放在那個目擊者上。現在與案件相關的三人都已先後死去，那麼只剩下最後一個相關人員了，就是那第三個加害者，但我們目前唯一的線索就只是那個目擊者。而且……」陳默思故意放慢了語速，「而且，那第三個加害者目前的情形十分微妙。」

「微妙？什麼意思？」徐晨問道。

「現在只剩下了那第三個加害者，那麼就有可能會出現以下幾種情況。第一，這幾起死亡事件毫不相關，都是自殺或者意外。第二，這幾起死亡事件毫不相關，但是存在蓄意謀殺的情況，當然這對某個人來說就十分危險了，鄧健，他自然而然成了首要嫌疑人，至少張琪的案子他脫不了干係。第三，這幾起案件是有關聯的，但是就存在兩種情況了。我們先說第一種，那第三個加害者就是真凶，是這個人謀害了所有的人。」陳默思面無表情地說道。

「真的嗎？」鄭佳吃驚地問道。

「這也不過是一種可能罷了。」陳默思提醒道。

「還有最後一種呢？」趙舒緒問道。

「這最後一種嘛，也就是那第二種情況，在幾起案件都是有關聯的情況下，而相關人員接連死去，只剩下了最後一個人，那麼這個人也很危險了！」陳默思的語氣變得十分凝重。

「你是說那個人也可能被害？」徐晨問道。

「對，就像剛才佳佳所說的，如果那個杜鋒就是兇手，那麼他下一個的目標就肯定是這第三個加害者。即使兇手不是杜鋒，那麼這個兇手不管出於什麼原因，也很有可能選擇加害這第三個人。」陳默思用他那不緊不慢的語速說著，眾人全都提心吊膽了起來。

「你是說如果是這種情況的話，那麼第四起案件馬上就會發生了嗎？」趙舒緒不安地問道。

「嗯，如果是這樣的話，的確很有可能。」陳默思給這些討論下了一個斷言。

眾人的心都似乎被錘了重重的一拳，還有案件要發生！這無疑給眾人加上了更多的壓力，他們必須儘快地破解此案。

「當然，如果是其他情況的話，就不會這樣了。」陳默思在最後補充了這一句，希望緩解一下大家的緊張情緒，可是眾人聽了這句話後並沒有什麼明顯的反應。

「好了，我看明天上午我們還是先休息一陣吧，這幾天大家都忙壞了，也是時候該讓緊繃的神經放鬆一下了。」陳默思想讓自己的語氣儘量顯得輕鬆一些。

「也好，我們還是先回家吧，就這樣瞎擔心也沒什麼用。」徐晨也配合著陳默思說道。

當鄭佳和趙舒緒一起離開後，徐晨立刻變得嚴肅起來，他認真地看著陳默思，眼前這個本來一直嬉皮笑臉的人此時也完全沒有往日的神情。徐晨語氣沉重地問道：「默思，你和我說實話，你現在到底對整個案件瞭解了多少，你有把握嗎？」

陳默思深深看了徐晨一眼，他擺弄著眼前的那根吸管，「沒有把握，我只能這麼說了。」他說完一口氣吸完了玻璃杯中的冷飲。

「沒有把握……」徐晨喃喃道。他把目光伸向了窗外，窗外的霓虹此時顯得那麼耀眼，簡直讓人目眩神迷。

Part 29

徐晨今天起了個大早，然後就在社區旁邊的公園裡開始了晨跑。平時他是根本不會這麼做的，按照他的信條，與其這麼累，還不如在床上睡個飽。可現在他連這個願望也不能實現了，昨晚他又失眠了。

每當他閉上眼睛的時候，腦海裡就會出現杜小月的身影，同時出現的還有她被欺負的畫面。尤其是最後那個畫面，杜小月一次又一次地搧著自己的嘴巴，每每到這裡，徐晨就會一次又一次地被驚醒。他不知道為什麼他會做這樣的夢，為什麼那個視頻上的畫面會在他的腦海裡久久揮之不去。他現在唯一知道的就是，他必須找出整件事情的真相，這樣才對得起杜小月，對得起其他因此死去的同學。可是，現實總是這麼殘酷，他現在毫無頭緒。

他漫無目的地跑在公園的小道上，兩側的草地上有一些老年人在打太極，遠處的空地上響起了廣場舞的聲音。突然，一個熟悉的身影進入了他的視線，與此同時出現的還有一條狗。

「小萌！」徐晨大聲喊了一句。

正溜著狗的李小萌顯然也注意到了身後喊她的聲音，她回過頭，很快就認出了徐晨來。李小萌開心地跑了過來。

「徐晨，沒想到能在這裡遇到你，你跑步？」

徐晨點了點頭，「我家就在這附近，所以偶爾早上會出來跑跑步。」

「這樣啊，巧了，我家也在這附近！」李小萌開心地說道，「那天竟然還沒發現這一點！」說完她把狗鏈換到了左手。

「對了，這就是努努？」徐晨指著李小萌手中牽著的那條小型犬問道。

「是啊。努努，來，給你介紹一下，這位就是前幾天幫我們找到你的大偵探！」說著，李小萌蹲了下來，一邊撫摸著努努的頭，一邊說道。

聽到對方又稱自己是什麼大偵探，徐晨臉上蹭的一下就紅了，不過他很快就鎮定了下來，「能找到就好，話說妳們是按陳默思說的找到的嗎？」

「是啊，我們一趕到那天來訪的客人的家，立馬就看到了努努，它當時正和妮妮在一起撒歡呢！」說著，李小萌突然拍了一下努努的頭，「你這個色胚，見到喜歡的對象就忘了主人啊！」

努努似是很不滿意地嘟囔了一聲，然後將頭往李小萌的胳膊上狠狠蹭了一下。

「你這個壞傢伙，你知道嗎，你害我和表姐擔心了多久！」雖然嘴裡這麼說著，可李小萌卻一點也不生氣的樣子，她寵溺地撫摸著努努的頭。

「對了，妳表姐呢？」徐晨發現了這一點。

「哦，我表姐啊……」李小萌頓了一下，「其實，努努現在是在我家了。」

李小萌說到這裡，徐晨已經大概明白了事情的發展了。就算她們後來找到了努努，可努努咬了人這一點畢竟是事實，所以按照她舅舅舅媽的強硬態度，努努是不可能繼續留在她表姐那裡了。不過現在應該也還算不錯吧，看李小萌那麼喜愛努努的樣子，努努其實也還是很幸福的。

「不過，那種訓練方法，我不會再使用了。」李小萌突然說道，她站了起來，「我只要努努能快樂就行，別的，我不會再要求它做什麼了。」

看著李小萌一臉落寞的樣子，徐晨心裡也不好受。正是因為她們之前不恰當的訓練，才導致了後來一系列的事情。等等，訓練……顏色……一個奇怪的想法突然在徐晨腦海裡浮現。他圓睜著雙眼，緊緊注視著前方。

「徐晨，你怎麼了？」李小萌擔心地問道。

徐晨收回了目光，他看了李小萌一眼，說道：「我知道那個目擊者是誰了。」

「什麼？」

徐晨說了一聲有事必須先走，就在李小萌十分不解的目光中往回奔跑了過去。是的，他知道了事情的真相。徐晨心裡一陣猛跳，他現在唯一要做的就是告訴趙舒緒他們。徐晨很快就聯繫到了趙舒緒，約眾人待會在奶茶店見面。而在這之前，他需要先回家換一身衣服。

很快徐晨便跑回了家中，令徐晨感到奇怪的是，家裡十分安靜，往常這個時候徐晨的母親應該已經在廚房裡準備早餐了。

徐晨關上房門，往客廳走了過去。雖然太陽已經升起，但由於徐晨家是向北的，所以現在客廳裡仍十分昏暗。徐晨看了一眼廚房，沒有母親的身影，甚至連一絲準備早餐的跡象都沒有，難道母親已經有事出門了？

徐晨往自己的房間裡走去，突然他聽到了一陣隱約的抽泣聲，徐晨仔細一聽，是父母的臥室。徐晨心裡一沉，他躡手躡腳地走到父母臥室的門前，母親哭泣的聲音更大了。徐晨不知道家裡又發生了什麼事，他一時也不知如何是好，只是站在門前，一只手做出敲門的姿勢，卻久久下不了手。

這一瞬間，徐晨突然覺得自己果然還是個孩子，他沒有那個勇氣去進入大人們的世界。就算這次他參與了杜小月事件的調查，可不知怎的，徐晨總是覺得他是一直游離於事情之外的。他是個旁觀者，而不是事件的參與者。從另一種角度來說，無論事情怎麼發展，都和他沒有關係，不會牽扯到他。他要做的只是找出案件的真相，之後他就會再次離開，再次藏身於人群之中。這就是他的作風，不是麼？

再到前幾天父母的爭吵，他心裡其實很清楚，這件事究竟有多嚴重，他們家可能會因此背負上很多債務，而徐晨他自己也將面臨更為困難的局面，可徐晨不願面對這個事實。是的，他內心裡是不願面對這個的。他有父母，只要有大人在，他這個小孩只要好好完成自己在學校的學習任務，考個好大學，其他的事根本不用管。這不就是他這個小孩應該做的事情嗎？而他一直以來也是這樣默認的。

這樣的我算是很懦弱嗎？徐晨在內心裡不斷責問著自己。突然，門打開了，露出父親的身影，父親也一臉詫異地看著自己。徐晨抬起頭，正視著父親的眼睛。

父親感覺老了很多，眼角的皺紋堆積在一起，頭髮也很淩亂，讓徐晨一時竟沒有認出來。父親也看了自己一眼，剛才的詫異只是一閃即逝，他把目光移開，打開門朝客廳走了過去。客廳裡響起了父親的腳步聲，那聲音很是低沉，像是一個年邁的老人在緩慢地挪移。

徐晨回過頭，看到父親走進廚房，他拿著杯子接了一杯水，站在櫥櫃前，舉著杯子，卻久久沒有喝下去。徐晨不知道父親此時在想著什麼，他看到了父親那陰暗中略顯消瘦的臉頰，還有那佝僂著的背。父親老了，徐晨第一次有這樣的想法。

房間裡母親還是在哭泣，徐晨想了想，還是先回到自己的房間裡，換好了衣服。等他再次來到客廳時，發現父親已經坐在客廳的沙發上了。父親雙肘支在膝蓋上，雙手合攏抵著額頭，徐晨看不清父親的表情。

不知什麼時候，徐晨已經來到了客廳的門前，只要再有一步，他便能跨出去，逃離這個家，逃離大人們的世界，他就能繼續做回自己，繼續做自己喜歡做的事。然而，他這次沒有選擇這樣做。徐晨停了下來，他看了父親一眼，然後喊了一聲，「爸！」

父親徐躍聽到了這句聲音，他抬起了頭，看向了徐晨，眼裡卻是一種莫名的悲傷，以及——愧疚。

「爸，這麼久了，我們還沒好好談過一次話呢。其實，你應該早就發現了，我已經長大了，不再是從前你眼裡的那個晨晨了。也許我不再像以前那麼聽你的話，也許我在內心裡甚至還有點鄙視你，我不喜歡你喝酒的樣子，還有你那一副在別人面前盡力討好在家人面前卻一副狂妄自大的樣子。我不喜歡你，有時，甚至討厭你。」徐晨看著父親有些驚詫的表情，繼續說道，「可是，你就是我的父親，一直都是。每當我感到自己越來越討厭你的時候，小時候你帶著我到處玩到處撒瘋的場景就會浮現在我的眼前。那時你是個年輕的爸爸，有活力的爸爸。而如今，你年紀變大了，體力不如以前了，可你還是我的爸爸。有時，我想著，為什麼我不喜歡你，卻一直都不把這個說出來，難道是怕被你討厭嗎？不是，是因為我覺得自己僅僅是個小孩，就算我說出來了，你又會改正嗎？而且，我還只是個小孩，小孩就只用管學習就行，大人的世界，大人自己就會去解決。但現在我發現自己錯了，我們的家不應該只有你一個人來承受。爸，你明白我的意思嗎？」

徐晨感到一股熱流從自己的眼眶湧出，鼻子也酸酸的，他本打算擦一下眼睛，卻發現有一只手已經撫在了他的臉上。那只手很輕盈地就擦掉了自己的淚水，那只手，很暖和。

徐晨睜開眼睛，看到父親站在自己的面前，一只手搭在自己的頭上，不停撫摸著。他看到父親的眼裡似乎也滲出了眼淚，可是父親似乎在努力地忍著，不讓它流下來。徐晨不忍心再看到這一幕，他閉上了雙眼，深吸一口氣，打開了門。

「爸，我先走了，調查的那件事。」

徐晨說的很簡短，也很急促，因為他怕自己哪怕再多留一秒，眼淚就會止不住地再次流出來。徐晨轉身走了，他知道父親此刻肯定還站在門前，久久地注視著自己，注視著自己這個在父親眼裡永遠都長不大的兒子。

Part 30

趙舒緒也一夜都沒有合眼。她和佳佳睡在一張床上，雖然佳佳的床很大，一點也不會感覺到擠，而且有空調晚上也不會覺得熱，但昨晚聽著空調的嗚嗚聲，她就是沒有睡著。

她躺在床上想了很多事，包括杜小月的死，也包括後來的張琪和李蕊，不過她想的最多的，卻還是父親的那些話。她前幾天確實和父親好好談了，但談話的結果卻不是很令人滿意，父親的態度還是一點都沒改變。要麼是她回來再也不參與這個案子，要麼就是再也不要回來了，只有這兩個選擇，她毫不猶豫地選擇了後者。她還記得當時父親氣得砸下電話的聲音，也記得母親在一旁傳出的哭泣聲。有那麼一會兒，趙舒緒竟想著答應父親。回去吧，她對自己這麼說道。

可最後還是理智佔據了上風，趙舒緒狠狠地捏了一下自己的手臂，她不能回去。如果她回去了，杜小月這件事怎麼辦，她對大家的承諾怎麼辦？她不可以回去，至少現在不行。然後她就在床上翻來覆去地想著整個案子，想著這三起案件的聯繫。張琪和李蕊真的是自殺的嗎？可最終她也沒有得出一個結論。很快，天就亮了。

她從床上爬了起來，走到衛生間開始了洗漱。這時自己的手機突然亮了起來，她拿起一看，是徐晨的號碼。徐晨在手機裡說他有一個重大發現，讓他們趕快都到學校旁邊的那個奶茶店集合。從電話中傳來的聲音，可以想像出徐晨那一臉興奮的樣子。

重大發現？趙舒緒擦幹了剛剛用洗面乳洗過的臉頰，看著玻璃鏡中反射出來的自己的身影，她放下毛巾，走了出去。

「哎呀！這麼早！徐晨那個傢伙，到底在搞什麼？不是說好今天上午是休息的嘛！」鄭佳揉著沒睡醒的眼睛，一路上都在抱怨著。

坐在一旁的趙舒緒只好陪笑著，她一直都在給鄭佳解釋，可這位生氣的大小姐總是不滿意，說要是到時徐晨說不出個所以然來，一定要扒了他的皮，才能彌補她那可憐的被耽誤的睡眠。

「這傢伙，怎麼還不來啊？都半個多小時了！」鄭佳不停地看著手表，又抱怨道。

「佳佳！妳就等一會兒嘛，徐晨他家遠，待會應該就差不多會來了。」

「還有陳默思那傢伙，也不來，真是氣死我了！」鄭佳鼓著嘴，一臉不高興的樣子。

「是誰在說我壞話呢！」

正說著，從門口就傳來了陳默思的聲音。鄭佳一聽到，當即給了他一個白眼。陳默思見鄭佳這一臉火山爆發的樣子，便知道不能輕易惹她，就沖著趙舒緒撇了撇嘴，走到座位旁坐了下來。陳默思剛坐下來，從玻璃門外又走進來了一個人，是徐晨。

只見徐晨背著一個包，喘著粗氣，一看到他們，就大踏步走了過來。

「來，別急，先喝口水！」陳默思將一杯水遞給了徐晨，徐晨接過去一口氣喝了下去。

「怎麼這麼急啊！」趙舒緒見徐晨這個樣子，也不禁詫異了起來。

「沒事，我早上跑了步，還沒來得及喝口水呢，就急急忙忙趕了過來。」徐晨一抹嘴，便將杯子放在了桌子上，坐了下來。

「那說吧，是什麼事？」趙舒緒說道。

「等等，徐晨，你要是說不出個什麼所以然來，看我怎麼收拾你！」鄭佳突然說道。

徐晨看著鄭佳瞪著自己的那種惡狠狠的眼神，一時也不知道發生了什麼事。不過他也沒有多想，很快他從背包裡掏出了一張紙，上面畫著的是杜小月受欺負地點的示意圖。

「你這是什麼意思？」趙舒緒問道。

「對啊，上次我們不是已經討論過這個了嗎？」鄭佳也質問道。

「確實，我們已經討論過很多次了。但是，一直以來我們其實都弄錯了一件事。」徐晨十分認真地說道。

眾人也一驚，徐晨繼續說道：「剛開始，我們注意到了現場很有可能會一個目擊者，根據那人所在的方位，我們判斷這個目擊者很有可能是男的，而且就是我們班上的同學。但後來由於陳默思打聽到視頻拍攝的時候，男女廁所標識的顏色被弄錯了，所以我們後來推測目擊者應該是女的。」

「是啊，這個有什麼問題嗎？」鄭佳問道，似乎已經忘記了她剛才還在生著氣。

「小緒，妳後來查找女生方面，有發現什麼線索嗎？」徐晨轉而向趙舒緒問道。

趙舒緒搖了搖頭，略顯尷尬地說道：「沒有。」

徐晨點了點頭，「就是這樣，其實查找女生的這個方向從一開始就是錯的！」

「什麼？」鄭佳驚叫道。

「為什麼會這麼說呢，徐晨？」趙舒緒也問道。

「妳還記得我們從一開始就懷疑的一個人嗎？」

「你是說李銘？可是他後來不是被排除嫌疑了嗎？目擊者應該是個女生啊？」趙舒緒說道。

「沒錯，不過就像我剛才說的，我們的方向一直都錯了，目擊者其實也可以是男的，比如——李銘。」

「怎麼說？」趙舒緒繼續問道。

「因為李銘是個色盲。」

「什麼！色盲？」

「沒錯，因為李銘是個色盲，所以他根本就不能分辨出廁所上男女標識的顏色。」

「等等，你等我仔細想一想，我已經有點糊塗了，你為什麼就說李銘是個色盲呢？」鄭佳這時說道。

「小緒，妳還記得我們剛到李銘家的時候，李銘給我們展示的東西嗎？」

「你是說那個巴克球？」

「沒錯，還有後面的一樣東西，盧奇格斯杯。」

徐晨這麼一說，趙舒緒立馬就想起來了，在李銘母親拿著裝飲料的杯子回來後，李銘好像確實提到了這個名字。但這個又能代表什麼呢？趙舒緒還是十分不解。

「其實你們沒有聽過這個名字也很正常，我之前也不知道，我也是剛剛上網查了之後才瞭解的。盧奇格斯杯其實是一千六百多年前古羅馬時比較流行的一種杯子，當光從不同角度照到杯子上的時候，杯子就會顯示不同的顏色。小緒，妳應該注意到了吧，當時我們在李銘家裡看到的那個杯子。」

「嗯，當時我也感覺挺奇怪的，那個杯子裡有一個光源，一閃一閃的。當光亮起來的時候，杯子呈紅色，當光暗下來的時候，杯子就變成了綠色。我一開始還以為這是因為裡面的光源會發出不同顏色的光呢，聽你這麼一說好像還是這麼回事。」

「沒錯，我想也正是因為這個杯子的奇特屬性，李銘的父親才收藏了一個它的仿製品，不過也因此我才發現了一個很重要的問題。小緒，妳還記得李銘的母親是怎麼提到這個杯子的嗎？」

「我記不清了……」趙舒緒不好意思地實話實說道。

「其實她當時只是說了這樣一句話，『這些東西有什麼好玩的，打開了就只是一閃一閃的，有什麼意思？還費電。』你們注意到了沒有，她是說『只是一閃一閃的』，而沒有提到盧奇格斯杯最為重要的屬性，那就是變顏色。所以我推測她很有可能是色盲。」

「就憑這一點嗎……」鄭佳說道。

「還有李銘，其實也很奇怪。他給我們介紹巴克球的時候，可是津津有味的，還給我們展示了巴克球怎樣變成陀螺。但盧奇格斯杯，他卻一點都沒有給我們講解的意思。這是為什麼呢？因為他李銘他也是色盲，他根本就不能分辨紅綠這兩種顏色，自然就不想在這方面過於深究了。而且你們應該很清楚吧，色盲的基因是在X染色體上的隱性基因。換句話說就是——如果母親是色盲，那兒子就一定會是色盲！」

徐晨一說完，眾人都震驚得說不出話來。鄭佳現在已經完全呆住了，完全沒有了一開始那快要火山爆發的模樣。

「如果李銘是色盲的話，那麼一切就又回到了之前的地方。就算因為一些錯誤導致了男女標識的顏色互換，但對於李銘來說，他根本就不可能注意到這個，所以他依然會按照標識牌上的男女符號，來選擇進入哪個廁所。」徐晨繼續說道。

「這麼說，那個目擊者，很有可能就是李銘了？」說話的是陳默思，他用手托著下巴，一邊思考一邊說道。

「沒錯，我想我們應該趕快去再找他一次。」徐晨肯定道。

「要不就還是你和小緒一起吧，畢竟上次也是你們兩個一起去的。」陳默思提議道。

徐晨點了點頭，把目光投向了趙舒緒。趙舒緒一臉迷茫，顯然還是沒有從剛才的震驚中回過神來。不過見到眾人都把目光盯向自己，她才終於反應了過來，點了下頭。

「那我和小緒就先走了，這幾天放假，李銘這個學霸一定會在家裡學習的。」徐晨說完，就很快收拾了一下，然後和小緒一起走出了奶茶店。

可路上小緒還是一臉迷茫的樣子，徐晨見她這樣，也不好打擾她。只是等公車一來，便拉著她的手擠了上去。

在車上剛站穩的那一瞬間，小緒突然盯著徐晨，許久才說出了這樣一句話：「為什麼，為什麼李銘看不見顏色，而我卻一直都不知道呢？」

Part 31

趙舒緒不明白的是李銘為什麼要瞞著大家。她心裡有一個想法，李銘之所以不說，原因很簡單，因為他不想大家知道這個，僅此而已。

如果別人知道這個的話，肯定都會嘲笑他。他生下來就是個色盲，看不見世界的顏色。可這個世界就是這麼殘酷，別人會嘲笑他，挖苦他，甚至於欺負他。李銘唯一的選擇就是不把這個說出來，隱藏好自己，這才是唯一自我保護的方法。趙舒緒不想繼續思考下去，因為她覺得繼續這樣想下去，不光對她來說接受不了，對李銘來說也是一種殘忍。

「小緒，到了。」

徐晨這麼一說，趙舒緒這才意識到他們已經來到了李銘的家門口，和上次一樣，只不過這次她心裡有些緊張。徐晨見她這樣，也知道了什麼，於是便主動上前按響了門鈴。

來開門的同樣是李銘的母親，只不過這次她卻似乎不是那麼熱情，她冷著臉，一臉警戒地打量著面前的這兩個年輕人。

「阿姨，是我們，上次我們剛剛才來過。」徐晨主動提道。

「哦。」李銘的母親只是嗯了一聲，不過並沒有進一步的舉動。她回頭看了一眼後面的客廳，似乎是在等著什麼。

過了一會兒，房間裡穿出來李銘的聲音，「媽，讓他們進來吧。」這時，李銘的母親才將門打開，放兩人進去。

徐晨剛一進去，就看到李銘站在客廳裡，似乎是剛睡醒的樣子。他穿著睡衣，剛從自己的臥室裡出來。李銘的母親端來了幾杯飲料，便離開了客廳。現場只留下了幾個年輕人，端坐在沙發裡，一言不發。

「李銘，你為什麼要撒謊？」說話的是徐晨，他這次同樣打算直接把話說出來。

李銘低著頭，沒有看他，不過李銘很快便說道：「為什麼？因為我怕！」李銘說到最後甚至是用出了喊的聲音。

讓徐晨兩人沒想到的是，這次他從一開始竟然就承認了。

「你們知道嗎？這些天，我整晚整晚的失眠。自從杜小月死後，每天我一閉眼，就能看到那天她看著我的眼神。那眼神裡充滿著無助、悲傷，而我呢？在聽到了那句恐嚇後，就那樣轉身離開了，我能想像出在我選擇離開後杜小月那傷心怨憤的表情。可我又能怎麼做呢？我害怕，我害怕那些人會找上我。我不想再被欺負了！」李銘突然大聲喊了出來。

「你們也許已經知道了，我是個色盲，從小就看不見顏色。小時候我總問媽媽，為什麼其他小朋友都說他們畫的畫五顏六色的，而我卻只能看到那一片灰色。這個時候媽媽總是會抱著我，給我唱一首童謠，然後告訴我，這個世界是不公平的，其他人能看到顏色，而我不能。但媽媽又說，這個世界又是公平的，因為我看不到顏色，但卻能做很多很多其他的事。我小時候喜歡看各種科幻故事，大了一點後又喜歡上了各種科普的讀物。我想，我能做到的，我要成為一個科學家，做很多很多常人根本做不到的事。於是我開始非常努力地學習，小學的時候我的目標就是進入一個好初中，初中的時候我想進入一個好的高中，而現在，我想進入一個好大學。」

聽了李銘的這些話後，趙舒緒才覺得自己第一次真正認識了李銘，原來他一直以來這麼瘋狂地學習，是因為他有著這樣一個夢想。她想起了之前補習班上遇到的一件事。有一次晚上補習課剛開始的時候，突然停電了，是毫無徵兆的那種。補習老師很快就決定停課讓大家各自回去學習，只有李銘，他怎麼也不同意回去。他打著手機上的手電筒，翻開習題集，認真地做著題。等眾人都收拾好了準備離開的時候，電突然又來了，這時李銘依然趴在桌子上，認真學習著，彷彿外界的一切事物都與他無關。

「也許，你們都會認為我是個書呆子，我只會學習。」李銘突然說道，「你們說的很對，我確實是個書呆子，我除了學習什麼都不會做！但我又有什麼辦法呢？我必須要取得好成績，才能上個好大學，這樣我才能離自己的夢想更近一點，我這麼做有錯嘛！我不想再過一直都被人欺負的日子了。小學的時候，因為色盲，我被很多同學欺負，繪畫課我得的基本都是零分。因為我根本就不能區分任何顏色，所以老師要求的任務我從來都沒有完成過。很多同學都叫我瞎子，叫我怪人，他們疏離我，甚至合起夥來欺負我。為此我轉學了好多次。直到後來，我終於明白了，我與別人是不一樣的，我要學會隱藏自己，這樣我才不會被欺負。這種做法效果很好，小學五年級之後，身邊的同學就都不知道我的這個祕密了。而我也一直將它隱藏到了現在。」

確實，李銘他隱藏的很好。不光是趙舒緒，他們身邊的任何一個同學，都沒有發現這一點，這對於李銘來說也是一件幸事吧。

「但，可惡的是，上次杜小月被欺負那件事發生後，張琪和李蕊不知道從哪打聽到了我是色盲的這個消息。她們威脅我，如果敢出來作證說是她們拍了那個視頻，就把我的這個祕密說出來。」李銘的表情突然變得十分痛苦，他狠狠咬著嘴唇，說道，「所以，我怕了，我怕我的這個祕密被大家知道，我就又會被大家嘲笑了，我不想繼續過這種生活了！我不想！」

李銘越說越激動，說到最後甚至哭了出來。趙舒緒拿出一張紙巾，遞了過去。

「所以我退縮了，我不能把我看到的這件事說出去，我真的好害怕！那幾天我徹底失眠了，每晚都躲在被窩裡，一想到自己的秘密即將被別人知道，我就怕得發抖。可是，更令我意外的事後來發生了，杜小月她竟然自殺了！是我害了她！我當時心裡亂成了一團，我在心裡不斷地責問自己，為什麼我這麼膽小，為什麼我不敢把事情的真相說出來！我真是個廢物！」說著，李銘緊緊地揪住了自己的頭髮。

趙舒緒看著眼前正痛苦不已的李銘，也絲毫沒有辦法，她不知道此時應該說什麼。只能說，事情發展成這樣，也是很多人不願看到的吧。

「李銘，我很理解你的心情。因為如果是我，我很可能也會和你做出相同的選擇。」坐在一旁的徐晨突然說道，「我也是一個很膽小的人，我非常怕自己的生活被打破，我總是想著怎麼去躲避，以為我不去想，生活就永遠不會發生改變。但是我錯了，生活永遠都在繼續著，你想要躲避，想要找一個與世隔絕的地方，這是根本不可能的。你唯一能做的，就是主動接觸這個世界，想著怎麼去適應它，怎麼去改變它。只有這樣，你才能達到自己的目標。杜小月既然已經死了，我們所有人都不能改變這個，那麼我們能做的還有什麼呢？那就是找出她自殺的真相，讓這一系列事情的真相都浮現出水面，這樣我們才能對得起杜小月，對得起自己的良心，不是嗎？」

徐晨一說完，李銘突然抬起了頭，他看著徐晨，眼裡是一種充滿絕望的眼神，不過這死寂的眼神裡突然閃現出了一絲靈動。李銘閉上雙眼，許久之後，他睜開眼，說道：「好吧，你們想問什麼儘管問吧，我知道的都會說的。」

徐晨這時候知道希望來了，他很快就問道：「當時欺負杜小月的，除了張琪和李蕊之外，還有誰？」

趙舒緒聽徐晨問出這句話之後，心臟撲通撲通跳了起來，一直以來他們想找的第三個人，即將浮出水面了。

「你們都認識的，吳婷。」

李銘說出這個名字的時候很是輕鬆，輕鬆得像是說出一個根本不認識的名字一樣。

Part 32

在徐晨和趙舒緒走後，剩下的兩個人也行動了起來。陳默思和鄭佳一起再次來到了塔園，想要對這座雁返塔做進一步的調查。趁著守門的老大爺拿著收音機聽廣播劇換臺的間隙，他們倆個一溜煙就跑了進來。

「這個老大爺，還真是不靠譜呢。學校讓這位老大爺來當門衛，我們這些學生的人身安全啊……」進門之後還沒走遠，鄭佳就不住地抱怨起來。什麼就算殺人犯溜了進來這個老大爺都不會發現，還有校園裡出現的變態肯定也是老大爺放進來的啊，一旁的陳默思聽著鄭佳的嘮叨，耳朵都快起繭了。

「好了！還有完沒完了！咱們進來是有正經事的，可不是聽妳來這裡瞎抱怨的！」心裡一急，陳默思說話的聲音就大了點。

「好啊！你這個陳默思！嫌我煩是不是？嫌我煩就直說啊，陳默思你這個大壞蛋！」鄭佳氣呼呼地朝陳默思破口大罵了起來，最後氣得差點跺腳了。

陳默思嚇得趕緊捂住了鄭佳的嘴，「我的小姑奶奶啊！不要亂叫了，萬一被人發現咱們偷偷溜進來怎麼辦？」

「我就要喊，怎麼了？你有意見啊，你不是嫌我煩嗎？嫌我煩我走就是咯！」說著，鄭佳就做出轉身欲走的姿勢。

雖然陳默思知道她這是在氣頭上，不是真的要走，但萬一被守門的老大爺發現那就麻煩了。陳默思緊緊拽住了鄭佳的胳膊，不讓她走。

「你這個壞蛋，快放開我！放開我！」鄭佳氣呼呼地扭動著胳膊，可陳默思的力氣很大，她根本掙脫不開。

「你這個壞蛋，你弄疼我了！」鄭佳這樣一說，陳默思這才放開了手。

鄭佳揉著胳膊，但眼睛裡還是殘留著很多怨氣，她惡狠狠地瞪了陳默思一眼，扭過頭不再看他。

「妳來是可以，但小聲一點，我們這次來是有正事的，不要隨便發妳那個小公主脾氣！」陳默思義正言辭地說道。

「什麼嘛……明明是你先惹我的……我不就聲音大了點嘛……你就弄疼我了……」鄭佳說話的聲音越來越小。她似乎也是注意到了陳默思是認真的，所以她只是哼了一聲，便不再說話，跟在陳默思後面，往塔園的方向走去。

在走的過程中，陳默思心裡一直有一個疑問。杜小月是從塔上跳下來自殺的，但是李蕊卻是腦溢血倒在塔園裡的，而且她死的時候雙目圓睜，似乎是看到了什麼可怕的東西。如果真像老大爺所說的，她是被嚇死的，這種可能性又有多少呢？還有老大爺口中的那個惡魔，惡魔發出的聲音……

對了，聲音！老大爺本來就耳朵不好使，當天晚上竟然還能聽到那種聲音，說明這個聲音一定是非常大的，會是什麼聲音呢？陳默思在心裡不停盤算著，可始終得不出一個答案。

很快，他們便來到了那個許願塔的面前，灰白色的塔身在如此近距離的觀察下顯得更加高大。陳默思沒有多看，轉身就打開了入口處的木門，像上次一樣鑽了進去。鄭佳看陳默思一副認真的樣子，也沒有多說什麼，跟著他走了進去。木門發出了清脆的吱呀聲，在整個塔裡都回蕩了開來。鄭佳被這個嚇了一跳，她驚叫了一聲，雙手緊緊抓住了陳默思的胳膊。很快，鄭佳剛才發出的驚叫聲也從塔身上方反射了回來。

「妳這麼一驚一乍的幹嘛！」陳默思不滿地說道。

「誰知道這裡回聲這麼重啊……」鄭佳只是嘟囔了一句，並沒有繼續說什麼。

「等等，回聲……聲音！」陳默思突然想到了什麼，他抬著頭向塔身上方看去。雖然大部分的視線都被每個樓層的地板給擋住了，但透過螺旋而上的臺階間的間隙，他隱約還是能看到塔頂的。

會不會是這樣！陳默思突然有了一個大膽的想法。如果是這樣，那必須要有風，那風從哪里來呢……陳默思的注意力被吸引到了下方，他低頭仔細打量著腳下的地板，磚石結構的地板十分平整，不過在歲月的侵蝕下已經有部分石塊脫落了。陳默思蹲了下來，一處一處尋找著。

「默思，你幹嘛啊？地上有什麼好看的……」

「噓……妳別說話！等等，找到了！」突然，陳默思喊了一聲，他找到了那個地方。

鄭佳也看了過去，只見陳默思將手指伸向一處石板連接處，上面有一個凹槽，乍看起來像是一塊石板剝落了一部分，可實際上卻是一個把手。陳默思用手指扣住那個凹槽，深吸一口氣，用力一拉，地上那塊看起來很是牢固的石板很快就被拉了起來，裡面露出一個黑森森的洞穴。

「竟然有通道！」鄭佳大喊了一句，被驚得說不出話來。

陳默思將石板慢慢放下，整個孔道完全露了出來。孔道不大，看起來以陳默思那瘦弱的身材，也只能堪堪進去。但裡面黑漆漆的，什麼都看不到，陳默思也不能斷定裡面究竟會有什麼。鄭佳拿出手機，打開手電筒，往裡面探去。可借著亮光只能看到近處的地方，有臺階，但裡面的通道好像很深，看不到盡頭。不過這地下的通道應該也是用磚石砌起來的，牢固方面肯定沒有問題。陳默思想了想，還是決定進去一探究竟。

「你要進去？」鄭佳略顯擔心地問道。

陳默思點了點頭，接過鄭佳遞過來的手機，說道：「妳在這上面等著我，我很快就會回來。」

說著，陳默思拿著手機，朝這個地下通道走了進去。鄭佳站在上面仔細看著，光源漸漸暗了下來，陳默思的身影也最終消失在了她的眼前。

不知過了多久，鄭佳腿站的都有點酸了。她蹲了下來，朝裡面又看了看，可還是沒有任何光亮。通道打開之後，從裡面傳出一陣陣的涼風，鄭佳穿著短袖T恤，頓時感到有些冷。這時她很想向裡面大喊一句，這個傢伙怎麼還不出來，難道裡面有什麼怪物，還是會有什麼惡魔，把陳默思這個傢伙吃了。吃了也好，省得他還經常嘲弄自己，鄭佳心裡想到。

可隨著時間遷移，她身體越來越冷，心裡也越來越著急了起來，要是陳默思這個傢伙真的一直都不出來怎麼辦……鄭佳越想心裡越怕，她朝這個黑漆漆的大洞裡喊了一句陳默思的名字，可除了一些很小的回聲，並沒有其他動靜。鄭佳看著這個黑漆漆的洞口，越發覺得可怕了起來，她很想叫出來，身體都有點顫抖了。

「陳默思！你這個傢伙怎麼還不出來！」她再次朝裡面喊了一句，可是一秒兩秒過去了，裡面還是沒有回應。鄭佳急得都快哭出來了。

「哈哈！妳找我啊，想我了麼？」這時，洞口突然響起了陳默思那壞笑著的聲音，只見他拿著手機，渾身灰撲撲地爬了上來，頭髮上也有一層厚厚的灰塵。

「你！還我手機！」鄭佳被陳默思這句話弄得說不出話來，她一把拿回了自己的手機，「你看你，把我手機弄成這樣，上面全是灰！你得陪我！」

「妳還怪起我來了……要不是妳這手機到一半就電量不夠，用不了手電筒功能，我還用得著摸黑爬回來麼？」陳默思打了一個噴嚏，使勁抖了抖身上的灰塵。

「你離我遠點，髒死了！」鄭佳往旁邊一跳，躲著從陳默思身上抖落的漫天灰塵。

這時自己的手機突然響起來了，鄭佳一看，只有一格電量的手機螢幕上顯示了徐晨的號碼。徐晨……難道他在李銘那裡已經得到新的線索了？鄭佳立刻來了精神。

於是她趕緊接通了手機，手機那頭傳來了徐晨很是緊張的聲音，不知是由於興奮還是吃驚，那聲音顫抖著。不過鄭佳最後還是聽懂了，徐晨說待會兒在原來的奶茶店見面，他有重要事情要說。

鄭佳掛斷了手機，把徐晨的這句話轉述給了陳默思。陳默思在身上拍打完最後一下後，猛地一下打開了塔身入口處的那扇破門。突如其來的光線讓鄭佳睜不開眼睛。

「正好，我也有一個重大發現！」陳默思鄭重說道。

Part 33

「什麼！你說欺負杜小月的那第三人，是吳婷？怎麼可能！」鄭佳一聽到這個消息，吃驚地站了起來。她瞪大眼睛看著剛剛說出這句話的徐晨，一臉的不可置信。

「確實是這樣的。」徐晨看著鄭佳，再次肯定道。

「怎麼會這樣……」鄭佳像是泄了氣一般坐倒了下來，可那雙眼睛裡透出的卻是更多的疑惑。

徐晨無可奈何地聳了聳肩，拿起自己面前的那杯奶茶喝了一口，「李銘當時就是這麼說的，而且是很肯定的態度。」

「不過是吳婷……我怎麼也不會想到是她啊……」鄭佳腦子裡的疑惑揮之不去。

「默思，你怎麼看？」徐晨突然對一直沒什麼太多表示的陳默思說道。

「我也是有點驚訝，不過……」陳默思停了下來，看起來似乎有點不想說的樣子，「不過我之前對一個地方其實也是感到有點納悶。」

「什麼地方？」徐晨問了出來，眾人把目光都集中在了陳默思的身上。

「你們還記得之前我提到過除了小緒委託我們調查杜小月的死之外，還有另一個人委託我調查張琪的死嗎？」

「你不會想說這個人就是吳婷吧……」鄭佳以一種不可思議的目光看著陳默思說道。

陳默思略顯尷尬地點了點頭，他繼續說道：「當時吳婷找到我，說想讓我幫忙調查一下張琪的死因，是不是真的是自殺。我當時本來就想接觸這個案件，所以想都沒想就答應了。不過後來我想了想，卻有一個想不明白的地方，吳婷既然找到了我，為何不乾脆連杜小月的案子也一起委託給我，她只提到了張琪的死，這不得不令我感到有一些疑惑。」

陳默思的這番話令眾人再次陷入了沉默。

「的確……如果說吳婷真的是欺負杜小月的第三個人的話，那她們之前那麼好的關係……難道全都是假的？」趙舒緒此時說道，言語中不免有些難過。

四人中或許只有趙舒緒和吳婷聊的最多。從最開始找吳婷瞭解杜小月的過去，再到和吳婷一起去見杜小月的父親，吳婷一直都是很替杜小月鳴不平的一個人，她們的關係也看起來很好……不對，趙舒緒突然發現了一點，她們兩個關係很好這一點，一切都只是從吳婷一個人嘴裡說出來的！難道說吳婷一直都在騙他們嗎……趙舒緒越想越覺得恐怖，不會的，怎麼會這樣……

「小緒，妳怎麼了？」鄭佳發現了趙舒緒的不對勁，擔心地向她問道。

「沒事……我只是覺得這一切都太不可思議了……」趙舒緒捧起飲料杯，閉著眼睛，緩慢地喝了一口。

「我想我們也不要亂猜了，這一切等我們找到吳婷，自然就清楚了。」陳默思這時說道。

「對了，默思，聽你說剛剛你們又去了許願塔，有什麼發現嗎？」徐晨把剛才的話題轉移了開來。

陳默思放下了手中的杯子，他看了徐晨一眼，說道：「當然有，而且是十分重要的發現。你們還記得我們之前遇到的一個問題吧，李蕊那天晚上是怎麼混進學校的？」

「會不會是那天放學後李蕊根本沒有回去，而是躲在了學校裡？」徐晨提出了自己的看法。

「不會，根據李蕊母親的說法，李蕊放學後是回到了宿舍的，直到晚上十點她母親還見到過她。」

「這麼說她就是晚上十點之後才進入學校的了……」

「沒錯，這也是很令人感到奇怪的地方。據守門的老大爺稱，在晚上九點校領導開完會之後，他就將大門封閉了。這樣的話就算老大爺眼神不好，也絕不可能有人從正門進入學校。所以說，李蕊是不可能那麼晚進入學校的。然而就在剛剛，我終於得知了這個答案。」

「李蕊她到底是怎麼做到的？」徐晨趕緊問道。

陳默思喝了一口飲料，然後不慌不忙地說道：「剛剛我和佳佳又去了一次許願塔，結果你猜我發現了什麼，我在塔身的下面發現了一條暗道。」

「暗道！」徐晨大聲喊了出來。

「沒想到吧，都這個年代了，竟然還有這種東西。不過這條暗道比較狹窄，我進去後，才發現這條暗道竟然還有一定的長度。」

「那暗道連接的另一頭是哪？」

「沒找到。我剛走一會兒，佳佳手機上的手電筒就關了，由於對前面的路也不熟悉，我就折返回來了。不過我敢肯定，光我走的那一段路程，也足夠穿過整個校園了。」

「這麼說的話，如果李蕊也知道這條暗道，那麼她很可能就可以通過這條暗道進入學校了。」

「沒錯，我在暗道裡發現了她的腳印。雖然裡面很暗，但在手電筒的照射下，我還是看清了腳下的東西。整個暗道很是破舊，除了四周是用磚石堆砌起來之外，其他什麼都沒有，暗道裡佈滿了灰塵。不過暗道中的地面只有一個人的腳印，是從外面進入塔園的方向，腳印從遠處一直延伸到了許願塔底部的那個出口。」

「這麼說那個還真有可能是李蕊的腳印了……」在聽了陳默思的這番介紹後，徐晨還是有著很多的疑問，「可李蕊後來為什麼又會死在那裡了呢？還有，她為什麼會半夜來到學校，而且還是許願塔這裡？」

「你聽我慢慢說。李蕊會在半夜來到學校，當然是有人讓她來到這裡。但後來她死在了那裡，恐怕就不是李蕊本人的意願了。」陳默思回應道。

「你的意思是有人想要謀害李蕊……這麼說李蕊真的不是因為什麼意外才死的了？」徐晨問道。

「沒錯，是有人精心策劃了這起案件，並且偽裝成了意外。」

「是誰？」

「你別急，兇手我已經知道是誰了。但在這之前，我想簡單說一下兇手是怎麼將李蕊謀害的。」陳默思放下手中的飲料，隨後說道，「你們應該也很清楚，李蕊是因為腦溢血才離世的。而李蕊本來就患有心血管方面的疾病，如果突然受到了驚嚇，突發腦溢血，這種事也是極有可能發生的。所以兇手唯一要做的，就是佈置現場，只要讓李蕊受到很強烈的驚嚇，那麼他的目的就達到了。你們還記得我之前說過的吧，李蕊死的時候臉上的表情十分驚恐，而與此相關的就是守衛老大爺提到的——惡魔。」

「惡魔……」徐晨重複了一句，可還是不理解這究竟是怎麼一回事，「默思，你是說真的有惡魔嗎……」

陳默思點了點頭，又搖了搖頭，「可以說有，也可以說沒有。說有的原因是因為當天晚上老大爺和李蕊的確都看到了這個惡魔，說沒有的原因是因為這個惡魔現實中根本就不存在，這其實是兇手弄出來的假像。你們還記得老大爺是怎麼說的吧。他說剛開始他聽到了一陣尖銳的厲嘯，之後又看到了那個惡魔。我就先來解釋一下這個尖銳的嘯聲是怎麼一回事吧，其實這個和塔本身的形狀有關。你們有沒有發現這個塔和一樣樂器有點相像。」

「你是說笛子？」徐晨提道。

「沒錯！」陳默思大聲說道，「塔身就是笛身，塔身上的窗戶其實就相當於笛子上的按音孔。而你們注意到了沒有，塔身入口處有一扇紙糊的木門，這其實就相當於膜孔和笛膜。當塔底的暗道出口被打開後，就形成了一個吹孔。這樣一來一個笛子的所有構建就都滿足了。一旦吹孔中有風進入，這個超大型的笛子自然就能發出聲音了。」

「竟然是這樣……那默思，這個風又是怎麼來的呢？」徐晨繼續問道。

「當天晚上風本來就很大，再加上塔身和暗道都比較狹窄，本身就很容易形成空氣流動。而且你注意了沒有，現在是夏天，地面被曬了一天之後，到晚上還留有比較高的溫度。而塔頂溫度較低，這樣就有一個溫度差，熱的空氣要向上流動，自然就會形成向上吹的風了。不過要形成這個，必須得滿足一個條件，那就是暗道兩端的出口都必須打開，這樣才能形成一個完整的通風道。昨天我進入暗道只是打開了其中一個出口，但另一個出口我並沒有打開，所以形成的風並不大。但如果兩個出口都打開的話，就不知道會發生什麼了。」

「那個老大爺還說了他聽到的聲音是會變化的，這又是怎麼一回事呢？」鄭佳這時問道。

「這個自然也有相對應的解釋了。」陳默思笑著說道，「既然整座塔是個笛子，那自然就會發出音調不同的聲音。只不過這裡沒有堵住笛孔的手指，但是有一樣東西能替代手指的作用，這就是李蕊她本人。按照笛子的音調分佈，按住靠近笛尾的按音孔和按住靠近笛頭的按音孔，後者的音調要大些。所以老大爺說他當時聽到嘯聲變得越來越尖銳，其實是李蕊當時從塔頂跑了下來。她的身體從上到下依次經過塔身的窗戶，就相當於依次堵住了笛子的按音孔，自然就能發出越來越尖銳的嘯聲了。而且從塔身階梯上的腳印我們能看出，李蕊她是先上了塔，之後才又下來的。從腳印的排列可以看出她當時是十分慌亂的，這也說明塔身發出的尖嘯確實是嚇到了李蕊。但這還不至於把她嚇成腦溢血，真正造成她死亡的，其實還是那個惡魔。」

「那默思，在你看來，這個惡魔又是如何形成的呢？」徐晨問道。

「很簡單，投影罷了。在我進入暗道的時候，我看到了一個和暗道口差不多大小的探照燈，燈口的鏡面上並沒有灰塵，說明最近還有人擦拭過，想必這個探照燈一打開就會投射出極強的光線吧。」

「你是說是這個探照燈投出了那個惡魔的影像？但探照燈在地底，而惡魔是出現在天空中的，中間還隔著那麼多層塔，怎麼可能照射……」

「其實是利用了反射。」陳默思緩緩說道，「在我第一次進入塔裡的時候，我就發現了一處很奇怪的地方。塔身內側的牆壁十分光滑，而且上面還刻有一些不明其意的條紋，我一直都不明白這些條紋到底有什麼用。直到我發現了這個探照燈，終於一切都連了起來。如果將探照燈直接投射在空中，是不會出現任何影像的。但如果先將光線投在塔身內壁上呢？牆壁十分光滑，能夠在最大程度上反射光線。如果就這麼一級級地將光線反射到塔頂，自然就能繞過塔身裡面的各種障礙物，這樣光線看起來就不是只走直線了。最後光線到達塔頂，照射在塔頂視窗的那塊白布上，自然就能將探照燈的光線帶到空中。而且更重要的是，塔壁上的那些條紋，經過光線的反射，最後都疊加到了一起，形成了一個完整的紋路。這個完整的紋路是什麼，不用我說想必大家都很清楚了。」

「惡魔……原來是這樣啊……不過沒想到這個塔竟然還有這麼多門道。」徐晨感慨道，「對了默思，那這個惡魔，和我們聽說的那個『龍退鬼』會有什麼聯繫麼？」

陳默思笑了笑，說道：「其實那個『龍』就是這裡的惡魔啊！你們還記得老大爺怎麼描述這個惡魔的嗎？他說那個惡魔頭上長著兩只角，露出兩只獠牙，而且還張牙舞爪地動著，發出暗淡的黃色的光，根據這個你們能聯想到什麼？這不就是我們中國人最喜歡的龍嗎！龍，角似鹿、頭似駝、爪似鷹，而且傳統中龍一般都是黃色的。所以說老大爺看到的這個惡魔其實應該是龍才對。」

「但就算老大爺眼睛不好看錯了，但李蕊呢，她為什麼也把這個當成惡魔了？」

「其實這裡是有很多因素造成的。老大爺說那個惡魔張牙舞爪的，而且還在動，一方面是因為塔頂的那塊白布被風吹的一直在擺動，所以上面的投影自然也在動。另一方面是由於李蕊當時在塔裡的移動，她從塔頂一路跑了下來，其實是遮擋了一部分光線的反射。這樣的話顯示在投影中的龍的形象就一直都不是完整的，也難怪老大爺看不出來了。再加上當時塔身裡傳出的厲嘯聲，老大爺本來就被嚇得不輕了，這樣自然就很容易把這個影像聯想成惡魔了。而李蕊呢，在聽到塔裡的厲嘯聲之後，她想趕快離開這座塔，但是她一離開這座塔，就看到了塔頂的那個『惡魔』，她心血管本身就不好，竟然被嚇得真的就突發腦溢血了。」

「默思，照你這麼說，這個探照燈和塔身上的那些紋路，其實早在幾十年前就已經存在了……」

陳默思點了點頭，說道：「沒錯，準確的說是一九四一年，程老校長在的時候。你還記得現在的教導主任程楓說過的那一年發生的事情吧，那一年日偽軍侵入了我們祁江縣，但很快就退走了，傳說中是因為那個『龍』才退了這些鬼子。而當時事發突然，學校的學生根本就來不及撤走，如果這些鬼子不走，學校裡的學生將十分危險。所以當時的程老校長，帶著大家來到了塔身底下的這個密道內，這樣一方面可以保證大家的安全，另一方面必要時也可以帶著大家撤退。不過幸好的是，最後因為一些原因，小鬼子們退走了，整座縣城才倖免於難。」

「你是說是程老校長當時挖了這個密道？」

陳默思這次搖了搖頭，「不是的，日偽軍當時來的那麼突然，程老校長怎麼可能來得及做準備，而且挖這個密道的工程其實也是很大的。我想這個密道早在古代就已經存在了，幾乎和塔存在的時間一樣久遠。你們還記得這個塔原本的名字是什麼吧——雁返塔，據說大雁飛過的時候都喜歡繞著這座塔飛行。我認為這是真的，而且是有原因的，和剛才我們說的塔身發出的聲音有關。」陳默思頓了一下，才繼續說道，「動物和我們人類不一樣，有些動物能聽到我們人類所聽不到的聲音，所以這些大雁其實可能就是被塔發出的聲音所吸引了，所以才繞著這座塔飛行的。但這些聲音我們人類聽不到，所以才覺得這些大雁會繞著塔飛行十分奇特。而這座塔要發出這樣的聲音，就必須要密道的存在，才能提供足夠的氣流。」

「那個探照燈呢？你不會說這個在古代也早就存在了吧……」

「這個自然不是了，那個探照燈，和牆壁上的紋路，應該是很久之後才有的。或者說，應該是先有了那個『龍退鬼』的傳說，才有了這個能製造出『龍』的機器。抗日戰爭時期留下的那個美好的傳說，給這座塔帶來了一個這麼好的榮譽，自然有人想要把它變為現實，於是在人為的精心設計下，探照燈和牆壁上的紋路就出來了。」

「那會是誰這麼做呢？」

「我覺得應該就是程家人，當時由於這個『龍退鬼』的傳說，程老校長的名聲在整個祁江縣內可謂是一時無倆。所以後來程家人自然就想著怎麼重現這個傳說，於是就有了現在我們看見的這些東西。至於為什麼直到今天這個秘密才被發現，我們這些後人就不得而知了。」

陳默思一口氣說了這麼多，他停下來喝了一口水，這時眾人看向他的目光都有點不一樣了。

「好了，既然說了這麼多，那默思，你知道兇手是誰了麼？」鄭佳這時緊追著問道。

「真相其實已經很明顯了，不是麼？」陳默思放下了杯子，開口說道，「真凶就是教導主任程楓。」

Part 34

過了正午，窗外的陽光十分刺眼，已經將泊油路面烤的火熱。但透過玻璃窗，在空調冷氣的作用下，整個奶茶店卻顯得十分涼爽。只是在徐晨心裡，這份涼爽此時甚至帶有些寒意了。

自從陳默思解釋了李蕊被害的真相之後，徐晨心裡已經有了大致的猜想。要製造出那個惡魔，活生生地嚇死李蕊，首先就必須得知道那個暗道的存在。而最有可能知道這個暗道的人，自然就是曾經利用過這個暗道的——程家人。

「默思，你說教導主任程楓是兇手……有什麼證據嗎？」徐晨猶豫了一下，還是問道。

陳默思喝了一口飲料，說道：「證據麼，有，但卻並不在這裡。你們還記得張琪的死吧？其實對於張琪的死，我有了一個新的想法。」

「怎麼，新的想法？」

「沒錯。」陳默思點了點頭，說道，「之前我針對鄧健有過一個推理，雖然一些其他的證據表明鄧健並不是兇手，但後來我仔細想了想，才發現其實還有另一種作案手法。而這也是我們一直以來所忽視的地方。」

「什麼地方？」徐晨接著問道。

「房間裡洩漏的那些氣體，真的是張琪房間的那個氣罐裡的嗎？」

「什麼意思？」徐晨不解道。

「我的意思是，這些氣體可能根本就不是從張琪房間裡的那個氣罐洩漏的，而是從另一個氣罐！一直以來我們都是被誤導了，我們看到了氣罐上的閥門被打開，氣道的軟管上有裂口，就下意識地覺得房間裡的氣體是從這裡洩漏的，其實這正中兇手下懷！兇手通過這種手段，成功製造了一起密室。你們仔細想想，我們判定這個房間是密室的依據是什麼？氣罐上的閥門被打開，氣道的軟管上有裂口，這些除了張琪自己能做到，在一個密閉的房間內，根本沒有其他人能夠做到。所以只有一種可能，那就是張琪自殺。但有沒有另一種可能，徐晨，你還記得你的那個密室講義嗎？其中有一條，就可以應用到我們這裡。」

「你等等，我想一下……你是指密室的發現這一部分？」

「沒錯，這一部分有一條就是——兇手可在發現密室時偽造密室的存在。你們還記得是誰發現密室的嗎？周錚副校長和程楓教導主任，當他們發現張琪暈倒在充滿液化氣的房間裡的時候，周錚副校長第一時間就把張琪抱了出去，但此時房間裡還有一個人——教導主任程楓。他在這個時候，完全有時間完成一項任務，那就是打開液化氣罐上的閥門，並割開軟管。這樣的話，我們一開始判定密室存在的條件就不存在了。」

「那他為什麼要這麼做呢？」這時鄭佳忍不住問了起來。

「剛才我已經提到了，房間裡洩漏的液化氣並不是來源於房間裡的那個罐子，而是來自於另一個氣罐，這個氣罐其實是教導主任程楓早就準備好的。他作案的整個過程是這樣的，首先他想辦法讓張琪吃下安眠藥，在張琪昏睡之前她自己就把門鎖好了。之後，他只要將自己事先準備好的另一個液化氣罐的閥門打開，在門外通過門縫將軟管伸入張琪房間內，等房間裡充滿液化氣之後，他將所有裝置收好帶走或者直接找個地方藏起來。之後，下午兩點半，他和周副校長趕到這裡，趁副校長不在，打開房間裡的氣罐閥門，割裂軟管，偽造氣體是從這裡洩漏的假像。」

「不過……不過這樣的話他還是需要提前親自來現場的啊，但保安的證言裡並沒有這個。」徐晨提醒道。

「沒錯，你說的很有道理，但保安只是說從一點到兩點半這段時間裡沒有其他人來訪社區，那一點之前呢？鄧健不就是去了麼？所以一點之前還有其他人去過也不足為奇。」

「你是說一點之前？」

「沒錯，就是這個時候。我們之前推算燃氣洩漏的時間，是根據房間裡洩漏的氣體總量，再除以通過軟管裂口的氣體洩漏速度，得到了一個半小時這個結論。但如果洩漏的氣體不是來源於這個裂口，那麼問題的實質便完全不同了。如果氣體是來源於另一個氣罐，他大可以將氣罐閥門開到最大，這樣氣體洩漏速度便非常快，可能十分鐘就能洩漏到充滿整個房間的程度。」

「你的意思是程楓教導主任在一點前就來到了這個房間門外，然後通過你說的那個方法將液化氣通入房間裡，造成張琪用燃氣自殺的假像？」徐晨按陳默思的想法說了下去，「之後兩點半的時候他和周副校長再趕到這裡，他再割裂軟管，掩蓋事情的真相。」

「沒錯。而且更重要的是，這一系列的舉動，除了他，根本沒有其他人能夠做到。」

陳默思喝完了玻璃杯中的飲料，把空杯放在了桌子上，將身體向後一仰，靠在了沙發上，然後直直地伸了個懶腰。眾人看著陳默思的這番舉動，眼裡都充滿著若有所思的神情。這時徐晨翻出了他的那個筆記本，仔細查看了起來，最終他還是放下了。

「無可挑剔。」徐晨緩緩說道。

「但……教導主任程楓這麼做的原因究竟是什麼呢……」趙舒緒試探著問道。

只不過這次陳默思也搖了搖頭，「這個我也不是很清楚，不過，我想可能正是和這座許願塔有關吧……」

「許願塔……」

「沒錯。這座許願塔承載了程家的許多秘密，也許有很多我們並不知曉的秘密，冥冥之中促使了這一系列的謀殺案。你們還記得李蕊是怎麼進入這個校園的吧，她是通過那個密道進來的。這說明李蕊其實是知道這條密道的存在的，就算她原先不知道，但是肯定有人告訴她了。這個人還會是誰？自然就是教導主任程楓了。所以這至少告訴了我們一點，李蕊的死和這座塔很可能有非常大的關聯。」

「關聯？」趙舒緒兀自重複了一句，可還是想不出個所以然來。

「其實在知道這一點後，我一時也想不出程楓和張琪李蕊會有什麼關聯。堂堂一個教導主任，和她們這些學生有什麼深仇大恨？還非要弄到殺了她們的地步。這時，我突然我想到了一點。在來之前，我查詢了一下十年前那次地震後修繕這座塔的名單。其中校方出面主持這次修繕的就是教導主任程楓，但在參與這次修繕的施工工人裡面，我看到了兩個人的名字。」

「張琪和李蕊的父親。」

「什麼！」趙舒緒不禁叫了出來，眾人也一臉的不可置信。

「不過，要想知道整件事的前因後果，我們還是只有找到這個始作俑者才行。」陳默思提醒道。

「程楓。」

趙舒緒口中再次說出了這個名字，不過這個名字此時在眾人聽來卻有了不一樣的意味。

Part 35

「等等，我們真的要去找他麼？」鄭佳對走在前面的徐晨大聲喊道，「他可是個殺人犯啊！我們先報警行不行？我們就這麼去實在是太危險了！喂，徐晨！你停一下！」

聽到鄭佳這麼喊他，走在前面的徐晨終於停了下來。他轉過身，正視著已經在爆發邊緣的鄭佳。鄭佳本以為他會說些什麼，可徐晨並沒有這麼做，他只是看了一眼，露出了一種有些糾結但在鄭佳看來卻又十分堅定的眼神。徐晨轉身又向前走了，這次他走的更快。鄭佳看著徐晨向前疾走的背影，她猶豫了一會，咬了咬牙，很快也跟了上去。

鄭佳不知道徐晨這幾天怎麼了，他情緒好像挺不對勁的，經常容易變得偏執。一開始鄭佳以為這只是因為最近這些天調查的勞累，但隨著他們接觸的加深，鄭佳卻發現事實並不是這樣。徐晨心裡肯定還藏著什麼東西。但鄭佳知道，徐晨這種人根本不會和其他人說，他只會把所有東西都藏在心裡，一個人承受。看著徐晨這樣，鄭佳心裡除了著急，也沒有什麼辦法。不過這件事可以以後再說，當務之急是要趕快找到教導主任程楓，瞭解事情的全部真相。但只有他們兩個人去，真的可以麼……鄭佳心裡不禁產生了疑問。

剛剛在眾人的仔細討論下，他們還是覺得應該先分頭行動，徐晨和鄭佳去找教導主任程楓。而趙舒緒和陳默思則去找吳婷。對於吳婷，他們知道的實在是太少了。但和徐晨在一起，鄭佳總是能感到一陣壓迫感，鄭佳不清楚這種感覺究竟是什麼。陳默思雖然總是喜歡自作聰明，但鄭佳其實還是挺喜歡這樣的，她有一種安全感。但徐晨給她的感覺完全不一樣，這個人平時不愛說話，總是喜歡做自己的事。他做起事來特別認真，也特別仔細，按道理說這種人應該更讓人放心才對。但在鄭佳心裡，不知怎的，她總是覺得徐晨像一顆定時炸彈，不知道什麼時候就會炸開。鄭佳想幫助他，但又不知道從何處下手。看著眼前的這個不算高大的身影，鄭佳第一次有了一種發自內心的苦惱。

不過很快，他們便趕到了教導主任程楓的家門口，鄭佳暫時放下了心中的念頭。徐晨站在門口，按下了門鈴，門鈴響了兩下，便有人來開門了，正是他們熟悉的教導主任程楓。突然就見到了這個他們剛剛一直在談論的男人，鄭佳竟一時不知如何是好了，她把目光投向了站在一旁的徐晨。

「程老師，您好，我找您有些事要再次請教一下，關於那座許願塔的。」徐晨說話的聲音不大不小，給人一種十分平靜的感覺。

教導主任程楓現在還穿著家居服，看來今天他並沒有出去過。雖然前幾天他們才剛剛見過面，但鄭佳覺得，今天的程老師和以前看起來好像有些不一樣的地方。同樣的短寸頭，方臉，小眼睛，但鄭佳也說不出那個不一樣的地方到底是什麼。很快，他們便被請進了客廳。

程楓拿來了杯子，給他們分別泡了一杯茶。等程楓將最後一杯茶泡好，坐在沙發上之後，徐晨的聲音便響了起來，「程老師，我想聽聽程老校長的故事。還有，你們為什麼要偽造那個『龍』？」

程楓頓了一下，顯然是被對面這兩個看似無害的學生的話給鎮住了。他看了一眼剛剛泡好的茶水，苦笑了起來。

「你們上次來，我就已經知道你們要調查什麼了。不過沒想到你們這麼快就調查到了這裡。但既然上次我已經和你們說了那麼多，我也不想有什麼隱瞞的。那個塔，確實是我們程家最為寶貴的財富。而這一切，都源自我的祖父，也就是你們口中的那個程老校長。」

程楓看了徐晨和鄭佳一眼，端起茶杯小心抿了一口，像是回憶起什麼似的。

「從我小時候開始，我就知道這座塔了，家裡人把這座塔看的很重，一開始我也不知道這是為什麼，直到後來，等我長大了，我才漸漸明白了這座塔的含義。『龍退鬼』，這個故事也是我和你們講的。沒錯，那個『龍』確實是我的父親後來偽造的，通過在塔身裡面刻下那些條紋，再加上探照燈，這是多麼富有想像力的方法。不過……」

程楓突然歎了一口氣，「這一切其實都是為了掩飾我祖父曾經的所作所為。根本就沒有什麼『龍退鬼』，也根本就不存在什麼許願塔。十年前的那次小型地震，將許願塔震塌了一部分，我作為教導主任同時也是程老校長的後代，就擔負起了修繕許願塔的任務。無意中，我發現了塔底的那個暗道，同時還有暗道中的一封密信，最後的署名是我的祖父，而且那個字跡也確實是他的。但是信中的內容卻擊碎了我心中僅存的那點榮耀。原來祖父不僅不是個英雄，他還是個叛徒！」

說到這裡，程楓停了下來，他的聲音已經有些顫抖了。這時鄭佳注意到徐晨掏出手機看了一眼，很快程楓便繼續說道：「當年日偽軍之所以會退走，原來是因為祖父他主動向日偽軍透露了一個祕密。他告訴了敵軍在郊外遊走的八路軍的臨時駐紮點，作為交換，日偽軍才撤離了縣城，但後來附近的八路軍也因此損失慘重。祖父他這麼做雖然也是為了保證學校甚至整個縣城百姓的安全，但他這麼做，實在是令人心痛！祖父在最後也懺悔道，他對不起死去的烈士們……得知整件事真相的我當時幾乎完全蒙掉了，不知道該怎麼做。於是我把這件事告訴了當時還健在的父親，沒想到他堅決反對將這件事公開，甚至提出要將密道封死，以此來完全掩蓋事情的真相。我堅決反對父親這麼做，但最後還是妥協了，密道沒有封，但我也沒有將這件事透露出去。」

「那為何現在你要告訴我們？」鄭佳這時問道。

程楓苦笑了一聲，說道：「因為從你們身上我看到當時的我，那種想要知道真相的決心。自從上次你們和我說你們真的是很認真地在調查這件事，我便知道了，總有一天你們會再次找到我的。我知道你們很想知道這座塔和學校這些天接連發生的事情的關聯，我現在就告訴你們。其實當時與我同時發現這個密道的，還有兩個人。他們是當時負責施工的工人，與我一起發現了那個密道，還有密道內的那封信。因為當時我根本沒有想到信裡面會寫有那樣的祕密，所以我也沒有想著隱藏，因此他們也知道了那個祕密。後來，我就給了他們一筆錢當作封口費，他們拿著這筆錢後來都成了包工頭。這兩個人就是張琪和李蕊的父親。」

雖然程楓還沒說完，但結合之前陳默思提到的，他們心裡已經猜到了個大概。不過當程楓親口說出來的時候，徐晨和鄭佳還是感到了意外。

「我本以為給了錢之後，他們就能真的閉口不談這件事了，後來事情也是這麼發展的。直到一年前，他們兩個又重新找到了我，說是要我想辦法將他們的女兒弄到我們中學裡。我當時堅決不同意，可是在他們威脅說如果不同意就要把那個秘密說出去，為了祖父的名譽我再一次妥協了。」

聽了程楓的這句話，鄭佳心裡這才明白了。難怪張琪和李蕊那麼差的成績，竟然在高二能轉學到他們這個重點高中，原來是教導主任程楓在背後運作的結果。

「本來我都快忘了這件事了，但杜小月的死將我重新拉回了現實。我也聽到了那些流言，說是張琪和李蕊一直欺淩杜小月，才導致杜小月最終自殺的。我也找到了那個視頻，看了那個之後，我才終於明白，原來我一直以來都是做了這麼多錯誤的事！如果我不是那麼自私，想要堵住別人的嘴，張琪和李蕊的父親也就不會要脅我，她們也就不會轉學過來，杜小月就不會再遭到她們的欺淩，她就不會死……」

說到最後，眼前這個精壯男子的臉已經痛苦地扭成了一團。鄭佳看著茶杯裡不斷蒸騰出的熱氣，她心裡幾近憤怒了起來。難道僅僅是因為他的自私，想要挽回自己過去犯下的過錯，所以才要繼續錯下去麼？

「但……但就因為這個，你也不應該殺了她們啊！」鄭佳突然大聲喊道。

鄭佳大聲喊出這句話後，她心裡的憤怒反而減少了很多，更多的是悲涼和同情。就因為這個錯誤，有三個人為此付出了生命的代價。

聽到鄭佳的這句質問後，程楓突然抬起了頭。但令鄭佳感到意外的是，此時他的眼裡折射出的不是痛苦，不是憤怒，反而是一種深深的驚訝。他長大了嘴巴，似乎是聽到了什麼不可思議的事情一般。

「你們說什麼？我……我怎麼會殺了她們……這到底是怎麼一回事？」程楓大聲問道，眼裡充滿了不解。

「什麼！你……真的，真的沒有做這種事？」鄭佳被嚇了一跳，事情的發展完全出乎了她的預料。

「沒有啊，我怎麼會做這種事！」程楓再次肯定道。

聽到程楓的再次肯定後，鄭佳感覺眼前一黑，怎麼會這樣……這麼說的話之前的推理不是全都出了問題嘛……她求助似的看向了一旁的徐晨。

徐晨現在心裡也很亂，剛剛程楓的那句話確實完全出乎了他的意料。按照程楓之前的表現，他明明是已經坦白甚至準備自首了……但為何最後突然會否認自己是兇手這件事……不對，徐晨仔細回想了程楓剛才說過的那些話，他突然發現了一個事實。程楓從來都沒有提到過他作案的任何資訊，而之前他們得到的那些資訊都是陳默思推理得出的，或者說是猜測也不為過。兇手真的不是程楓嗎……難道真凶另有其人？徐晨心裡突然慌了起來。

一系列的畫面在他的腦海裡閃現了出來，杜小月，張琪，鄧健，李銘，李蕊，視頻，許願塔……等等！他突然發現了一個他們從未注意到的事實。

「真凶不是他！」徐晨突然一聲大喊。他拎起背包，張開腿就往門外跑了出去。

鄭佳被徐晨的這一舉動嚇了一跳，不過她也顧不得這些了。她站起來，向同樣呆在一旁的教導主任程楓鞠了一躬，然後跟在徐晨後面跑了出去。難道徐晨知道真相了？鄭佳跟在徐晨身後一路狂奔，心裡不禁湧出這個疑問。

這時跑在前面的徐晨手機突然響了起來，他放慢了速度拿出了手機，在接通後沒過一會兒，他就大喊了一聲，「糟了！」

剛剛趙舒緒給他打電話，在電話中趙舒緒說他們根本找不到吳婷的蹤影，吳婷失蹤了……

徐晨呆立在小道上，一只手拿著手機，螢幕還亮著，天已經快黑了。

Part 36

在得知吳婷已經一天沒有回家之後，陳默思心裡閃現的第一個念頭就是——壞了。程楓可能並不是兇手。當徐晨把程楓說的話告訴他的時候，他此時才終於確定了這件事。

按照徐晨剛才提供的線索來看，程楓如果是兇手，他只會憎恨自己曾經親手放進學校的張琪和李蕊。而且吳婷一直隱藏的那麼好，程楓根本無從得知她也參與了那次欺凌。但吳婷現在已經失蹤了，這說明兇手很可能已經找上了她。而程楓仍在家中，並且看他的打扮也不像是曾經出過門的樣子，這一切都說明兇手另有其人。是誰？

陳默思心中百般思索著，可還是沒什麼線索。那吳婷會在哪呢？等等，如果吳婷是那個第三人，而兇手現在已經找上了她，這其實已經證實了陳默思之前的那個想法。這幾個案件是有關聯的，兇手是想殺了視頻中所有欺負杜小月的人！

關聯……關聯在哪？兇手殺張琪是將其偽裝成了自殺，殺李蕊是將其偽裝成了意外，那麼吳婷呢？陳默思心中突然慌亂了起來，如果他不能快點找到吳婷的話，她很可能就要遭到兇手的毒手！吳婷到底在哪！陳默思此時真想大聲喊出來，他抬起頭，看著光線已經完全消失的天空，夜晚的燈光將它染成了橘紅色。

「小緒，妳去哪？」陳默思對突然向前跑去的趙舒緒大聲喊道。

趙舒緒沒有答話，她只是不顧一切地向前跑去。夜晚的路燈已經亮起，兩人的影子在路燈下被拉得很長。

突然，趙舒緒停了下來。兩人間隔著十幾米，就這麼站著，兩人的影子交疊在了一起。

「我只是想找到吳婷……」趙舒緒的聲音已經哽咽了，「我不想再有人死去了，真的，已經夠了！」最後一句趙舒緒幾乎是哭著喊出來的。

趙舒緒蹲了下來，她抱著頭，竟失聲痛哭了起來。本來即將解決的事情再次遇到了波折，而且還是致命的打擊，這讓趙舒緒很難接受得了。雖然她一直很堅強地四處奔跑，但這一切都是為了找出最後的真相，而不是像現在這樣，眼睜睜地看著另一個人深陷險境，她卻無可奈何。也許就像她父親所說的那樣吧，他們還是個孩子，什麼都做不了，什麼都完成不好。而自己還那麼天真地和他反駁著，殘酷的事實將她最後的一絲念想也擊得粉碎。她痛苦地蹲了下來，眼淚止不住地流了下來。

第一次見到這一幕的陳默思竟有點不知所措了起來，他走到趙舒緒身旁，就這樣站著。兩人中間像是隔著一堵看不見的牆。夜晚的街道上，只有趙舒緒那斷斷續續的哭泣聲，在昏黃燈光的映照下，更顯得孤單了起來。

「很小的時候，我媽就走了，小的甚至我都記不得她的樣子。」陳默思突然說了起來。趙舒緒扭過了頭，用通紅的雙眼看著他。

「記憶中媽媽唯一的那張臉就是那張照片。爸爸抱著我站在滑梯旁，媽媽摟著爸爸的胳膊，一家人笑得很開心。可除此之外呢？什麼都沒有。從我記事的時候開始，媽媽就已經不在了，所以我的童年裡是沒有媽媽的。當小夥伴們都牽著媽媽的手，跟著媽媽回家的時候，我卻只能一個人背著書包，孤零零的，走回家。爸爸工作很忙，幾乎顧不上我。有時候姑姑會來照看我，陪我玩，但我知道，她不是我的媽媽。有時候，我會很想念媽媽，想到那種痛心徹骨的程度，我會朝爸爸大喊大叫，把玩具什麼的都向他扔過去，我會想著這一切都太不公平了。別人有的，我為什麼會沒有。直到有一天晚上，爸爸也沒有回來，我一個人待在家，晚上家裡很黑，我不敢開燈，怕開燈後發現只有我一個人，孤零零的。想哭，很想哭當時。我蜷縮在床角，把頭深深地埋在膝蓋裡，就像妳剛才那樣，嚎啕大哭了起來。我以為我連爸爸也沒有了。黑夜裡，我一連喊著爸爸，直到我嗓子啞了，聲音碎了，我還在喊。那一瞬間我真的以為全世界就只剩下我一個人了。突然，房門被打開了，射進房間的燈光刺得我眼睛好疼，我揉著不停流著淚的眼睛。突然有人將我抱了起來，我有一種飄在空中的感覺，然後舒舒服服地落在了墊子上，一種很讓人安心的感覺。我睜開了眼睛，看到了爸爸的臉。我再次嚎啕大哭了起來，哭得甚至比剛才還傷心。從此我就發誓，我絕不會讓我身邊的任何人再離我而去了，我害怕失去，害怕生活中的任何一個東西突然消失了。」

陳默思看向了趙舒緒，「所以小緒，從那一天開始，我就決定，我一定要通過自己的努力，找到一切事情的答案，絕不放棄一絲希望。所以，我也希望妳能重新站起來，我們一起去尋找答案。」

「但是，我們還有希望麼？」趙舒緒紅著眼問道。

「我們努力了，就一定會有的。」

陳默思說完這句話後就一直盯著趙舒緒的眼睛。趙舒緒雙眼仍然通紅，上面的淚水還未幹透。但趙舒緒還是點了點頭，她重新站了起來。

她用力抹去了眼淚，深深呼吸了一口氣，整個世界重新向她湧了過來。

「徐晨！」

耳邊突然響起一陣爆響，將徐晨從思維的彼岸拉回了現實。他扭頭看著剛才向他大喊一聲的女生，突然有一種想奔跑的衝動。他不想待在這裡，他不想再參與這個案子，他想逃離這裡，逃到一個所有人都找不到他的地方。

但看著眼前這個目光灼灼的女生，他卻一步也邁不開了。為什麼，為什麼他總是這麼軟弱，總是想著逃避，難道只是因為他還是個小孩嗎？可這個世界上大人和小孩永遠不是分開存在的，他必須要學會怎麼去適應，適應這個成長的過程。也許這個過程會很痛苦，痛苦得他想逃脫，但只要他堅持下來，就會看到一個很不一樣的世界。徐晨一直像這樣鼓勵著自己。

鄭佳看著徐晨一動不動地站在那裡，就算被自己這麼吼著，可他還是沒什麼動靜。剛剛突然從客廳裡沖出來的衝動哪去了？現在的這個人就像個木偶，一動不動。突然，徐晨動了，他看向鄭佳，眼神完全變了一個樣，那是一種充滿自信的眼神。鄭佳看著這種眼神，看著這個人，心中湧出了一種莫名的喜悅感。

「徐晨，我們接下來要去哪？」鄭佳下意識地問出了這句話。

「去哪……」

徐晨重複了一下，去哪呢……徐晨心裡的思緒彷彿又重新凝結在了一起，筆記中的線索一條條地展現在了他的面前。在哪呢……徐晨仔細搜索著。出租屋，許願塔，杜小月，張琪，李蕊……等等，徐晨似乎抓住了一樣十分重要的東西。

「我想，我知道我們應該去哪了。佳佳，現在幾點了？」徐晨向佳佳突然問道。

鄭佳雖然不清楚徐晨突然這樣問的含義，但她還是看了一眼手錶，「八點半了。」

「八點半……快，我們可能還來得及！」

徐晨馬上就開始行動了，他發瘋似的沖到了馬路上，向過往的車輛大喊大叫了起來。鄭佳被這樣舉動的徐晨嚇到了，她呆呆地站在路邊。很快，徐晨攔下了一輛計程車，鄭佳也坐了上去。

「師傅，到雨花社區。」

上了車後，徐晨打了一個電話，之後雙眼便一直盯著車前窗。在經過了一段繁華路段之後，車便行駛到了小道上，兩旁的路燈很暗，很快便看不清外面了。

「徐晨，你倒是說說，去雨花社區幹什麼？這不是杜小月住的地方嗎？」從剛才開始就滿腦子疑問的鄭佳終於忍不住了。

「不是杜小月住的地方，是我們之前看的視頻裡的那個地方。」徐晨終於說話了。

「是吳婷她們欺負杜小月的地方麼……」鄭佳一時竟感到了有些緊張。

「沒錯。」徐晨眼睛還是看著前方，不過他再次說道，「兇手在出租屋內殺害了張琪，並且把她偽裝成了自殺；之後李蕊死在了許願塔下面，被兇手偽裝成了意外；那麼如果兇手現在想要殺害第三個人，應該選在哪里呢？這便是我剛才思考的線索。」

徐晨停了下來，但鄭佳明顯還不是很明白，於是徐晨接著說道：「其實我們分析一下兇手的動機，就一目了然了。兇手想要把所有欺負過杜小月的人都殺害，很顯然這是復仇的心理。妳再回憶一下，和她們欺負杜小月有關的地點有哪些？在張琪的出租屋內，她們曾經欺負過杜小月；而許願塔是杜小月自殺的地方，兇手自然不會放過這裡，所以李蕊便死在了這裡；那麼第三個地方會是哪里呢？答案已經很明顯了，就是她們欺淩杜小月並拍攝視頻的那個地方！」

鄭佳盯著徐晨的雙眼，一時愣住了。

這時徐晨繼續說道：「最後就是時間，兇手選擇的作案時間其實也是事先就考慮好的。張琪是中午死在了出租屋裡，正是她們當時在出租屋裡一起欺負杜小月的時間；李蕊是半夜十二點死在了許願塔下，杜小月當時也是十二點左右從塔上跳下來的。所以兇手如果要在視頻中的那個地點殺害吳婷，他選擇的時間一定也是同樣的道理。」

「視頻中的……」鄭佳仔細回憶了起來，「是九點！九點的話……等等，現在都八點五十了，還來得及嗎？」

鄭佳瞥了一眼手錶上的示數，心裡愈發緊張了起來。

「來得及的，一定！」徐晨在心裡大聲喊道。

車一停，徐晨和鄭佳就趕快下了車，直奔那個破舊的小道。已經八點五十五了，徐晨再次看了一眼時間。不過好在，還能趕得上，徐晨心裡放鬆了很多。

一走就那個巷道，視野就瞬間變得昏暗了起來。徐晨打開手機上的手電筒，一步步地向前挪動著。鄭佳跟在後面，心裡緊張極了，心臟在撲通撲通跳個不停。很快他們便來到了那個拐角處，再拐進去，就是視頻中的那塊空地了。

「待會我先向裡面喊一聲，看有人沒人在。如果有人的話我就出去，妳先躲在這，看情況再說。」徐晨停了下來，向身後的鄭佳小聲說道。

鄭佳點了點頭，不過心裡更加緊張了。只見徐晨真的向裡面喊了一句，過了幾秒，還是沒人回應，鄭佳心裡竟稍稍放鬆了起來。

「誰！」一句粗重的男聲打破了鄭佳的幻想，同時也將她的心提到了嗓子眼。

這時徐晨站了起來，他繞過牆角，走了出去。裡面的那人似乎動了一下，很快一束強光打了過來，刺得鄭佳睜不開眼。

「你？」也許是對自己面前出現的學生模樣的人感到十分吃驚，那人腳下挪動了幾步，發出了石子碰撞的聲音。

「沒錯，我已經完全知道你的所作所為了。放開吳婷吧，你已經無路可退了。」徐晨剛說完，裡面似乎有人掙扎了起來。

是吳婷！她還活著！鄭佳第一時間就意識到了這個，她差點就要沖出去了。可是現在對方的情況還不清楚，她就算出去了，也一點用處都沒有。想到這裡，她心裡更加著急了起來。

「我不管你們是誰，她必須要死！你們誰也攔不住我！」只聽那人大聲喊了一句，不過很快就什麼聲音都沒有了。

夜靜的可怕。

「是麼？即使是你好不容易才得到的這個位置，你也捨得放棄嗎？」

徐晨將手電筒打開，光線直射了過去，只見一個身材十分高大的身影在白光中慢慢浮現了出來。

「周錚周副校長！」

Part 37

趙舒緒現在心裡很亂，在接到徐晨剛才打來的電話後，他們立刻就坐上計程車往徐晨說的那個地點趕了過去。但沒過多久，她又接到了另一個電話，她父親趙剛的。

已經好幾天沒和家裡聯繫了，她一天裡有好幾次都差點忍不住想往家裡打個電話，但她都忍住了。不行，她不能這麼做，如果這麼做的話，就代表她放棄了，她會變回原來的那個自己。沒有主見，隨波逐流，她將會一輩子都待在父親的陰影之下。

剛才在電話裡，父親仍然希望她回去，而且還是那種不容反駁的口氣。趙舒緒的態度同樣很堅定，她必須把這件事瞭解了，她才能回去。不過一想起母親在電話旁的哭泣，她心裡又一陣心疼。

「不要想太多了，小緒。」旁邊的陳默思拍了一下她的肩膀，給了一個鼓勵的眼神。

趙舒緒點點頭，便不再多想，她斜靠在座椅上，看著左側的車窗。車速很快，兩側的路燈刷刷地往後掠了過去。

「什麼！周副校長！」聽到徐晨的那句話後，鄭佳再也坐不住了，她騰地一下站了起來，向徐晨那裡跑了過去。

「妳怎麼……」徐晨看向她的目光顯得十分無可奈何。

「我怎麼了我？」鄭佳回瞪了過去，轉而又向對面的那個人喊道，「周副校長，怎麼會是你？」

「這個妳應該問一下妳身邊的那位吧？他剛剛似乎沒看到我就已經猜到我是誰了，呵呵……」周副校長那粗重的聲音在鄭佳此時聽來卻有一種令人感到心悸的味道。

「佳佳，妳往後靠一點。」見鄭佳往前面走去，徐晨趕快一把把她拉了回來，然後用自己的身體把她護住了。

「周副校長，看到我猜出你才是最後的兇手，想必你也是很驚訝吧？其實我們剛開始也犯了一系列的錯誤，甚至還把教導主任程楓認定是真凶。」

「程楓？這樣啊，看來你們當時已經很接近真相了，我確實有一些手段借用到了程楓那個傢伙……不過，說說吧，你是怎麼推理出我才是真凶的。」

「其實我們一度已經十分接近事情的真相，但很可惜的是，我們又錯過了。我們當時被其他線索給吸引了過去，從而放棄了唯一可以接近事情真相的線索。那天陳默思進入了許願塔裡面的暗道，發現了一排腳印，是李蕊偷偷溜進學校時留下的。其實這個地方的線索很重要，因為那個暗道裡只有李蕊一個人的腳印，那兇手的呢？」

「兇手……」聽到這句話的鄭佳也嚇了一跳。

「是的，兇手要採用那樣的手法嚇死李蕊，他自己本身也必須進入學校，現在暗道裡既然只有一排腳印，說明他不是通過這裡進入的。那這個兇手是什麼時候進入的呢？我們放學後，學校組織保安對全校都進行了一次巡邏檢查，那時並沒有發現任何多餘的人在學校裡。後來學校大門封鎖，自然也不會有人進入，那麼會是在什麼時候呢？只有一種可能，那就是當晚直到九點還在開會的校領導。我們學校真正的校領導只有四位，劉校長，章副校長，周副校長，還有教導主任程楓，也就是說當晚是你們四個人深夜在學校裡開會，也只有你們四個人能在當晚有機會進入學校。」

「確實，你說的不錯，但你這番推理也只是將嫌疑人的範圍縮小到了我們四個啊，最後為什麼能確定是我呢？」遠處的周副校長問道。

「很簡單，進入學校的問題解決了，那剩下的就是出學校了。兇手在九點之後仍繼續逗留在學校裡，等到十二點的時候，使用那種手法謀殺了李蕊。但這之後，他便遇到了接下來的問題，他要怎麼離開。此時大門早就封鎖，他是不可能通過正門離開的，那就只有通過暗道了。那個暗道是很難被別人知道的，但兇手自然知道那個暗道，所以他通過那裡出去非常方便。然而實際情況卻是，暗道裡只有李蕊來的時候留下的腳印，兇手他並沒有選擇從那裡出去。他選擇的是繼續待在學校裡，直到第二天早上學校開門。這是為什麼呢？原因很簡單，那是因為兇手根本就不能從密道裡通過！」

徐晨看了遠處的周副校長一眼，「只有你，周副校長，你有接近兩米的身高，還有兩百多斤的體重，那個密道的寬度連陳默思那麼瘦小的身材鑽進去都才剛剛好，而以你的體型，是根本不可能的！我說的對不對，周副校長！」

徐晨一說完，對面竟然響起了掌聲。這孤零零的幾個掌聲在寂靜的夜裡顯得更為清亮。

「沒錯，你說的很對，當時我可是在學校裡熬了一個晚上，才在第二天裝作從家裡去上班的。不過……沒想到你竟然光從這一點就推斷出了我是兇手，也是我疏忽了……」

「不過，周副校長，我有一個問題想問你，你與杜小月什麼關係都沒有，為何要替她報仇呢？」徐晨的這個問題也是鄭佳一直想知道的，於是她緊緊抓住徐晨的胳膊，仔細聽了起來。

「誰說杜小月和我沒有關係的，我可是她的生父！在她三歲前，她還是叫周小月的！就是這幾個壞事做盡的賤人逼著我的女兒去自殺！小月她才十六歲啊，就這麼死了！我要讓她們償命！」周錚大聲吼道，不過隨即聲音卻顫抖了起來。

「小月是我最疼愛的女兒，在她三歲的時候，我和愛人離婚了。我這人就一個缺點，脾氣大，很多小事動不動就發火，我想這也是我愛人選擇離開我的原因吧。但沒想到她在離開後那麼絕情，不光帶走了小月，還不讓我見她，後來我甚至都不知道她住在哪。十幾年了，我都沒見過小月。直到兩年前，前妻的母親突然聯繫了我，那時我才知道前妻已經去世了。在一番悲痛過後，前妻的母親告訴了我小月的現狀。她說小月在學校裡經常被人欺負，但以小月的成績只能讀個普通的學校，和那些欺負她的人繼續待在同一個學校。她說讓我想想辦法，讓小月來我所在的這個重點高中。雖然前妻的母親來找我是有事相求，但我當時高興壞了，我終於知道小月的消息了。而且如果能將小月調入我的學校，這樣我就幾乎每天都能看到小月了。但是前妻的母親給我提了一個要求，那就是不要與小月相認。她的要求我也可以理解，畢竟已經過去了這麼多年，小月可能早就已經忘記了我，她也重新有了新的家庭。如果這時候我再出現的話，對她也沒有什麼好處。所以最終我答應了這個請求。不過即使這樣，我還是很高興。相隔十幾年了，小月已經長大成為一個漂漂亮亮的高中女生。但我在她三歲的時候就離開了她，她自然不認得我。

「本以為在這三年裡，我都能像這樣每天看到小月，然後看著她長大。但沒想到，那幾個欺負她的人不知道通過什麼辦法，在剛升高二的時候也轉學來到了我們中學。而且她們一來就開始欺負小月，這些我都是知道的！我私下裡找過張琪和李蕊很多次，但都沒有很多效果。我這個副校長剛好是負責對外事務的，那段時間我剛好很忙，也沒有很多精力來管這個事。我只是私下裡查到了一個消息，原來那兩個人的轉學是程楓這傢伙幹的，我很快就去質問他為什麼。他被逼無奈，就把幾十年前的那件舊事全都告訴了我。其實我根本不想聽，我就想讓我的女兒每天快快樂樂的！但現在我連這個願望也實現不了了……小月她竟然選擇了自殺！這是我怎麼也想不到的……」

說到這裡，就連周錚那高大的身子也顫抖了起來。他停頓了一下，繼續說道：「那個視頻……就是那些壞女生，才把我女兒逼上絕路的！我發誓一定要讓她們償還！」

這時鄭佳終於看清了周錚手裡抓住的那個人影是誰了，果然是吳婷。只不過現在的吳婷嘴裡被堵住了，雙手雙腳都被繩子捆了起來，除了不停扭動之外，根本動彈不得。周錚手上稍微一用力，吳婷的嘴裡就發出了嗚嗚的聲音，不知道是疼痛還是哭泣。

「不要！」鄭佳忍不住喊了出來。

「不過現在已經遲了！你們只有兩個人，能敵得過我嗎？」周錚大笑著喊道。

「誰說只有兩個人的，還有我們！」

眼看絕望之際，鄭佳聽到身後傳來了一聲大喊。鄭佳回頭一看，是陳默思和趙舒緒兩人。太好了，他們兩個也趕到了！

「就算多了兩個又能怎樣，我要殺她，簡直易如反掌！」只見周錚舉起了手中的刀，向吳婷的脖子狠狠地紮了過去。

鄭佳嚇得尖叫了出來。恍惚間，一把明晃晃的刀閃了出來。眾人還沒反應過來，周錚就已經大叫了一聲，踉蹌著倒在了地上。

這時陳默思和徐晨已經快步沖了上去，扶起了摔倒在地的吳婷。黑暗中數道手電筒形成的光路在四處擺動。突然，剛剛奔跑向前的趙舒緒看到了一個熟悉的面孔。

「爸！」她大聲喊了一句。

尾聲

轉眼間再過十來天就要高考了，整座校園又陷入了緊張的復習氛圍中。作為應屆的高三考生，趙舒緒和陳默思也是好不容易才找到時間抽個空一起在校園裡溜達。

回想起一年前那噩夢般的經歷，趙舒緒至今想起來心跳都會加速。最後要不是她爸趕了過來，還不知道要發生什麼事呢。之前她也一直都想不通她爸怎麼會趕過來的，直到後來有一天和她爸趙剛聊天的時候，她爸終於透露了這個。原來這一切都是陳默思聯繫他的。

那天晚上電話再次被女兒掛斷之後，趙剛氣得差點都要摔了電話。不過很快就有一個男生聯繫了趙剛，他說自己知道小緒在哪，可以告訴趙剛讓他來接她。趙剛猶豫了一下便答應了。在那個年輕人的指引下，趙剛很快就趕了過來。但他很快就發現了事情不對勁，因為遠處正有人拿著刀子架在一個女生的脖子上。這時那個男生又聯繫了趙剛，說他自己過會兒會走上前去，吸引那人的注意力。趁這個時候，趙剛可以從另一個方向溜到那人的背後，趁機奪取刀子，解救吳婷。

雖然這一切都是陳默思那傢伙策劃的，但也借此機會，趙舒緒和她的父親徹底和好了。現在她的父親已經很少要求她什麼，不過趙舒緒對自己的要求依然十分嚴格。

但這個陳默思……一想到這個傢伙竟然會想到利用自己的父親，趙舒緒就氣不打一處來，她不禁瞪了陳默思一眼。而被瞪的陳默思自然也知道她會這麼做的原因，當時情況緊急，他知道就算自己這邊四個人全上也肯定打不過身高兩米的副校長，這時只有想其他辦法了。就在這時趙舒緒的父親趙剛給她打了個電話，陳默思突然就想到了一點，據說趙舒緒她爸趙剛可是個空手道高手……想到這裡陳默思心裡立刻就有了一個計畫，這麼好的一個打手，不用白不用嘛……

看著陳默思笑嘻嘻的樣子，趙舒緒扭過了頭，不再去看他。那件事最後終於比較圓滿地解決了，但只有一個地方始終讓趙舒緒有些放心不下，那就是吳婷。在得知吳婷竟然是欺負杜小月的第三個人後，趙舒緒真的是不敢相信的。在趙舒緒的心裡，吳婷一直都是和杜小月關係很好的朋友，但沒想到，吳婷才是欺負杜小月的幕後黑手。在後來和吳婷的聊天中，她才瞭解了事情的真相。原來在吳婷小時候就離開她的爸爸竟然就是杜鋒，杜鋒在和吳婷媽媽離婚後，才和杜小月的母親再婚了，杜鋒自然就成了杜小月的繼父。吳婷那時候雖然不記事，但她的媽媽始終告誡她，不要忘了這個負心漢爸爸。吳婷以後會欺負杜小月的種子其實從這時候就埋下了。她很早就認識了張琪和李蕊，和她們混在一起，和她們一起欺負杜小月，直到後來升上高中，只有她一個人和杜小月來到了祁江一中這個重點高中，所以整個高一她都沒有繼續欺負杜小月了。但高二的時候，張琪和李蕊又轉學了過來，新一輪的欺淩就開始了。吳婷甚至和杜小月坐在了同一個位置上，這樣她就可以隨時監控杜小月，不讓她給老師打報告，也不讓她告訴其他同學。

就這樣過了一年，她們對杜小月的欺淩變本加厲了起來，直到那個視頻的出現，導致杜小月竟然選擇了自殺。這個時候，吳婷才意識到了問題的嚴重性。她重新偽裝了自己，不讓自己參與欺淩杜小月的事情曝光。隨著張琪和李蕊的相繼離奇死亡，吳婷才越發覺得自己這個選擇的重要性。她本以為自己是安全的，但沒想到，真凶最後還是將魔爪伸向了她。

趙舒緒剛開始也一直不明白周錚是怎麼找到吳婷的，她後來問了李銘，李銘從來沒把這件事告訴過其他任何人，那周錚是怎麼知道的……直到後來，從周錚口中，她才得知，原來是李蕊死的那天晚上，李蕊親自告訴她的。當塔身響起尖銳的嘯聲時，李蕊驚慌地從塔上跑了下來，這時她嘴裡竟然喊著「一切都是吳婷主使的，和我沒關係，杜小月妳要找也去找她吧！」周錚本想在殺了李蕊之後就收手，但沒想到還有第三個人，這才促使他找到了吳婷。

原來一切都是這麼的巧合……趙舒緒感到冥冥之中總有什麼力量在牽引著一切的發展，是死去的杜小月嗎……趙舒緒把頭抬向了天空，一片湛藍。

「小緒，妳高考後想去那個大學呢？」陳默思突然問道。

「我想離開這裡，去更大的城市，見更多的人。」趙舒緒伸出雙臂，大聲說道，「你呢，默思？」

「我啊，還不知道。」陳默思撓了撓頭，最後還是說道，「不過可能和妳一樣吧，我也想離開這裡，去見見更大的世面。」

趙舒緒看著陳默思那一臉苦悶的表情，突然笑了出來。不過很不幸的是，他們四個是不可能再聚首在一起了。佳佳只想留在本市讀個普通的大學，然後考個公務員，和她父母一樣，做個普普通通的小職員。而徐晨的情況就更為特殊了，他父親出事了。就在那天他和佳佳去教導主任程楓家的時候，他父親因為私自挪用公款被逮捕了。趙舒緒後來和佳佳聊天的過程中，才瞭解到原來徐晨當時已經知道了這個。在教導主任家的時候，徐晨總是拿著自己的手機，並且時不時看一下，原來那時候他已經得知自己父親被捕的事情了。但徐晨一直都沒有把這件事說出來，直到最後他們解決了所有事情。一想到這裡，徐晨那壓抑的眼神，堅實的臂膀，便再次浮現在了趙舒緒的眼前。徐晨說他想高考後就在本市讀個大學，這樣離家近，還能照顧因父親出事身體就垮掉的母親。也許，這就是徐晨的選擇吧，這才是那個真實的徐晨，能讓她產生敬佩之情的徐晨。

「好了，我也該走了，今天我爸他們單位慶功，非要也拉我一起去。剛剛他一直都在發短信催我，現在應該也到校門口了，我就先走了啊！」說著，陳默思向趙舒緒揮了揮手，然後向校門口跑了過去。

很快，校門口停了一輛車，陳默思直接跨進了車門。趙舒緒仔細一看，那車黑白相間，上面寫著「員警」兩個字，竟然是警車！陳默思這傢伙，原來他老爸是員警啊……難怪他對整個案子一直都這麼瞭解……他還隱藏著這麼好，他們全班幾乎沒有人知道陳默思竟然有一個員警老爸……

正當趙舒緒哭笑不得的時候，她看到了一個熟悉的人影——杜鋒。相比一年前，杜鋒老了不少，眉宇間已經多了幾絲白髮。他穿著粉色的T恤，捧著一束花，慢慢地走著。原來今天剛好是杜小月的忌日。看著杜鋒，突然間，趙舒緒想到了一個人，鄧健，他也喜歡穿著粉色的T恤。而且那天，張琪死的那天，他也是穿著這件衣服的。

其實整件事情還有一個沒弄明白的地方，那就是張琪究竟是怎樣死的，按照之前推理的情況，鄧健和程楓都沒有殺害張琪，那周錚是怎麼做到的呢？他不像程楓會有時間在事後割裂軟管，也根本沒有之前來過張琪房間的跡象。

就在剛剛看到杜鋒的時候，趙舒緒突然有了一個很奇怪的想法。其實之前陳默思推理鄧健作案的手法一直都是成立的，只不過鄧健是因為沒有殺害李蕊的作案時間，才把他排除在外了，而且他也沒有這個動機。但鄧健其實根本沒有提到過他在張琪死的當天去過張琪所在的社區，如果這是真的呢？如果那天進入張琪那個社區的根本不是鄧健，而是另外一個人，比如——同樣穿著粉色T恤的杜鋒。這樣的話鄧健所使用的作案手法，是不是同時也適用於杜鋒呢？

兩個父親的復仇，趙舒緒心裡突然湧出了這樣的想法。

趙舒緒把目光投向仍在緩慢行走的杜鋒，他捧著一束白色的水仙花，緩緩地向一個方向走去。趙舒緒看了過去，那座巍峨的塔仍然矗立在那裡，像是一個少女在揮手，迎接著嶄新的明天。

（全文完）

要推理67　PG2313

要有光
FIAT LUX

死愿塔

作　　者　青　稞
責任編輯　喬齊安
圖文排版　林宛榆
封面設計　王嵩賀

出版策劃　要有光
發 行 人　宋政坤
法律顧問　毛國樑　律師
印製發行　秀威資訊科技股份有限公司
114台北市內湖區瑞光路76巷65號1樓
電話：+886-2-2796-3638　傳真：+886-2-2796-1377
http://www.showwe.com.tw
劃撥帳號　19563868　戶名：秀威資訊科技股份有限公司
讀者服務信箱：service@showwe.com.tw
展售門市　國家書店（松江門市）
104台北市中山區松江路209號1樓
電話：+886-2-2518-0207　傳真：+886-2-2518-0778
網路訂購　秀威網路書店：https://store.showwe.tw
國家網路書店：https://www.govbooks.com.tw
總 經 銷　聯合發行股份有限公司
231新北市新店區寶橋路235巷6弄6號4F
電話：+886-2-2917-8022　傳真：+886-2-2915-6275

出版日期　2019年9月　BOD一版
定　　價　320元

Printed in Taiwan

國家圖書館出版品預行編目

死愿塔 / 青稞著. -- 一版. -- 臺北市 : 要有
光, 2019.09
面 ;　公分. -- (要推理 ; 67)
BOD版
ISBN 978-986-6992-23-0(平裝)

857.81　　108013856

讀者回函卡

感謝您購買本書，為提升服務品質，請填妥以下資料，將讀者回函卡直接寄回或傳真本公司，收到您的寶貴意見後，我們會收藏記錄及檢討，謝謝！如您需要了解本公司最新出版書目、購書優惠或企劃活動，歡迎您上網查詢或下載相關資料：http:// www.showwe.com.tw

您購買的書名：______________________________

出生日期：________年________月________日

學歷：□高中（含）以下　□大專　□研究所（含）以上

職業：□製造業　□金融業　□資訊業　□軍警　□傳播業　□自由業

□服務業　□公務員　□教職　□學生　□家管　□其它______

購書地點：□網路書店　□實體書店　□書展　□郵購　□贈閱　□其他

您從何得知本書的消息？

□網路書店　□實體書店　□網路搜尋　□電子報　□書訊　□雜誌

□傳播媒體　□親友推薦　□網站推薦　□部落格　□其他________

您對本書的評價：（請填代號　1.非常滿意　2.滿意　3.尚可　4.再改進）

封面設計____　版面編排____　內容____　文／譯筆____　價格____

讀完書後您覺得：

□很有收穫　□有收穫　□收穫不多　□沒收穫

對我們的建議：______________________________

____

____

____

請貼
郵票

11466
台北市內湖區瑞光路 76 巷 65 號 1 樓

秀威資訊科技股份有限公司 收

BOD 數位出版事業部

………………………………………………………………………………

（請沿線對折寄回，謝謝！）

姓　　名：＿＿＿＿＿＿＿＿　年齡：＿＿＿＿　性別：□女　□男

郵遞區號：□□□□□

地　　址：＿＿＿＿＿＿＿＿＿＿＿＿＿＿＿＿＿＿＿＿＿＿

聯絡電話：(日) ＿＿＿＿＿＿＿＿＿＿（夜）＿＿＿＿＿＿＿＿＿＿

E-mail：＿＿＿＿＿＿＿＿＿＿＿＿＿＿＿＿＿＿＿＿＿＿